海を越えあなたの骨へと
触れられますように

바다를 건너 당신의 뼈에
닿을 수 있기를
ー샤센도 유키

책의 등뼈가 마지막에 남는다

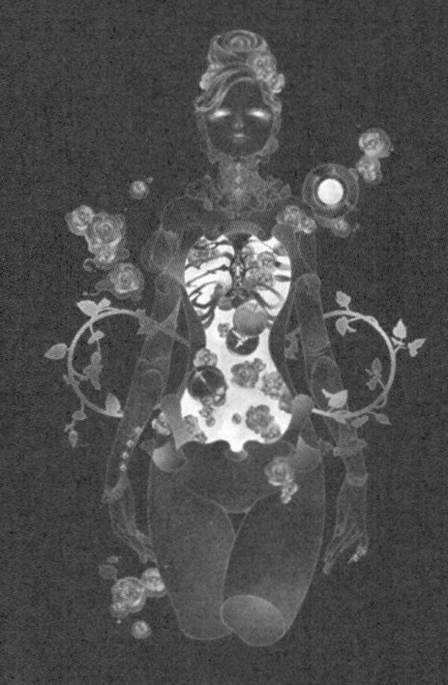

本の背骨が最後に残る

책의 등뼈가 마지막에 남는다

샤센도 유키 단편소설

김은모 옮김

블루홀6

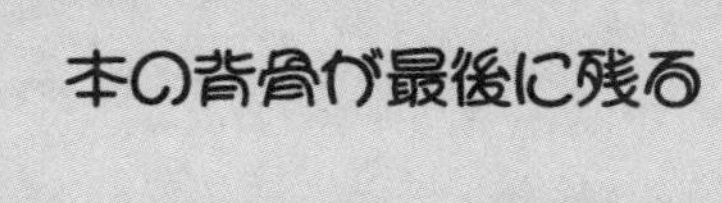

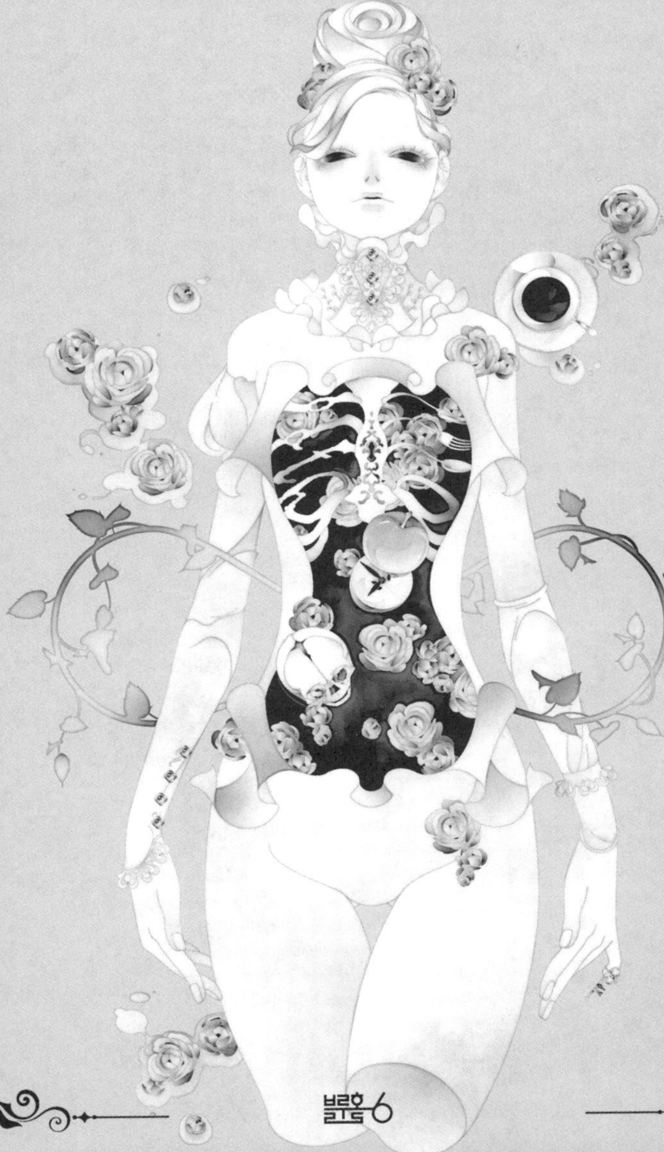

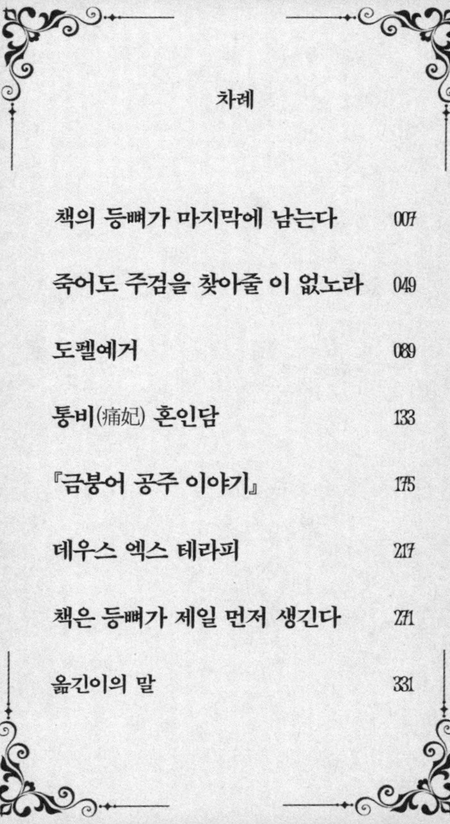

차례

일러두기

본문의 각주는 전부 독자의 이해를 돕기 위한 옮긴이 주입니다.

책의 등뼈가 마지막에 남는다

책을 불태우는 것이 최고의 오락이듯, 인간을 불태우는 것도 지고의 희열이었다.

여행자가 만난 그 책은 맹인이었다. 양쪽 눈 모두 달군 쇠막대로 지져서 뭉갰다. 참혹한 화상 흉터에 칠한 반짝이는 가루가 얼굴을 가로지르는 강처럼 보였다. 끔찍하다고 여겨야 마땅할 텐데도 아름답다고 여행자는 생각했다.
"어느 나라에서 오셨나요?"
여행자가 어떤 나라의 이름을 말하자 그녀는 공손하게 고개를 끄덕였다. 어깨높이로 가지런히 자른 아름다운 흑발이 흔들렸다. 상복같이 검은 드레스에는 색색의 끈이 여러 개 달려 있었다. 수작업으로 만들고 염색한 것으로 명칭은 가름끈이다. 책이 몸치장하는 데 사용하는 전통적인 장신구다.

이번에는 여행자가 화상 흉터에 관해 물어보자 책은 즐거운 듯 웃었다.

"이 나라에서 책 한 권이 담을 수 있는 이야기는 원칙상 하나뿐입니다."

옷 색깔과 같은 검은색으로 칠한 손톱이 강 같아 보이는 화상 흉터를 긁었다.

"그렇지만 저는 그 불문율을 깨뜨렸죠. 제 몸에는 열 가지 이야기가 담겨 있어요. 이건 큰 죄입니다만, 머릿속은 불태울 수 없으니까요. 눈을 지지는 건 두 번으로 끝납니다. 10 빼기 2니까 제가 이겼습니다."

"그런다고 무슨 득이 있다는 건가."

이 나라의 책에 대해 다소 지식이 있던 여행자는 의아하다는 듯 물었다. 이야기를 많이 담아본들 책에는 별 이득이 없다. 오히려 자신을 위험에 빠뜨리는 결과로 이어지기도 한다. 하지만 눈먼 책은 재미있다는 듯 웃으며 "바닥을 짚는 지팡이는 많은 편이 좋을 텐데요" 하고 말했다.

원래는 담겨 있는 이야기의 제목으로 책을 부르는 것이 통례지만, 눈먼 책에는 열 가지 이야기가 담겨 있으므로 사람들은 편의상 열이라고 불렀다.

“책에 대해 알고 싶다면 일단 열과 이야기해 봐야겠지. 그건 책 그 자체니까.”

이 나라에 도착하고 얼마 지나지 않았을 무렵, 서점에 가자 서점지기가 제일 먼저 그렇게 권했다. 열은 소각장 근처에 사는 괴짜니까 금방 눈에 띌 거라고도. 그리고 열은 여행자의 방문을 거부하지는 않을 것이라고도. 서점지기의 말은 둘 다 옳았다.

열은 여행자를 자기 집, 즉 서가에 맞아들였다. 물건이 거의 없는 간소한 집이다. 눈에 띄는 물건이라고는 열이 앉은 침대와 그 옆에 놓인 호화로운 항아리 정도였다. 집이라고 부르기에는 너무 살풍경했기에 역시 서가라고 해야 어울릴 듯 보였다.

느닷없이 찾아온 여행자를 열은 싫은 내색 하나 없이 맞이했다. 그리고 이렇게나 즐겁게 대화를 나누는 중이다.

“이 나라는 어떤가요?”

“……신기한 나라야. 우리나라에서는 상상도 할 수 없는 일이지.”

이 작은 나라에서 왜 종이책을 금지했는지는 모른다. 다만 무슨 이유 때문에 존재했던 모든 서적을 불살랐다. 하지만 교만한 이 나라는 책을 전부 불태웠으면서 이야기는 포기하려 들지 않았다.

종이 대신 선택된 건 인간이었다. 펄프를 대신해 책으로 만들어진 인간들은 구전으로 이야기를 이어나가고, 누군가가 요청할 때 이야기를 들려줌으로써 제 역할을 다했다.

이 나라에는 수많은 책이 있고, 책들은 밤낮없이 다양한 곳에서 이야기를 들려준다.

"자발적으로 책이 되고 싶어 하는 사람도 있나?"

"네, 그야 얼마든지요. 한때는 사람보다 책이 더 많았던 시절도 있었다던데요."

"믿기지 않는군. 어떻게 그럴 수가."

"어머, 그런가요? 몸에 아무 이야기도 품지 않고 살아간다는 게 저는 더 믿기지 않는걸요."

"산 채로 불태워지잖나."

"조악한 책만 그렇죠. 이야기를 올바르게 전하지 못하는 책은 해악이니까요."

열은 단정한 이목구비를 일그러뜨리며 킥킥 웃었다. 어쩌면 이 책은 사악한 것 아닐까, 여행자는 이때 비로소 그런 생각을 했다.

이 나라의 책에서는 극히 드물게 '오식'이 발견되기도 한다. 책들이 들려주는 이야기에 차이점이 생기는 것이다.

예를 들면 똑같이 『멋진 매 피니스트의 깃털』이라는 제목으로 알려진 이야기인데, 두 책의 결말이나 등장인물이 다를 때가 있다. 이야기가 구전으로 전해지는 만큼 여행자가 보기에는 그럴 수도 있겠다 싶지만, 이 나라에서는 그런 일이 벌어져서는 안 된다. 즉시 어느 한쪽에 오식이 있는 것으로 간주된다.

이럴 때는 '중판'이 진행된다.

서로 다른 이야기가 담긴 두 책이 '중판장'이라 불리는 곳에서 누구의 이야기가 옳은지 논쟁을 벌인다. 올바르다고 인정된 쪽은 정사正史로 남고, 틀렸다고 손가락질당한 쪽은 파본 처리된다.

중판을 진행할 때는 사람 몸에 딱 맞는 관 비슷한 철제 새장에 들어가는 것이 규칙이다. 쇠창살을 엮어 만든 새장은 극히 좁으므로 앉기는커녕 몸을 옴짝달싹할 수도 없다. 새장에 들어간 책은 쇠사슬로 공중에 끌어올려져 싸워야 할 책과 마주한다.

그리고 새장 밑에 불을 지핀다.

불길은 중판이 진행되는 내내 꺼지지 않고 뜨겁게 타오른다. 불빛이 환히 비쳐서 책의 얼굴에 속눈썹 그림자가 짙게 드리운다. 불길이 너무 뜨거워서 책은 입이 마르고

목이 바싹 탄다. 중판에 시간이 오래 걸리면 책의 목소리가 나오지 않거나, 책에 땀 한 방울조차 맺히지 않는 사태가 벌어지기도 한다. 철제 새장은 금방 뜨거워져서 쇠창살을 잡은 책의 손바닥이 지져질 정도다.

하지만 그 고통에 정신이 팔려 말을 잇지 못하면 분서焚書라는 결말이 다가온다.

중판의 승패가 결정되면 땅울림과 비슷한 소리가 울려 퍼진다. 바로 책이 들어 있는 철제 새장의 쇠사슬이 풀리는 소리다. 패배한 책은 방금까지 자신을 괴롭히던 불길에 새장과 함께 내던져진다.

철제 새장은 순식간에 용광로처럼 벌겋게 달아올라 책에 고통을 준다. 그래도 불길에 휩싸인 책은 과감하게 쇠창살에 몸을 밀어붙이며 불지옥에서 달아나려 애쓴다. 아니면 발을 태우는 불길을 피하려고 펄쩍펄쩍 뛴다. 하지만 그건 최악의 대처다. 불안정한 자세로 뛰어오른 책은 균형을 잃고, 쇠창살에 얼굴이 닿아서 피부가 벗겨진다. 비명을 지르던 탓에 혀가 닿으면 결과는 더욱 끔찍하다. 쇠창살에 눌어붙은 혀를 떼어내려다 그대로 혀가 뽑히는 책도 있다. 핏덩이가 달아오른 바닥에 떨어지면 홍옥 사과처럼 빨갛게 굳어서 들러붙는다.

분서가 끝나기까지 새장은 진자처럼 심하게 흔들리지만, 중판 제도가 시행된 이래 새장이 부서져서 책이 도망쳐 나온 사례는 없다. 흔들리던 새장이 잠잠해지면 관객은 그 책이 무사히 불살라졌다는 걸 알 수 있다.

절명한 후에도 책은 계속 불탄다. 불길은 책의 살이 완전히 불타고 철제 새장에 뼈가 쌓인 후에야 잦아든다. 다 타고 남는 건 대부분 등뼈다. 옅은 크림색 등뼈는 참으로 아름다워 보인다.

이리하여 이 나라에는 올바른 이야기가 담긴 올바른 책만 남는다.

"『멋진 매 피니스트의 깃털』은 인기 있는 이야기라 자주 중판이 진행되죠. 그 덕분에 그 이야기는 아주 정확하다고 평판이 자자하답니다. 만약 이야기에 정확함을 추구한다면, 일단 『멋진 매 피니스트의 깃털』을 들어보시는 게 좋겠네요. 그녀들은 모두 매 깃털을 꽂고 있으니 바로 알아볼 수 있을 거예요."

"너도 『멋진 매 피니스트의 깃털』을 들려줄 수 있나?"

"네, 그럼요. 그건 제가 가장 자신 있는 이야기예요. 들려드릴까요?"

"아니, 됐어."

“어머, 그러세요? 그거 아쉽네요. 그 이야기를 지키기 위해 책을 몇 권이나 불태웠는지 원. 그렇게나 멋진 이야기인데 누구도 올바르게 기억하지 못하다니…… 페이지 낭비예요.”

열은 들으라는 듯이 혀를 차며 말했다. 그 모습을 보자 여행자는 등골이 오싹했다.

담긴 이야기가 인기 있을수록, 그리고 많으면 많을수록 중판장에서 상대와 맞붙어야 할 확률도 높아진다. 많은 책이 기억하기에 기억의 차이도 늘어날 텐데. 열은 겁먹지 않고 두 눈을 지지는 벌을 받으면서까지 이야기를 품었다.

등골이 오싹했던 이유는 열에게서 이야기에 대한 사랑과 집착을 느꼈기 때문이 아니다.

열은 책을 불사르는 행위 자체에 집착하는 듯했다. 수다스러운 말투에서는 철제 새장 속에서 불타는 책에 대한 왜곡된 애착이 묻어났다. 여행자의 그런 기분을 알아차렸는지, 열은 소녀처럼 고개를 갸웃하며 말했다.

“여행자님께서는 제가 중판에서 수없이 살아 돌아온 걸 아시고서 말을 걸어주신 걸까요?”

“……아니, 그런 건 아니야. 책이란 대체 뭔지 알고 싶다고 하자 널 만나 보라고 권하더군.”

"그렇다면 정말 잘 찾아오셨어요. 저만큼 책다운 책은 또 없으니까요."

"왜 나 같은 여행자와 만나 준 거지? 이야기를 들려 달라고 의뢰한 것도 아닌데."

"그건 제가 오늘 밤 중판을 앞두고 있기 때문이에요. 저는 중판 전에 최대한 많은 사람과 시간을 보낸답니다. 그것도 이야기를 들려드리는 게 아니라 책답지 않게 하잘것없는 잡담을 나누죠."

"어째서?"

"그래야 제가 불탔을 때 감정이 끓어오르실 테니까요. 한 번도 말을 나눠본 적 없는 책이 불타는 광경을 볼 때와, 한 번이라도 말을 나눠본 책이 불타는 광경을 볼 때 느껴지는 즐거움에는 큰 차이가 있거든요."

예상치도 못한 말에 여행자는 입을 다물었다. 하지만 열은 얼굴의 강을 환히 빛내며 말했다.

"기대하세요. 운이 좋으면 제 등뼈를 보실 수 있겠죠."

오늘 밤 중판이 진행된다는 건 알고 있었지만, 열이 당사자인 줄은 몰랐다. 중판의 명수로서 수많은 책을 불태워 온 실력은 과연 어느 정도일까.

"두렵지는 않나?"

“그야 뭐, 너무 두렵죠. 저는 뜨거운 게 딱 질색이라 그 새장에 들어가는 것 자체가 고행인걸요.”

농담으로밖에 들리지 않을 만큼 가벼운 말투였다.

분서를 당할지 말지 오늘 밤 결정되는데도 열은 몹시 태연자약했다. 그래서 현실미조차 사라질 것 같았다. 아니, 사람을 책으로 만들고, 그 책을 불사르는 데 정신이 팔려 정세마저 기운 이 나라에 현실미고 나발이고 어디 있겠는가.

“그렇군. 질 걱정을 하지 않는 거구나.”

“네. 제 몸에는 올바른 이야기가 담겨 있으니까요. 그 올바름이 저를 불길에서 지켜주겠죠. 분명 불로 재판하는 이야기가 담긴 책도 어딘가에 있었을 텐데요. 제게는 담겨 있지 않지만, 그 이야기는 유쾌했어요. 무고함을 증명하기 위해 여자가 불로 뛰어들죠. 그거랑 똑같은 셈이에요.”

열은 지금까지 단 한 번도 진 적이 없으리라. 당연하다. 졌다면 그녀는 여기에 없다. 불타서 재가 되고 등뼈만 남는다.

“……여행자님, 기왕 오셨으니 이야기를 듣고 가지 않으시겠어요? 제 혀도 적적함에 떨고 있습니다. 부디 자비를 베풀어 주십시오.”

“……알았어. 무슨 이야기가 있나?”

“음……『가구야 공주』는 어떨까요? 이것도 인기 있는 이야기죠.『성聖 엔드리우스의 순교』도 들려드릴 수 있지만, 이쪽은 대각선 맞은편에 사는 남자 책이 자신있어하는 이야기라 그 청년의 목소리로 들으시는 편이 적합하지 않을까 싶네요.”

“그럼『가구야 공주』면 돼.”

“알겠습니다. ……후후, 오랜만에 이 이야기를 꺼내는군요. 지금까지는 중판 때만 입에 올렸는데…… 아아, 금방 들려드릴게요. 옛날 옛적 어느 곳에 달 두 쌍이 있었습니다.”

열의 목소리는 상냥하고 섬세하게 울려 퍼졌다. 지금까지와는 딴판인 그 목소리를 듣고 여행자는 열이 책이라는 사실을 새삼 실감했다.

열이 들려준『가구야 공주』는 슬픔에 찬 사랑 이야기였다. 가구야라는 토끼의 화신이 인간 왕자와 사랑에 빠져, 목소리와 맞바꾸는 조건으로 인간이 된다. 하지만 사랑하는 왕자의 마음을 얻지 못하면 가구야는 달빛이 돼서 사라질 운명이었다*.

---

*   원래 ‘가구야 공주’ 이야기는 대나무를 팔아 생계를 꾸려가는 할아버지가 대나무 속에서 손가락만 한 크기의 아이를 데려다 키우는 이야기다. 아이는 자란 후 명문가 자제들의 청혼을 받지만, 보름달이 뜬 밤 달나라에서 온 행렬이 가구야 공주를 데리고 돌아간다.

여행자는 이렇듯 서정적인 이야기를 즐기는 성격이 아니었다. 그러나 열의 목소리를 실컷 들으려면 이보다 더 좋은 방법은 없을 것 같기도 했다.

밤이 되자 거리는 갑자기 활기를 띠었고, 중판장 주변에 사람들이 우글우글 모여들었다. 중판은 이 거리에서 제일가는 오락거리다. 사람들 모두 책의 뼈를 보고 싶어 한다. 놀라운 점은 어린아이들까지 중판을 보러 온다는 것이었다.

그 점에 관해 슬쩍 물어보자 종잡을 수 없는 대답이 돌아왔다. 종이가 불타는 광경을 보고서 아이의 눈을 가리는 부모가 어디 있느냐. 여행자로서는 이해가 안 되는 감성이었지만, 다들 그런 식으로 받아들이는 듯했다.

중판장은 콜로세움 같은 원형 극장 형태였다. 다만 콜로세움과 달리 바닥 한복판이 푹 파인 것이 특징이었다. 밑에서 불을 지펴야 하고 새장을 매달기 위해 거대한 기둥도 세워야 한다. 그래서 개미지옥 같은 모양새로 중판장을 만든 것이다.

이 나라는 타국 관광객을 우대하므로 중판장 관람석은 쉽사리 확보했다. 상황에 따라서는 가진 돈을 거의 다 써서라도 관람할 작정이었으므로, 이건 기쁜 오산이었다.

여행자는 불길의 열기가 전해질 만큼 불구덩이에 가까운 제일 앞줄에 앉아 중판이 시작되길 기다렸다. 관람석은 새장과 같은 높이에 설치돼 있어서, 활활 타오르는 불길이 눈 아래에 보였다.

그리고 시선을 똑바로 들자 새장에 들어간 '책'이 눈에 들어왔다. 맞은편 새장에는 열이 있었다. 화염의 불빛이 비쳐서 이 거리에서도 불손한 그녀의 표정이 잘 보였다.

열과 맞붙을 상대는 눈처럼 하얀 피부에 타오르는 듯한 빨간 머리 소녀였다. 길게 기른 머리를 굵게 땋아 내려서 멀리서는 화염의 창 같아 보였다.

그녀의 발이 타서 문드러진 건 장정의 일부다. 그저 서가에 있는 걸로 만족하는 책에 시행하는 전통적인 장식이다.

한편 열은 발로 새장을 단단히 밟고 서 있었다. 그런 점에서도 대조적이었다. 그녀는 아직 이 세상을 돌아다닐 수 있는 셈이다.

빨간 머리 책은 몸을 희미하게 떠는 것처럼 보였다. 아래에서 느껴지는 열기가 그녀의 마음을 조금씩 갉아먹는 것이리라. 얼핏 봐도 알 만큼 입술을 꼭 깨물고 있어서 당장이라도 피가 날 것 같았다.

중판이 끝나면 이 소녀나 열 중 한쪽은 불태워진다. 예외가 없다는 것이 너무나 무서웠다. 저 새장은 한쪽을 반드시 죽인다.

불길이 새장을 스칠 정도까지 커지자 드디어 중판이 시작됐다.

중판을 주관하는 교정사가 두 새장 사이에 만들어진 단상에 섰다.

교정사는 늙은 남자였다. 그는 말 그대로 모든 것을 알고 있는 인간으로 여겨진다. 교정사는 세상 모든 지식을 접하는 기술이 있으므로, 소실된 것과 소실되지 않은 것을 포함해 모든 책을 망라했다고 한다. 그렇기에 사람들은 교정사를 중판의 심판 역할로서 우러러보았다.

이 나라가 세워진 지 아직 3백 년도 지나지 않았을 것이다. 그런데 성스러운 교정사들은 천 년도 전부터 이 역할을 맡아왔다고 일컬어진다. 그런 교정사가 이야기의 옳고 그름을 판정하니까 틀릴 리 없다는 논리인 듯했다.

교정사는 세대교체를 할 텐데도 국민은 그걸 없는 일로 치부한다. 이 나라에는 종이책이 존재하지 않고 오직 '책'만 있을 뿐이다. 그렇기에 과거에 있었던 일 따위는 참조하지도 않는다.

교정사는 빨간 머리 책과 열을 번갈아 보고 드높이 선언했다.

"중판을 개시한다. 제목은『백행白行 공주』."

『백행 공주』. 그것은 빨간 머리 책에 담긴 이야기의 제목이자, 열에 담긴 열 가지 이야기 중 하나의 제목이었다. 여행자는 마른침을 삼키며 지켜보았다.

두 책이 제시한『백행 공주』의 전제는 다음과 같다.

"세상 어딘가에 아름다운 여왕이 다스리는 나라가 있었다. 여왕은 현명하고, 누구보다도 자존심이 강한 사람이었다. 여왕이 소유한 온갖 물건 중 가장 멋진 물건은 원하는 걸 보여 주는 힘이 있는 마법 거울이었다. 밤에는 호수에 비치는 달을, 낮에는 하늘을 날아가는 아름다운 유리새를. 거울은 어디에 존재하는 그 어떤 것이라도, 있는 그대로 보여 주었다. 여왕은 천리안 능력이 있는 이 거울을 이용해 나라를 통치했다. 자존심 강한 여왕은 매일 밤 '세상에서 제일 아름다운 사람을 보여 달라'라고 거울에 명령했다. 거울은 매번 여왕의 모습을 보여 주었지만, 어느 날 여왕이 아니라 의붓딸인 백행 공주를 보여 주었다. 그 때문에 두 사람 사이에는 깊은 골이 생겼다. 그리고 독사과를 이용한 살인 사건이 발생했다."

교정사가 전제를 낭송하자 두 책은 동시에 "이의 없습니다" 하고 대답했다. 그리고 빨간 머리 책이 말을 이었다.

"여왕은 밉살스러운 백행 공주를 죽이기 위해 독사과를 만들었습니다. 그리고 그걸 공주에게 보내서 공주를 죽였습니다. 그것이 바로『백행 공주』의 내용입니다."

그러자 열은 태연하게 받아쳤다.

"아니요. 위험을 감지한 백행 공주는 독사과를 이용해 여왕을 죽이고, 평온한 생활을 손에 넣었습니다. 그것이 바로『백행 공주』의 내용입니다."

관람석이 어수선해졌고 독자들이 서로 수군거렸다. 이렇게 눈에 띄는 차이점이 있다면 논쟁은 뜨거워질 것이다. 아니면 의외로 대번에 결판이 날까.

어쨌든 열이 빨간 머리 책과 완전히 대립하는 결말을 꺼내놔서 분위기가 뜨겁게 달아올랐다. 같은 이야기인데 피해자와 범인이 서로 다르다니, 있어서는 안 될 일이다.

"백행 공주가 피해자라니, 재미있는 말을 하는군요. 그런 이야기는 처음 들어보는데."

"어디 마음대로 지껄여 봐. 난『백행 공주』. 이 이야기를 들려주기 위해 숨 쉬는 올바른 책이지. 내 이야기가 옳아."

빨간 머리 책은 기죽지 않고 열을 똑바로 노려보았다.

열이 먼저 공격에 나섰다.

"……그렇군요, 일단 확인할까요. 거울이 보여 준 공주는 대체 뭘 하고 있었죠?"

"……밤이니까 그 아름다운 머리를 빗고 있었겠지. 거울 앞에서."

"그 모습은 똑똑히 보였을까요? 빗의 무늬와 색깔까지 구별될 만큼?"

"그럼, 당연하지. 마법 거울은 원하는 걸 있는 그대로 보여 주니까. 거울에 비친 백행 공주에 대한 묘사는 이 정도면 될까?"

"인정합니다."

열이 웃으면서 대답했다.

"그럼 나도 질문할게. 백행 공주는 일곱 난쟁이와 함께 깊은 숲속의 오두막에서 살았어. 여왕이 백행 공주를 싫어해서 쫓아냈기 때문이야. 인정합니까?"

"품위가 없군요. 질문하고 대답을 듣고, 그 대답에 대해 서로 의견을 조율하는 것이 중판일 텐데……인정합니다."

열은 어린애를 타이르는 듯한 어조로 말했다. 불만스러운 듯 빨간 머리 책의 얼굴이 빨갛게 상기됐다. 땀도 맺힌 것으로 보아 새장 속이 뜨거워진 건지도 모른다.

논쟁이 평행선을 그리지 않도록 상대에게 적당히 인정을 받아내 이야기를 다져나가는 게 중요하다. 또한 상대의 말을 너무 부정하기만 하면 교정사에게 안 좋은 인상을 준다. 상대의 이야기를 받아들이면서도 자신의 이야기를 빈틈없이 단단하게 다지는 것이 중판을 승리로 이끄는 길이라고 한다.

그 후에도 열은 빨간 머리 책의 말을 이것저것 인정했다. '백행 공주가 사는 오두막에서 성까지는 한 시간쯤 걸린다', '달빛이 아무리 밝아도 밤에 숲을 빠져나가기는 불가능하다', '낮에는 난쟁이들의 뒷바라지를 해야 하므로 성에 갈 수 없다' 등등.

……이것들은 전부 열의 이야기를 부정할 만한 재료다. 왜냐하면 백행 공주가 독사과를 여왕에게 먹이러 갈 틈이 없기 때문이다. 하다못해 '밤에 숲을 빠져나가기는 불가능하다' 정도는 부정해야 했을 텐데, 열은 그 말을 담담하게 받아들였다.

한편 열이 인정시킨 내용은 본론과 관계없을 듯한 것들뿐이었다. '백행 공주는 피부가 눈이나 유빙보다도 하얘서 백설* 공주라는 별칭으로도 불렸다', '난쟁이들은 백행 공주에게 입맞춤을 받고 나서 잠자리에 드는 것이 습관이었고, 입맞춤을 받은 후 잠들면 아침까지는 절대로 깨어나지 않았다', '백행 공주는 절약하는 성격이라 경대 앞에서 몸단장할 때는 촛불을 하나만 켰다' 등등.

당연히 빨간 머리 책은 그 내용을 인정했다. 백행 공주의 사람됨이 세세하게 그려지는 건 오히려 빨간 머리 책에게 유리한 흐름이었다. 어쨌거나 그녀의 이야기 속에서 백행 공주는 애처로운 피해자다. 심성이 착하고 아름다우면 아름다울수록 좋다.

열이 유일하게 반론한 내용은 '독사과는 여왕밖에 만들지 못한다'라는 점뿐이었다. 즉, 흉기에 관련된 문제다. 빨간 머리 책은 이 이야기에 나오는 유일한 흉기를 여왕만 만들 수 있다고 주장하려 했다.

"독사과는 특별한 마력을 띤 물건이라 여왕밖에 만들 수 없었다. 인정합니까?"

"아니요, 아니요. 그건 부정하겠어요. 독사과는 어떤 마력과도 상관없이, 그냥 독극물이 포함된 사과니까요. 누

---

* 白雪. 일본어 白行과 白雪은 둘 다 '시라유키'로 발음한다.

구나 만들 수 있죠."

"왜 이걸 부정하는 거지? 색깔과 풍미에 손상이 없어 다른 사과와 완전히 똑같아 보이는데도 강한 독성을 띤 사과라니, 그야말로 마술의 산물이잖아. 여왕은 마법 거울을 가지고 있었으니, 그녀가 마술에 정통한 건 확실해."

"그 전에. 독사과는 색깔과 풍미라는 측면에서 보통 사과와 전혀 구분이 되지 않는다. 이 점은 인정합니까?"

"그건 지금 다루는 쟁점이 아니잖아."

"인정합니까?"

"……네. 인정합니다."

빨간 머리 책이 마지못해 고개를 끄덕이는 모습을 보고, 열도 만족스럽게 고개를 끄덕였다. 어느덧 열의 콧잔등에도 땀방울이 맺혔다.

이러다 논의에 진전이 없으면 어떻게 될까. 결말은 하나. 두 권 다 불타 죽을 뿐이다. 따라서 불타 죽기 전에 위험을 무릅쓰고서라도 논의를 주도해 나가야 한다.

빨간 머리 책이 바짝 마른 입술을 핥았다. 하지만 혀를 공기에 노출하면 나중에 괴로워질 것이다. 입속의 수분을 잃는 건 최대한 피하는 편이 좋다.

"그리고, 그렇지. 독사과 말인데요. 만약 여왕만 독사과를 만들 수 있다면, 여왕이 그걸 사용할 리 없지 않을까요?"

"어째서? 여왕이 자기만 만들 수 있는 독사과를 이용해 백행 공주를 죽였다. 대체 그 행동의 어디가 부자연스럽다는 건데?"

"부자연스럽고 말고요. 그럼 여왕이 독사과를 이용해 백행 공주를 죽였다고 치고, 그 동기는 뭘까요? 그럴 것 없이 백행 공주를 성으로 불러 활로 쏴 죽이면 될 텐데요."

"그랬다가는 여왕이 공주를 죽였다는 사실이 바로 들통 나잖아."

빨간 머리 책이 당연하다는 듯한 목소리로 반론했다. 감정이 약간 격해진 빨간 머리 책을 보고 열의 얼굴에 맺힌 웃음이 더 커졌다.

"그렇습니다. 여왕은 백행 공주를 죽였다는 사실을 들키고 싶지 않았어요. 명색이 의붓어머니이기 때문인지, 아무리 여왕이라도 가족을 죽이는 건 중죄이기 때문인지, 백성들이 백행 공주를 좋아했기 때문인지는 모르겠습니다. 어쨌든 여왕은 비밀리에 공주를 죽여야 했어요. 독사과를 여왕밖에 만들지 못한다면, 범인이 누군지 바로 드러나겠죠. 즉, **사용됐다는 것만으로는 꼬리를 잡히지 않을 만큼 독사과는 보편적인 흉기였다**는 뜻입니다. 사과와 야

생에서 채취한 독이 있으면 누구나 만들 수 있을 정도로.”

열은 뜨거운 열기를 전혀 신경 쓰지 않는 듯한 표정으로 술술 말했다. 지져진 눈 속에 빨간 머리 책을 잡아먹으려 하는 뱀의 눈빛이 깃들어 있는 것처럼 느껴지기까지 했다. 반면 빨간 머리 책은 몸을 비비 꼬면서 말했다.

“당신은 백행 공주가 여왕을 죽였다고 생각하잖아. 왜 여왕이 죽었다는 전제로 독사과에 대해 논하는 거지?”

“그래야 진실에 다가갈 수 있다고 믿기 때문이죠. 저는 진짜 『백행 공주』를 후세에 전하고 싶어요. 제가 싸우는 상대는 당신이 아니라 오식. 독사과는 보편적인 흉기였다. 인정합니까.”

“……인정합니다. 여왕은 흉기에서 범인의 정체가 드러나는 살해 방법은 택하지 않았어.”

잠시 후 빨간 머리 책이 주저하는 투로 대답했다.

솔직히 이 부분은 양보해서는 안 되는 것 아닐까 싶었다. 흉기인 독사과가 여왕만 만들 수 있는 물건이었다면, 한동안은 그걸 논제로 삼아 싸울 수 있었으리라.

그런데 빨간 머리 책은 열의 말솜씨에 홀랑 넘어가고 말았다. 열은 마치 여왕 범인설을 옹호하는 듯한 태도를 보이며 독사과라는 중대한 요소를 백행 공주도 사용할 수 있는 흉기로 설정했다. 이건 빨간 머리 책의 큰 실수였다.

정작 빨간 머리 책은 자신의 실수를 알아차리지 못한 듯 눈언저리를 거듭 문질렀다. 눈이 건조해서 힘든 것이리라. 빨간 머리 책은 발이 타서 문드러진 탓에 불길에 좀 더 가깝다. 이대로 중판이 계속되면 건조해진 나머지 눈이 망가질지도 모른다.

그때 열의 말이 떠올랐다.

열은 책 한 권에 여러 가지 이야기를 담은 탓에 두 눈을 지지는 벌을 받았다고 했다.

하지만 그게 아니라면? 열은 중판을 헤쳐 나가는 동안 눈이 철제 새장 속에서 얼마나 취약한지 깨달은 것 아닐까. 그래서 지져서 뭉갰다. 이기기 위해.

진상이 뭔지는 모른다. 하지만 분칠한 화상 흉터를 반짝이며 철제 새장 속에 아무렇지도 않게 서 있는 열을 보니, 그런 생각을 지울 수가 없었다.

거기서부터 또 논의가 시작됐다. 빨간 머리 책은 변함없이 여왕이 얼마나 사악하고 백행 공주를 죽일 동기가 있었는지를 거듭 호소했으며, '난쟁이들은 심성이 고운 백행 공주를 흠모했으므로, 그녀의 살인을 용인하지 않을 것이다'라고 다른 각도에서 백행 공주의 죄를 부정했다.

한편 열은 '사과는 이 나라의 명산품이라 어느 집에서나 아침 식사로 먹는 습관이 있었다'라는 둥 '이 나라의 사과는 어떤 기후에서도 튼튼하게 자라기 때문에 번영의 상징으로서 국기에도 그려져 있다'라는 둥 무슨 의도인지 모를 말만 꺼내서 빨간 머리 책의 인정을 얻어냈다.

국기에 사과가 있는지 없는지는 큰 문제가 아니라고 생각했으리라. 빨간 머리 책은 열의 말에 조금도 의문을 품지 않는 듯했다. 여행자 역시 그게 중요한 사항이라고는 생각지 않았다. 그냥 논의 중에 꿀 먹은 벙어리가 되지 않기 위해 꺼낸 말이겠거니 판단했다.

과연 산전수전 다 겪은 열이 승리로 이어지지 않을 말을 할까, 하는 의문이 고개를 쳐들기는 했지만.

교정사는 두 책의 발언을 전부 받아 적으며 열기에 시달리는 두 책을 날카로운 눈빛으로 바라보았다.

이렇듯 논의는 평행선을 그리는 듯했지만, 빨간 머리 책이 먼저 행동에 나섰다. 빨간 머리 책은 땋은 머리를 흔들며 불편한 다리를 질질 끌다시피 한 발짝 앞으로 나섰다. 새장이 흔들리고 불티가 날아올랐다. 새장 속이 뜨거워졌는지 빨간 머리 책의 이마는 구슬땀으로 가득했다. 지금 눈물을 흘려도 분명 땀과 구분이 되지 않으리라.

"지금까지 진행된 논의에 비추어 보건대, 역시 내게 담긴 이야기가 올바르다고 생각해."

"이런, 이런. 왜 그렇게 생각하시죠?"

"백행 공주한테는 여왕에게 독사과를 먹일 방법이 없으니까."

빨간 머리 책은 그렇게 딱 잘라 말했다.

"제 생각은 다른데요. 이 나라 사람은 아침 식사로 사과를 먹는 습관이 있습니다. 백행 공주가 여왕에게 독사과를 먹이기는 어렵지 않겠죠."

"좋아. 당신에게 담긴 이야기가 올바르다면 백행 공주는 아침 식사 전, 즉 해가 뜨기 전에 독사과를 놔둬야 한다는 뜻이야. 인정합니까?"

"인정합니다."

열이 그렇게 대답한 순간, 흩날리는 불똥 속에서 빨간 머리 책이 눈을 번쩍였다.

"인정한다 그거지? 하지만 백행 공주는 밤눈이 어두워서 달빛이 아무리 밝아도 밤에는 컴컴한 숲을 빠져나갈 수 없었어. 해가 뜨기 전까지는 성에 도착할 수 없다고."

빨간 머리 책이 맹인인 열을 야유하고자 일부러 그렇게 표현했다는 건 상상하기 어렵지 않았다. 아까까지 얌전한 표정이었던 빨간 머리 책의 두 눈에서 잔혹한 불길이 타올랐다. 이대로 몰아붙이면 눈앞의 책을 불사를 수 있다고 기대한 것이리라. 열이 입을 열기 전에 빨간 머리 책이 말을 이었다.

"전날 낮에 성에 가서 독사과를 놔두기도 불가능해. 왜냐하면 낮에는 난쟁이들이 깨어 있으니까. 난쟁이들을 뒷바라지해야 하고, 또 난쟁이들은 마음씨 고운 백행 공주를 사랑해. 백행 공주가 살인을 저지르려는 걸 용납하지 않을 거야. 따라서 백행 공주가 독사과를 가지고 성에 가려고 하면 반드시 말리겠지."

"그래요? 깨어 있는 한 난쟁이들은 백행 공주의 범행을 반드시 말릴 거다?"

"그럼. 눈을 뜨고 있는 한 난쟁이들은 반드시 알아차리고 말릴 거야. 인정합니까?"

"인정합니다."

열은 차분한 목소리로 대답했다. 그때 바람이 살짝 불어서 열이 들어 있는 새장이 흔들렸다. 하지만 열은 달아오른 쇠창살을 붙잡지 않고 두 다리로만 균형을 유지했다. 휘날리는 흑발만이 새장과 박자를 맞춰서 흔들렸다.

"그럼 여왕이 독사과를 가져간 건 의심의 여지가 없는

사실이겠지. 여왕은 낮에도 자유로이 행동할 수 있으니까. 백행 공주가 어떻게 지내는지 보러 왔다면서 오두막을 방문해, 아침 식사용 사과에 독사과를 섞어놓으면 돼.”

“그래도 여왕이 왜 독사과를 사용했느냐는 의문이 남는걸요. 여왕이 아무도 모르게 오두막에 갈 수 있다면, 오두막과 함께 백행 공주를 불태워 버려도 될 텐데요?”

새장 밑에서 불길이 사납게 날뛰는 가운데, 열은 비아냥거리듯이 말했다. 하지만 백행 공주라는 이야기에서 독사과가 흉기로 사용됐다는 사실 자체는 바꿀 수 없다.

“……여왕이 왜 독사과를 사용했는지는 모르겠어. 어쩌면 국가의 상징이 사과니까 가장 고귀한 방법으로 방해꾼을 없애기 위해 독사과를 사용한 것 아닐까?”

“반대라면 아주 자연스럽게 느껴지지 않나요? 여왕은 견고한 성에 사니까 불태워 죽이기는 불가능해요……그래서 독사과라는 간접적인 방법으로 살해한 거죠. 백행 공주에게는 다른 선택지가 없었어요……독사과는 백행 공주가 여왕을 죽이기 위한 유일한 수단이었던 겁니다.”

들고 보니 그런 것 같아서 신기했다.

여왕이 정말로 마술에 능숙하다면 그 마술로 독사과를 만들기보다는 백행 공주에게 직접 저주를 걸어서 죽이는 것이 이치에 맞으리라. 또는 여왕이라면 믿을 만한 암살자라도 고용해서 은밀하게 백행 공주를 처리할 수도 있지 않을까. 여왕에게는 선택지가 많다.

그러나 여기까지의 흐름상 빨간 머리 책에 오식이 있는 것 같지는 않았다. 여행자의 기분에 호응하듯 빨간 머리 책이 말했다.

"독사과라는 흉기에 대해 논의하는 시간은 끝났어. 여기서 중요한 건 공주는 해가 뜨기 전에는 숲을 통과할 수 없고, 해가 뜬 후에는 난쟁이들을 속이고 독사과를 성에 가져갈 수 없다는 거야."

"그럼 해가 뜬 밤이라면 공주가 독사과를 성에 가져갈 수 있었다는 건가요?"

"무슨 얼토당토않은 소리를! 해가 뜨는 밤이 어디 있어? 눈에 보이는 게 없어서 밤이 어둡다는 사실조차 잊어버린 거야!"

빨간 머리 책이 소리쳤다. 그러다 손이 쇠창살에 닿아서 손끝을 살짝 데었다. 하지만 흥분이 앞섰는지 통증을 느끼지 못하는 듯했다. 여기서 교정사를 납득시키면 열을 불사를 수 있다. 빨간 머리 책은 필사적이었다.

반대로 열은 조곤조곤 답했다.

"백행 공주는 피부가 눈이나 유빙보다도 하얘서 백설 공주라는 별칭으로도 불렸죠. 이 사실로 여왕이 다스리는 나라가 눈이 두드러지는 곳임을 알 수 있습니다."

"그게 어쨌다는 거야?"

"그걸로 전부 설명할 수 있어요."

열은 비로소 바짝 마른 입술을 혀로 핥았다. 마치 인간이 아닌 것처럼 혀가 길어서, 단정한 이목구비에는 어울리지 않게 기괴한 분위기를 풍겼다.

"백행 공주는 밤눈이 어두워서 해가 뜨기 전에는 성으로 갈 수 없죠. 아침부터는 난쟁이들에게 감시당하고요. 독사과는 아침 식사가 시작되기 전에 놔둬야 하는데, 해가 뜨고 나서 아침 식사가 시작되기 전에 서둘러 성에 다녀오기는 시간상 불가능해요. 하지만 공주는 그걸 해냈습니다. 왜냐하면 **여왕이 다스리는 나라는 고위도라서 백야라고 불리는 현상이 일어나거든요. 백야 현상이 일어나는 동안 그 나라에서는 밤에도 해가 지지 않습니다.** 백행 공주는 입맞춤을 받은 난쟁이들이 잠자리에 든 후, 밝은 밤에 성에 다녀온 거예요."

그 말을 들은 빨간 머리 책의 표정을 어떻게 표현하면 될까. 빨간 머리 책은 마치 하늘이 무너진 것 같은 얼굴로 말했다.

"백야? 해가 뜬 밤? 그런 걸, 그런 엉터리를 어떻게 인정하라는 거야?"

"무슨 섭섭한 말씀을. 세상 모든 지식에 접할 수 있는 교정사님은 제 말이 진실임을 아실 겁니다. 백야라는 현상은 존재해요. 추워서 꽁꽁 얼어붙는 나라에 일어나는 하늘의 기적입니다."

빨간 머리 책은 백야라는 현상을 이해하지 못하겠는지 눈을 희번덕거렸다. 한편 여행자는 짚이는 점이 있었다. 사방이 눈에 뒤덮인 백은의 나라에서 해가 지지 않는 신기한 밤을 보내봤기 때문이다. 이 나라를 떠나본 적 없을 맹인 열이 어떻게 그런 현상을 아는 건지 신기했다.

"게다가 당신도 백야의 존재를 인정했습니다. 여왕이 거울을 통해서 봤을 때 백행 공주는 뭘 하고 있었죠?"

"그야…… 머리를 빗는 중,"

"맞아요! 당신은 그 모습이 똑똑히 보였다고 했습니다. 백행 공주는 경대에 촛불을 하나만 켜놓죠. 마법 거울은 원하는 걸 있는 그대로 보여 주니까, 원래 백행 공주의 모습은 어두침침하게 보였을 거예요. **그런데 빗의 무늬와 색깔까지 구별할 수 있었던 건 밤이 밝았기 때문이겠죠.**"

“그건…… 맞다! 얼음에 뒤덮인 그런 나라에서 사과가 자랄 리 없어.”

“그 나라의 상징에 관한 이야기, 기억하나요?”

열이 조롱하듯 대꾸했다.

이 나라의 사과는 어떤 기후에서도 튼튼하게 자라는 품종이다. 그렇기에 사과는 번영의 상징으로서 국기에 그려진다. 설령 얼음에 뒤덮인 곳일지언정 사과나무는 열매를 맺는다. 그건 이미 두 사람이 인정한 전제였다.

“난쟁이들은 걱정할 필요 없습니다. 백행 공주는 밤에 성으로 향했으니까요. 난쟁이들은 공주의 입맞춤을 받고 잠들면 아침까지 절대로 깨어나지 않아요.”

여기서 빨간 머리 책이 즉시 반론했으면 됐으리라. 백행 공주의 무대는 백야 현상이 발생하는 나라일 리 없다. 눈에 뒤덮인 곳일 리 없다. 백행 공주가 살인자일 리 없다고. 중판은 말솜씨로 승패를 가르는 전쟁터니까.

하지만 빨간 머리 책은 입을 다물고 말았다. 꾹 다문 입술을 떨며 열이 아니라 자신을 죽일지도 모르는 불길로 시선을 돌렸다. 그 순간 빨간 머리 책을 향한 교정사의 시선이 한층 차갑게 변했다. 그 사실을 알아차렸는지 빨간 머리 책이 창백한 얼굴로 황급히 입을 열었다.

"……그런, 백행 공주가 그런 짓을 할 리 없어…….″

"그렇다면 당신은 왜 이 이야기에『백행 공주』라는 제목이 붙었는지 생각해 본 적 있나요? 당신 이야기 속에서 공주는 그저 피해자에 지나지 않아요. 그 이름을 제목으로 삼기에는 어울리지 않죠. 백설이라고도 불린 공주의 이야기에 왜『백설 공주』가 아니라『백행 공주』라는 제목이 붙었는지, 아직도 모르겠어요?″

열은 새장을 크게 흔들었다. 그녀의 검은 드레스에 튄 불똥이 천 위에서 흩어져 사라졌다.

"『백행 공주』에서 백은 백야를 뜻하죠. 백白야를 나아가는行 공주가 이야기의 주제라서 이 이야기를『백행 공주』라고 부르는 거라고요.″

그 말을 듣고 교정사는 마음을 정한 듯했다. 독자들도 열에게 환성을 보냈다. 열의 이야기가 올바르다고 독자들이 인정한 순간이었다.

빨간 머리 책이 목소리를 짜내려는 듯 손톱으로 목을 긁었다. 하지만 미처 말을 꺼내기도 전에 새장을 고정하고 있던 쇠사슬이 천천히 풀렸다. 이제 빨간 머리 책이 담긴 새장은 불길 속에 처박힌다.

떨어지는 찰나에 빨간 머리 책이 매달리듯 여행자를 보

았다. 그 순간, 빨간 머리 책은 빨간 머리 소녀가 됐다. 불길에 휩싸인 새장 속에서 그녀가 여행자 쪽으로 손을 뻗었다. 하지만 하얀 손바닥은 달아오른 쇠창살에 막혀 치익, 하고 끔찍한 소리를 냈다.

"끄아아아아아아아아아악!!!"

당황해서 빼낸 손에는 화상을 입어 검붉어진 자국이 선명하게 남아 있었다. 자기 손에 새겨진 고통의 증표를 보고 빨간 머리 소녀의 눈에 눈물이 맺혔다. 하지만 눈물은 뜨거운 바람을 맞아 금방 말라붙었다. 불길이 더 강해져서 철제 새장은 검은색에서 빨간색으로 바뀌었다.

"으아아아악, 뜨거워! 뜨거워!"

움직이지 않는 다리를 끌며 소녀는 안간힘을 다해 뛰어올랐다. 그때마다 새장이 크게 흔들렸고, 주변에 불티가 휘날렸다. 흔들리는 새장 속에서 날뛰는 소녀의 피부가 조금씩 쇠창살에 유린당했다.

빨개진 쇠창살에 소녀의 하얀 피부가 닿을 때마다 쇠창살 모양의 자국이 생겼다. 가만히 있으면 달아오른 쇠창살에 데지 않겠지만, 고통에 몸부림치는 통에 새장이 자꾸 흔들렸다. 비명 사이사이에 들리는 꺼내줘, 라는 애원이 비통하기 그지없었다.

소녀의 절규가 점점 높아졌다. 제일 카랑카랑한 절규가 울려 퍼진 건 땋은 머리에 불이 옮겨붙었을 때였다. 불길이 땋은 머리를 타고 올라오자 소녀는 미친 듯이 머리채를 쥐어뜯었다. 하지만 빨간 머리에 기생한 불길은 기세가 약해지기는커녕 손까지 삼키고 더욱 활활 타올랐다.

결국 소녀는 체념한 듯 새장에 엎드려 불길을 향해 고개를 푹 숙인 채 비명만 질러댔다. 새장에서 붉은 액체가 뚝뚝 떨어졌다. 그 액체를 받고 불길은 더 힘차게 타오르는 듯했다.

화염에 휩싸인 소녀가 검은 덩어리로 변했다. 확실히 종이책을 불사르는 광경과 다를 바 없어 보였다. 소녀가 목숨을 잃은 후에도 불은 꺼지지 않는다. 그녀의 뼈만 남을 때까지 새장은 불길 속에서 붉게 빛난다.

여행자는 잠시 그 모습을 바라보다가 자리에서 일어섰다.

책의 뼈가 보이기까지는 시간이 좀 더 걸릴 듯했다.

"분명 다시 와 주실 줄 알았습니다."

여행자가 문간에 선 순간, 안에서 열의 목소리가 들렸다.

열은 중판 전처럼 여유롭게 침대에 몸을 맡긴 모습으로 여행자를 기다리고 있었다.

"발소리만 듣고 알았어요. 여행자님의 소리는 특별하니까……."

"어떻게 내가 또 오리라는 걸 알았지?"

실은 여행자 자신도 왜 여기에 또 왔는지 모르는데. 하지만 열은 "책이니까요" 하고 대답 같지 않은 대답을 꺼내 놓았다.

그리고 촉촉한 입술로 말을 이었다.

"여행자님은 편집자잖아요."

열이 어린아이 같은 투로 말했다. **편집자偏執者.** 인간을 대하듯 책에 집착하는 자를 경멸하는 이 나라 특유의 호칭이었다.

"편집자."

"폐가 없는 책이 출간되는 나라에서 오셨죠? 다 알아요."

폐가 없는 책은 종이로 만든 서적을 가리키는 말이었다. 여행자가 알고 있는 보통 책을 뜻한다.

"덧붙여 제가 싸운 상대와 한편이었어요. 당신은 백행 공주의 진짜 내용을 아시겠죠. 그리고 그 아이를 만나 정답을 알려 주셨겠죠. 그러니 설마 그 아이가 질 거라고는 생각지 않으셨을 거예요."

열의 말대로였다.

여행자는 책이 당연하게 존재하는 나라에서 태어났다. 지난번 큰 전쟁에 시달리면서도 폐가 없는 책, 즉 종이책의 명맥이 끊어지지 않은 나라에서 왔다.

그리고 빨간 머리 책이 인간이었던 시절도 안다.

빨간 머리 책은 원래 다른 나라에 살았던 소녀다. 제목 말고 이름을 가지고 있었다.

여행자는 그녀의 부모와 친했다. 여행하다 만난 빨간 머리 가족에게 여러모로 신세를 졌다. 그때 어린 시절의 빨간 머리 책과 대화도 나누었다.

훗날 여행자가 다시 빨간 머리 가족을 찾아갔을 때는 빈집만 남아 있었다. 부모는 지난번 큰 전쟁 때 죽었다. 살아남은 딸이 우여곡절 끝에 이 나라로 팔려 갔다는 소식을 몇 다리 건너서 들었다.

만나러 가야 한다고 여행자는 다짐했다.

팔려 간 나라의 특이한 관습이 신경 쓰였기 때문인지, 빨간 머리 가족에게 고마움과 애정을 품고 있었기 때문인지는 모르겠다. 아무튼 여행자는 빨간 머리 소녀를 찾기로 했다.

하지만 여행자가 입국을 허락받기까지 긴 세월이 걸렸다. 그동안 많은 걸 잃기도 했다. 그렇게 간신히 입국한 나라에서 책으로 변한 빨간 머리 소녀를 발견했다.『백행 공주』라는 이야기를 몸에 담고 발까지 망가뜨린 모습으로 철저히 책 행세를 했지만, 그녀는 그다지 좋은 대우를 받지 못했다.

"전 중판에 도전한 적이 없어요. 도전받은 적도 없고요. 여기서 먼지를 덮어쓴 채 조용히 살고 있죠."

빨간 머리 책은 중판이 두려워서 앞에 나서지 않고 죽은 듯이 지냈다. 책은 대부분 중판을 통해 자기 자신을 독자에게 선전한다. 중판을 피해 도망쳐 다니는 빨간 머리 책을 읽으려는 독자는 별로 없어서 그녀의 생활은 빈곤했다.

여행자는 빨간 머리 책을 구해내고 싶었지만, 그녀는 발이 불타서 짓무른 탓에 걸을 수 없었다. 그런 그녀를 이 나라에서 데리고 나가려다 발각되면 둘 다 화형당하리라.

일단 가지고 있는 돈을 몽땅 주기로 했다. 하지만 빨간 머리 책은 앞으로도 계속 살아 나가야 한다. 이 정도 돈으로는 남은 인생을 도저히 버텨낼 수 없었다.

그래서 여행자는 마지막 수단을 선택했다.

"중판에 도전하는 거야. 난『백행 공주』의 올바른 내용을 알아."

우연찮게도『백행 공주』는 여행자가 아는 이야기였다.

종이책으로 읽은 적도 있었다. 그때는 『백설 공주』라는 제목이었다. 여행자는 빨간 머리 책에게 올바른 이야기를 알려 주었다. 여왕, 거울, 독사과, 살해당하는 공주.

"이게 『백행 공주』의 진정한 내용이로군요. 전 지금 가장 올바른 이야기가 담긴 책이에요."

"응, 맞아. ……이게 진정한 『백행 공주』야. 중판이 이야기의 정확성을 겨루는 싸움이라면 네가 질 리 없지. 중판에 도전하자. 『백행 공주』 이야기를 들려주는 다른 책을 불태우면 돼. 네가 그 이야기를 들려주는 유일한 책이 된다면, 독자들이 널 내버려두지 않을 거야."

책이 된 그녀에게 해 줄 수 있는 일은 그 정도였다. 그래도 책 입장에서는 최고의 사랑을 받을 수 있는 기회가 찾아온 셈이리라.

빨간 머리 책은 싸움에 나섰다. 자신이 『백행 공주』를 이야기하기에 적합한 책임을 증명하기 위해.

상대가 열이 아니었다면 빨간 머리 책이 이겼을 것이다. 왜냐하면 빨간 머리 책이 들려준 이야기가 옳으니까. 독사과를 먹인 건 여왕이었다. 그 나라가 백야 현상이 일어나는 곳일 리 없다. 그런 건 억지다.

그런데도 교정사는 열을 선택했다. 빨간 머리 책이 말을 잇지 못했기 때문이다. 열의 말에 잡아먹혔기 때문이다.

"너도 교정사도 이 나라 밖의 사정을 알겠지. 그런데도 이런 바보 같은 짓을, 이런 잔혹한 짓을."

"여행자님이 무슨 말씀을 하시는지 모르겠군요. 교정사님께는 세상 모든 지식을 접하는 기술이 있으시고, 제게는 올바른 『백행 공주』가 담겨 있을 뿐입니다."

"알잖아. 의도적으로 시간을 멈춘 듯한 이 나라에서 왜 이런……."

"그래도 이 나라가 유지되는 이유는 책을 불태우는 희열을 깨달은 사람들이 돌아가지 못하기 때문이겠죠. 이 나라는 존재하지 않습니다. 당신의 지도에서는 흔적조차 찾아볼 수 없겠죠."

열은 모든 걸 완전히 꿰뚫어 본 듯한 표정으로 그렇게 말했다. 이 나라에 들어오기 위해 여행자는 많은 것을 잃었다. 앞으로 인생을 제대로 살지 못하리라. 이 나라에 들어온다는 건 그런 뜻이다.

"다시는 이 나라를 찾아오지 마세요. 이 나라에 대해 언급하지도 마시고요. 얼른 도망치세요. 저는 당신을 놓아주기로 결심했습니다."

"왜 이런 짓을."

"재미있기 때문이겠죠. 책을 불태운 사람은 상상했을 거예요. 이게 인간이라면 얼마나 짜릿할까 상상하고 말았겠죠. 인간을 불태우는 것도, 책을 불태우는 것도 재미있다. 그렇다면 인간으로 책을 만들어서 불태우면 얼마나."

열이 말을 끝맺기도 전에 여행자는 일어섰다. 빨리 도망쳐야 했다. 폐가 있는 책인 열은 눈앞에서 빨간 머리 소녀가 불타는 모습을 **보고** 기뻐했다. 그뿐만 아니라 입을 잔뜩 벌려 재와 연기를 실컷 들이마시려 했다.

"저는 폐가 없는 책을 접해본 적 있어요."

서가를 나서는 순간, 열이 조용히 말했다.

"가볍고 얇고, 향기로운 냄새가 나더군요. 거기에는 글씨가 그야말로 빽빽하게 줄지어 있었어요. 한 글자 한 글자가 의미를 지니고서 여기 없는 자의 이야기를 전하죠. 그야말로 기적 같았어요. 네, 기적이고 말고요. 왜 잃어버리면 견디기 힘들 그 기적이, 그토록 약한 물건에 담겨 있는 걸까요. 뼈조차 없는 그런 물건에. 직접 보고 나니…… 책은 불태우기 위해서 만든 것 같다는 생각이 머리를 떠나지 않더군요."

죽어도 주검을 찾아줄 이 없노라

열두 살이 되자 나는 언젠가 내가 들어갈 사육장을 장만하러 갔다. 인간은 누구나 결국 탈바꿈한다. 그래서 이무렵부터 자기가 들어갈 사육장을 장만한다.

난 토끼로 탈바꿈할 예정이었기에 조그마한 사육장을 선택했다. 실제로 보자 언젠가 여기 들어가는 건가 싶어 마음에 안 들었지만, 그래도 난 토끼가 되고 싶었다. 거미나 도마뱀이 되는 건 최악이다. 폭신폭신하니 귀여운 동물이 돼서 사람들에게 쓰다듬을 받는 삶을 살고 싶었다. 그렇게 귀여움받을 수 있다면 사육장이 좀 좁아도 상관없다.

혹시 토끼라면 손바닥이나 탁자 위에 척 올려놓을 수 있을지도 모른다. 놓아 기른다면 분명 다음 생에도 즐겁게 지낼 수 있으리라. 그때 내 주변에 누가 있을지는 모르겠지만.

사육장을 장만한다고 해도 탈바꿈할 동물이 정해져 있으면 크기를 선택할 자유는 거의 없다. 그나마 고를 수 있는 건 색깔 정도인데, 사육장을 분홍색으로 칠하자는 내 제안은 퇴짜를 맞았다.

"지금은 분홍색이 좋아 보일지도 모르지만, 탈바꿈은 더 크고 나서 하잖니. 그때 분명 분홍색으로 하지 말 걸 그랬다고 후회할걸?"

"하지만 옆집 야야코는 매년 사육장을 바꾼다고 그랬어. 분홍색이 어린애 같으면 열세 살 때 다시 장만하면 되잖아."

"우리 집은 매년 안 바꿔. 구이나가 열다섯 살이 될 때까지는, 아니, 스무 살이 될 때까지는 이 사육장을 써야 해."

"에이, 그게 뭐야? 다 녹슬겠네."

내가 아무리 떼를 써도 엄마의 마음은 바뀌지 않았다. 결국 나는 평범한 은색 사육장을 선택했다. 문의 걸쇠 부분에만 아주 살짝 빨간색이 들어갔다.

"좀 더 크면 이게 얼마나 좋은지 알고 엄마한테 고마워할 거다."

"이렇게 수수한 사육장은 싫은데."

"그럼 토끼를 고르지 말지 그랬니. 엄마는 말이 될 거야.

비비며 목초를 우적우적 먹는 모습은 별로 보고 싶지 않다. 입꼬리에서 침이 뚝뚝 떨어졌다. 이 표정을 볼 때마다 난 할아버지가 조금 싫어진다.

그런 내 속마음을 알아차렸는지 할아버지가 잇몸을 드러내며 울었다. 내 옷에 할아버지의 침이 튀었다.

할아버지는 산양이다. 그것도 검은색과 흰색 얼룩무늬 산양이다. 검게 테두리가 쳐진 노란색 눈만 보면 어쩐지 소 같기도 하다. 뿔은 짧게 잘라내서 거의 보이지 않는다.

탈바꿈한 것에 대해서는 불만 없다. 인간은 언젠가 반드시 탈바꿈하기 마련이고, 기침이 멎지 않는 병에 걸렸을 때는 할아버지가 빨리 탈바꿈해서 편해지길 바랐다. 병에 걸린 몸을 얼른 벗어던지고, 건강한 몸을 얻으면 좋겠다고.

하지만 하필이면 산양이 될 줄은 몰랐다.

왜 할아버지가 산양을 선택했는지는 모르겠다. 눈은 탁해서 무섭고, 밥 먹는 모습도 어쩐지 기분 나쁘다. 크기가 어중간해서 축사에 계속 가둬놓지도 않으므로 어슬렁어슬렁 돌아다닌다. 일도 못 한다. 덤으로 자주 트림을 한다.

먼저 탈바꿈한 할머니는 암소가 됐고, 지금은 외양간에서 지내며 일한다. 다정한 소 할머니는 쓰다듬으면 기쁜 듯이 운다. 인간이었던 시절에 다정했던 할머니와 다름없는 모습이다. 잘 탈바꿈한 사례라고 생각한다.

한편 산양으로 탈바꿈한 할아버지는 상냥했던 예전 성격을 완전히 잃어버리고, 내게 침을 뱉는 동물이 돼버렸다. 산양이 된 탓에 불량하게 살아가는 쪽으로 내면이 점점 기울어진 것이리라.

모든 동물은 평등하다고 스승님에게 배웠지만 내 생각은 다르다. 착한 동물과 나쁜 동물은 확실히 존재하며, 산양은 나쁜 동물이다. 그 사실을 알아차리지 못하고 산양이 됐으니, 할아버지도 분명 몰랐던 것이리라.

난 허겁지겁 밥을 먹었다. 할아버지의 침이 튄 원피스를 입고 있기 싫어서였다. 눈을 반쯤 감고서 팥을 씹는 할아버지를 보고 있으려니 엄마가 모처럼 지어준 팥밥도 별로 맛이 없었다.

산양 할아버지와 같이 밥을 먹어서 좋은 점은 밥그릇에 당근 스틱을 몰래 던져 줄 수 있다는 것뿐이다. 당근 스틱을 던져 준 건 누구에게도 들키지 않았다. 막상 식사가 시작되면 아빠고 엄마고 할아버지에게는 시선을 주지 않기 때문이다.

할아버지가 나지막하게 울었다. 맛있다고 하는 걸까, 불만을 호소하는 걸까. 그것조차 알 수가 없었다.

우리 공동체에는 수많은 동물과 수많은 사람과 스승님 한 명이 평온하게 살고 있다. 동물은 대부분 탈바꿈한 인간이다. 우리는 탈바꿈하기 전에도 탈바꿈한 후에도 서로 사이좋게 도우며 지낸다.

어른, 아이, 동물 모두 일해야 해서 힘들지만, 나는 이 공동체가 싫지 않았다. 농작업을 하지 않으면 나도, 탈바꿈을 끝낸 가족도 굶주린다. 그래서 나도 아침 일찍 일어나서 수확을 거들곤 한다.

우리가 하는 일에 큰 차이는 없다. 누구나 스승님의 가르침대로 '살기 위한 노동'을 하며 지낸다.

예외가 있다면 스승님뿐이다. 스승님은 우리를 지켜보거나, 병을 치료하거나, 탈바꿈을 돕는 등 특별한 일을 맡는다. 스승님은 절대 그 누구도 대신할 수 없는 사람이다.

스승님은 이 공동체의 창설자로, 노인의 모습을 하고 있지만 절대로 탈바꿈하지 않는다고 한다. 그것도 스승님이 특별한 존재라는 증거다.

인간은 반드시 탈바꿈한다. 나이를 먹어 몸이 불편해지고 의식이 없어져서 탈바꿈한다. 또는 심한 병에 걸려 고열로 몸부림치다가 탈바꿈한다. 탈바꿈은 누구나 겪는 일이라고 스승님은 말했다. 그러니 두려워해서는 안 된다고.

탈바꿈한 인간은 인간의 몸을 버리고 다른 동물로 다시 태어나 새로운 생활을 시작한다. 그것이 인간으로 태어난 자의 숙명이다.

어떤 인간도 무슨 일이 일어날지는 모른다. 나는 아직 열두 살이라 어리지만, 이 나이에 탈바꿈하는 사례도 있다. 그래서 이 무렵부터 자신의 사육장을 장만해 언젠가 찾아올 탈바꿈의 날에 대비하는 것이다.

탈바꿈하면 좋아하는 동물이 될 수 있다. 내가 토끼로 태어나고 싶어 한다는 건 스승님도 잘 안다. 이렇게 먼저 희망을 전해 두면, 우리가 원하는 동물이 될 수 있도록 스승님이 도와준다.

내가 토끼로 탈바꿈하고 싶다고 말했을 때 스승님은 진지한 표정으로 고개를 끄덕였다.

"토끼라. 멋지구나, 구이나. 네 이름대로 흰눈썹뜸부기가 아니라도 괜찮겠니?"

"네, 토끼가 좋아요. 이름은 상관없어요."

난 새를 별로 좋아하지 않으므로 실은 내 이름도 마음에 안 들었다. 흰눈썹뜸부기로 다시 태어나기는 절대로 싫었다. 왜 나한테 이렇게 이상한 이름을 지어줬느냐고 엄마한테 물어보자, 엄마는 전혀 미안해하는 기색 없이 대답했다.

"사람은 언젠가 동물로 탈바꿈하니까 갓난아기한테 동물 이름을 붙이면 신께서 이미 탈바꿈을 마친 줄 알고 인간의 모습을 오래 유지하게 해 주시거든."

생각해 보면 내 또래 여자애들도 다들 동물 이름이었다. 이루카*, 쓰바메*, 그리고 우사기*라는 아이도 있었다.

"탈바꿈은 좋은 일이잖아? 왜 미루려고 하는데?"

"탈바꿈이 좋은 일이기 때문이지. 할아버지도 옆집 다치바나 씨도 돌봄을 받으며 행복하게 지내고 있지? 구이나는 열심히 일해야 해. 그렇게 호강하기는 아직 일러."

확실히 할아버지는 매일 먹고 자고 먹고 자고를 반복할 뿐이다. 일을 할당받는 것도 아니고, 예배에 참석할 필요도 없다. 자기 내키는 대로 살아가는 지금 삶이 할아버지는 몹시 마음에 들 것이다.

"그럼 이왕이면 우사기라고 이름을 붙이지 그랬어?"

"구이나가 토끼가 되고 싶어 할 줄은 몰랐는걸. 미안해."

엄마가 전혀 진지하지 않은 목소리로 사과했다. 그 말을 들으니 더 불만스러워졌다.

★ 이루카, 쓰바메, 우사기는 각각 돌고래, 제비, 토끼를 가리킨다.

그래서 스승님이 "멋지구나" 하고 말해줬을 때는 정말 기뻤다.

사육장을 장만한 후 근처에 사는 미카기라는 남자애를 몰래 만나기로 했다. 미카기는 열두 살로 나와 동갑이다. 탈바꿈할 동물을 정해 사육장이나, 아니면 그것에 비견하는 물건을 장만해야 할 나이다.

미카기가 몰래 만나고 싶다길래 분명 중요한 이야기를 꺼내겠거니 싶었다. 볕에 탄 피부와 커다란 눈이 인상적인 그와 단둘이 있으면 늘 가슴이 몹시 두근거렸다.

우리는 밤에 몰래 집을 빠져나와 양 축사 너머 강 근처에 가서 앉았다. 가는 내내 미카기가 한마디도 하지 않아서 심장이 더 뛰었다. 잠시 후 미카기가 결심한 듯 입을 열었다.

"넌 무슨 동물로 탈바꿈할 생각이야?"

"아……."

역시 그거구나 싶었다. 미카기는 이 이야기를 하기 위해 날 불러낸 것이다.

기본적으로 본인이 무슨 동물로 탈바꿈할지는 스승님을 제외하면 가족에게만 알려준다. 실제로 탈바꿈할 때까지 다른 사람들에게는 비밀이다. 비밀을 공유하는 건 장래에 가족이 될 만한 사람뿐이었다. 그런데 미카기가 이런 질문을 하다니, 그냥 무신경한 게 아니라면 아주 중대한 사태였다. 미카기의 속내를 몰라서 빤히 바라보았지만, 놀리는 것처럼 보이지는 않았다. 나는 두근대는 마음으로 그의 질문에 답했다.

"난…… 토끼가 될 거야."

"토끼?! 왜 하필 토끼야! 아무 도움도 안 되잖아! 정말이지 여자 마음은 알다가도 모르겠다니까!"

"뭐 어때…… 토끼는 귀여운걸. 미인으로 칭송받는 사람은 다들 토끼가 되고 싶다고 한다잖아. 토끼가 좋아."

말하고 나서야 마치 토끼로 탈바꿈해야 마땅할 만큼 나 자신이 예쁘다고 말한 것 같아서 좀 쑥스러웠다.

"토끼를 무시하면 가만히 안 있을 거야. 탈바꿈한 후에 날 못 쓰다듬게 해야지. 확 물어버릴 거야."

"……구이나가 토끼로 탈바꿈하고 싶어 하다니 의외라서. 무시해서 미안해. 토끼는 귀엽지. 구이나에게 잘 어울려."

미카기가 허둥지둥 변명하자 뭐라고 형용할 수 없는 기분이 들었다. 탈바꿈한 후의 모습이 어울린다는 말을 들으니 멋쩍었다.

난 특별히 예쁜 구석 없이 평범하게 생긴 여자애지만, 언젠가는 내가 꿈꾸는 모습이 될 수 있다. 하지만 그건 지금의 나를 칭찬하는 말이 아니고…… 그런 생각이 머릿속을 빙글빙글 맴돌았다. 지금 당장 토끼가 돼서 미카기가 쓰다듬어 주면 좋겠다. 하지만 그러면 미카기와 이야기를 나눌 수 없으니까 아쉽다.

"미카기는? 미카기는 뭐로 탈바꿈하고 싶어?"

"난…… 일단 당나귀가 되고 싶어."

"당나귀? 어울리지 않는 건 아니지만…… 왜?"

"당나귀는 일을 잘해서 농작업에 도움이 되잖아. 좁은 곳에서도 잘 움직이니까 다양한 일을 할 수 있어. 그리고 그렇게 많이 먹지도 않지. 좋은 점 천지야."

미카기가 말한 당나귀의 장점은 나도 잘 안다. 공동체에도 당나귀가 여러 마리 있는데, 전부 믿음직한 일꾼이다. 가끔 변덕을 부려서 어딘가 멋대로 달려가는 당나귀도 있지만. 토끼와 당나귀의 크기며 사는 곳이 얼마나 다른지 생각하자 쓸쓸한 기분이 들었다.

그리고 산양으로 탈바꿈한 할아버지도 인간일 적에는 산양이 돼서 힘껏 일하겠다고 했지만, 실제로는 먹고 자기만 한다.

당나귀로 탈바꿈한 미카기가 신나게 말썽을 부리는 모습을 상상하자 기분이 언짢아졌다. 그런 점에서 보면 토끼로 탈바꿈한 지인들은 전부 인간이었을 때와 성격이 똑같으니까 난 토끼가 좋다.

내 부루퉁한 표정을 봤는지 미카기가 불쑥 말을 이었다.

"우리 형, 이미 탈바꿈했잖아."

"아아…… 그랬지. 3년쯤 전에 열병에 걸렸었나."

미카기의 형과는 그가 인간이었을 적에 자주 이야기를 나누었다. 아는 게 많아서 듬직한 사람이었다. 그가 열병에 걸렸을 때는 분명 인간으로서 평생 할 일을 다 했기 때문이 아닐까 싶었다.

"우리 형은 돼지로 탈바꿈했어. 남은 음식을 실컷 먹으면서 살을 찌우다가, 시기가 되면 새로운 돼지로 탈바꿈하지. 그러면서 우리에게 피와 살을 나눠줘. 그런 일을 하는 거야."

"응. 나도 미카기 집에서 나눠준 돼지고기를 먹은 적 있어. 정말 맛있었는데. 돼지고기는 좀처럼 못 먹으니까 너희 오빠가 고마울 따름이야."

"형이 탈바꿈한 건 이번이 네 번째인데…… 아무리 봐도 요즘 좀 지친 것 같아. 남은 음식을 잔뜩 먹고 살찌우는 일이 힘든 것 아니려나.”

미카기의 얼굴은 괴로워 보였다. 미카기 형은 일꾼이었다. 분명 돼지가 된 후에도 변함없을 것이다. 그는 우리에게 고기를 제공하기 위해 열심히 먹는다. 하지만 네 번째쯤 되면 피로가 드러나는 법일지도 모르겠다.

일단 탈바꿈하고 나면 다른 동물이 될 수 없다. 토끼는 토끼, 돼지는 돼지의 삶이 계속된다. 할아버지가 현재 몸을 버리고 다시 태어나도 산양인 건 변함없다. 그것이 세상의 섭리다.

따라서 돼지가 된 미카기 형은 영원히 돼지로서 자신의 역할을 다해야 한다.

“요즘 형이 무슨 생각을 하는지 잘 모르겠어. 지난번 탈바꿈은 참 잘 됐는데 이번에는 음식을 줘도, 입도 안 댈 때가 있어. 심통이 난 거야. 난 형을 소중히 여기니까 부담은 주고 싶지 않아. 하지만 내킬 때만 밥을 먹어서 비쩍 말랐으니까 돼지로서는 자기 역할을 포기한 셈이지.”

“좀 질렸을 뿐인지도 모르잖아. 뭔가 따로 하고 싶은 일이 생겼을 수도 있고.”

우리 집에서도 할아버지는 완전히 반려동물 취급이다. 애당초 개나 고양이로 탈바꿈한 사람들은 아무 일도 하지 않고 마음 편히 지낸다. 미카기 형이 농땡이를 부리는 듯 보이는 건 지금까지 너무 열심히 일했기 때문이 아닐까?

미카기는 진지한 표정으로 고개를 끄덕였다.

"응. 형은 질렸을 거야. 우리는 영원히 이 공동체에서 지내야 하잖아. 잔잔한 행복이 쭉 계속되는 삶이지. 형은 돼지가 되기로 결심했을 때 '밥 먹고 자기만 하면 되니까 행복할 거야'라고 했어. 하지만 형은 너무 행복해서 이 삶이 싫어진 게 아닐까 싶어."

"나도…… 계속 먹고 놀기만 하면 된다고 하면 좀 질릴지도 모르겠네."

"그렇지? 그런 거야. 형은 기본적으로 돼지우리에서 나오지도 않잖아. 그래서 먹고 자기만 하면 되는 행복에 질린 게 아닐까."

아침에 졸린 눈을 비비며 일어날 때는 실컷 잠자도 혼나지 않는 동물이 부럽다. 먹고 자기만 하는 생활은 얼핏 보기에 행복해 보인다. 하지만 우리의 삶은 영원히 계속된다.

"그래서 난 다양한 일을 할 수 있는 당나귀가 되고 싶은 거야. 당나귀가 돼서 자식과 손주를 등에 태워 주기도 하는 거지. 그런 걸 못 하니까 형은 싫증이 난 게 아닐까 싶어."

미카기가 그렇게 말하고 웃었다. 미카기는 어린아이를 좋아해서 광장에 가면 늘 아이들과 놀아준다. 당나귀가 되면 광장에 가서 아이들을 상대해 줄 수도 있다. 난 어쩐지 주눅이 들어서 당나귀 근처에 가지 않았지만, 당나귀는 공동체에서 인기가 많은 동물이었다.

그렇게 따지니 당나귀가 미카기에게 잘 어울리는 것 같기도 했다. 처음에 당나귀가 되고 싶다는 말을 들었을 때와는 당나귀의 인상이 싹 달라졌다.

하지만 마음에 걸리는 점이 하나 있었다.

"……하지만 당나귀와 토끼는 같이 못 지내잖아."

무엇보다 크기가 너무 차이 나고, 아까도 말했듯이 사는 곳도 다르다. 미카기의 등에 올라타러 갈 수는 있을지도 모르지만, 온종일 함께 있기는 힘들 것이다. 당나귀는 농기구를 달고 일해야 하고, 그럴 때 내가 할 수 있는 일은 동그랗고 까만 눈으로 미카기를 바라보는 것뿐이다.

"……뭐, 토끼와 당나귀가 같이 있는 모습은 본 적이 없네."

"그래. 탈바꿈한 후에도 사이좋게 지내는 건 종류가 같은 동물뿐이야."

실제로 할아버지와 할머니는 부부였는데도 지금은 전

혀 다른 곳에서 지낸다. 그게 잘못됐다고 생각지는 않고 각자 원하는 동물이 되면 그만이지만, 만약 할아버지가 할머니처럼 소로 탈바꿈했다면 지금도 두 사람은 같이 지낼 것이다.

"부부가 같은 동물로 탈바꿈하는 경우가 더 드물지. 가족을 부양하기 위해 각각 한 마리씩만 있으면 되니까."

미카기가 마치 고백 같은 말을 해서 심장이 한순간 쿵쿵 뛰었지만, 탈바꿈한 후에 따로 지내야 한다는 슬픔이 앞서서 나는 고개를 숙였다.

"알아. 하지만 인간으로서 부부로 지내는 시간보다 탈바꿈한 후에 보내야 하는 시간이 훨씬 길잖아. 계속 함께 있고 싶어……."

"우리 엄마 아빠는 인간 시절에만 함께 지내면 충분하대. 너무 오래 붙어 있어도 서로 싫어진다던데……."

"난 안 그래. 안 싫어할 거야."

오늘 사육장을 장만해서 그런지 어린아이같이 투정을 부리고 말았다. 공동체에서 열두 살은 중요한 나이다. 앞으로 영원히 계속될 삶을 진지하게 생각해야 하는 시기다. 은색 사육장 속에서 가끔 미카기를 만날 날만 기대하며 살기는 싫었다.

"저기, 토끼가 되자."

"뭐?"

"미카기도 토끼가 되는 거야. 토끼끼리는 탈바꿈한 후에도 쭉 같이 지낼 수 있잖아? 인간 부부로 지낸 후에는 토끼 부부로 지내는 거야. 응? 그러자."

그 은색 사육장보다 두 배쯤 큰 사육장을 장만해서 미카기와 함께 사는 모습을 상상했다. 그러면 우리는 영원히 함께 지낼 수 있다. 보드라운 몸을 서로에게 기대고 털을 골라주며 오붓하게 사는 것이다.

"내가 토끼라니 영 격에 안 맞잖아……."

"하지만 토끼 중에는 수컷도 있잖아. 그리고 미카기는 토끼가 돼도 털가죽이 정말 멋질 거야. 나랑 영원히 같이 지내자, 응?"

스스로 생각하기에도 창피한 소리다 싶었지만, 앞으로 미카기를 독차지할 수 있다면 창피한 게 대수냐 싶었다. 공동체에 동물 부부가 없는 건 아니다. 같은 닭장에 사는 닭 부부도 있을 것이다. 나는 장래에 미카기와 토끼 부부가 되고 싶었다. 미카기와 인간으로서 자식을 키운 후에, 토끼로서도 자식을 키우고 싶었다.

"분명 지루하지 않을 거야. 미카기와 함께라면 틀림없

이 영원히 즐겁겠지.”

“……네가 당나귀로 탈바꿈한다는 선택지는 없는 거야?”

“어, 아니, 그건.”

“농담이야. 넌 당나귀가 안 어울리니까.”

미카기는 그렇게 말하고 상냥하게 웃음 지었다.

“알았어. 나도 토끼가 될게.”

“저, 정말로? 괜찮겠어?”

“응. 나도 구이나랑 영원히 함께 지내고 싶으니까.”

기쁨이 서서히 솟구쳤다. 나도 모르게 미카기에게 안겼다. 탄탄한 미카기의 몸은 몹시 뜨거웠다. 그리고 작은 동물처럼 심장이 빠르게 뛰었다. 미카기도 어색하게 내 몸을 끌어안았다.

“정말로 영원히 함께 있어 주는 거구나…… 기뻐…….”

“스승님과 가족에게도 말할 거고, 뭣 하면 지금 이 자리에서 맹세할게. 난 내일 당장 탈바꿈하더라도 토끼가 될 거야. 너도 탈바꿈할 때까지는 날 쓰다듬으러 와도 돼.”

“안 물 거야?”

“넌 안 물게. 준야가 함부로 만지면 앞니 맛을 보여 줄 거지만.”

미카기가 농담하길래 난 킥킥 웃었다. 기뻤다.

　인간으로서 하고 싶은 일은 많지만, 지금 당장 둘이 탈바꿈해서 내일부터 토끼 부부로 사는 것도 나쁘지 않을 것 같았다. 미카기의 몸은 지금도 따뜻하지만 토끼가 되면 분명 더 따뜻하리라.

　그런 생각을 했기 때문일까.

　그로부터 사흘 후, 미카기는 정말로 탈바꿈하고 말았다.

　비가 내린 직후라 강물의 흐름이 빨라진 날이었다.

　그런데도 미카기는 비가 내리고 나면 물고기가 더 잘 잡힌다면서 강으로 향했다. 우리 모두 물고기를 좋아했다. 물고기는 영혼이 없어서인지 아무리 잡아도 금세 불어나는, 식물 같은 먹거리였다.

　미카기는 강물에 휩쓸려 탈바꿈하게 됐다. 미카기가 가져간 물고기용 바구니가 뾰족한 바위에 걸려 있었다.

　다들 미카기가 무엇으로 탈바꿈할지를 두고 소곤대는 와중에도 난 그가 무사할 거라고 믿었다.

　아무리 강이 빠르게 흐른다 해도, 미카기는 수영이 특기였다. 어쩌면 다들 수런거리는 것처럼 물에 빠진 게 아니라 지금 강 하류에서 열심히 돌아오는 중인지도 모른다.

　하지만 스승님이 탈바꿈한 미카기를 광장으로 데려와

서 내 낙관적인 상상은 중단됐다. 미카기는 인간에서 커다란 당나귀로 다시 태어났다. 흑갈색 몸에 귀가 쫑긋하니 상상했던 것보다 커다란 당나귀였다.

평소 어른이 되면 공동체에서 덩치가 제일 클 거라는 말을 듣곤 했지만, 설마 당나귀가 돼서도 이렇게 클 줄이야. 이 정도면 어린아이가 아니라 어른도 태울 수 있으리라.

"자, 보다시피 미카기는 당나귀로 탈바꿈했다. 앞으로는 새로운 모습을 얻은 미카기와 함께 살아가자꾸나."

고삐를 쥔 스승님이 드높은 목소리로 선언했다. 광장에 모인 사람들은 일제히 박수를 쳤다. 미카기는 강물에 떠내려갔지만 무사히 탈바꿈을 마쳤다. 게다가 이렇게 훌륭한 당나귀가 됐다. 원래 같으면 성대하게 축하해야 할 일이다. 나도 사흘 전에 미카기와 대화를 나누지 않았다면 순순히 박수를 쳤을 것이다.

촉촉한 눈동자로 이쪽을 바라보는 미카기를 난 원망스럽게 흘겨보았다. 미카기, 토끼가 되기로 한 거 아니었어? 나랑 영원히 함께 지내겠다는 약속은 어떻게 된 거야. 생각하면 할수록 울분이 쌓였다.

그때는 그냥 듣기 좋으라고 그렇게 말한 걸까. 그렇게 생각하자 점점 서글퍼졌다. 하다못해 미카기가 훨씬 나중에 탈바꿈했다면 그새 마음이 변할 만도 하다고 체념했을 텐데.

"구이나. 시무룩한 표정이네. 무슨 일 있어?"

옆에 서 있던 쓰바메가 걱정스럽게 물었다. 아니라고 대답하려다가 숨을 삼켰다.

어느덧 당나귀 미카기가 눈앞에 서 있었다. 눈동자에 내 모습이 비쳤다. 스승님은 고삐를 잡아당기지 않고 미카기가 마음대로 하도록 놔두었다.

"미카기……."

내가 이름을 부르자 미카기는 내 가슴에 머리를 비비다가 손을 널름 핥았다.

"꺅, 미, 미카기?"

"아아. 미카기는 구이나를 좋아했으니까……."

미카기 아빠가 그렇게 말했다. 중요한 자리라서인지 돼지가 된 미카기 형을 데려왔다. 미카기 형은 들떴는지 거듭 콧김을 거세게 뿜어냈다. 동생이 탈바꿈한 순간을 볼 수 있어서일까.

"이런 소리를 하려니 좀 그렇지만, 언젠가 구이나가 미카기의 색시가 되지 않을까 싶었어. 미카기는 늘 구이나 이야기만 했으니까……."

"그건……."

실은 밝히고 싶었다. 우리는 부부로 살다가 토끼로 탈바꿈해서 또 부부로 살기로 했었다고. 영원히 함께 지내기로 했었다고. 하지만 당나귀로 탈바꿈한 미카기가 하고 싶은 말이 있는 듯 날 계속 쳐다봐서 멋대로 그런 말을 꺼내기가 망설여졌다. 나는 내 곁으로 다가온 미카기를 바라보며 확인하듯 물었다.

"저기, 미카기. 난 미카기를 좋아해. 미카기는 지금도 날 좋아해?"

그러자 미카기는 한 번 더 머리를 비벼댔다.

그것으로 충분했다. 미카기의 심정을 전부 이해했다. 좀 더 함께 이야기하고 싶었고, 토끼 부부도 되고 싶었다. 하지만 미카기가 무사히 돌아온 것이 무엇보다도 기뻤다.

"미카기, 고마워. 정말 좋아해."

내가 쓰다듬자 미카기는 크게 울었다. 물론 날 깨물지는 않았다.

탈바꿈한 모습을 선보인 후 미카기는 당나귀로서 첫 일을 맡았다. 이 또한 중요한 의식의 일부다. 미카기는 제대로 탈바꿈했을 테니 문제없겠지만, 갑자기 날뛰는 사례도 없지는 않다.

　농기구를 매달자 미카기는 예전에 말했던 대로 열심히 일했다. 밭을 갈고, 수확물을 옮기고, 어린아이까지 등에 태웠다. 그 모습을 보고 역시 저건 미카기구나 싶었다. 가끔 의기양양하게 이쪽을 보는 모습이 귀여워서 내 평소 성격에 어울리지 않게 손을 흔들어 줬을 정도다.

　나는 아직 인간이니까 얼마든지 미카기를 만나러 갈 수 있고, 돌봐줄 수도 있다. 쓸쓸해할 이유가 전혀 없어서 기뻤다. 나는 앞으로도 변함없이 계속 미카기 곁에 있을 것이다.

　"미카기, 귀가 길구나. 꼭 토끼 같아."

　근처에 사는 네코야 씨의 말에 마음을 위로받았다.

　미카기는 결심하는 시기를 아주 약간 놓친 것이 틀림없다. 그래도 나와 나눈 약속을 잊어버리지는 않았다. 그래서 어떻게든 토끼가 되려고 했다. 그 결과가 이 길쭉한 귀이리라.

　물에 빠졌는데도 애쓴 미카기가 더욱 사랑스러워 보였다. 할 일을 마치고 나면 미카기의 토끼 같은 귀를 만지러 가기로 했다.

그 후로도 당나귀가 된 미카기를 정기적으로 만나러 갔다. 미카기도 보고 싶어 할 거라는 말을 들으면 얼굴이 빨개졌다. 인간과 당나귀가 연인이 될 수는 없을까 싶었다. 그런 터무니없는 소리가 어디 있느냐고 타박을 들을지도 모른다. 하지만 그런 생각을 머릿속에서 떨쳐낼 수가 없었다.

미카기가 당나귀로 탈바꿈했으니 차라리 나도 당나귀가 되는 게 어떨까 싶기도 했다. 이제 그 은색 사육장에는 미련이 없었다. 당나귀가 되어 미카기와 함께 농기구를 끌며 지낼 수 있다면, 그것도 행복하지 않을까.

난 그런 몽상을 하면서 숲속으로 들어갔다. 어제부터 할아버지 몸 상태가 안 좋았다. 뭘 줘도 고개를 내저으며 불평스럽게 울 뿐, 무슨 생각을 하는지 전혀 종잡을 수가 없었다.

"구이나. 할아버지를 위해 나무껍질을 좀 벗겨 오지 않겠니? 그거라면 드실지도 모르니까."

산양이 된 할아버지는 나무껍질을 아주 좋아한다. 할아버지는 나무껍질을 아주 오랫동안 잘근잘근 씹어 먹는다. 그 모습도 보고 있으면 기분이 나빴다. 하지만 난 가족을 위해 일해야 한다.

지난번 큰비로 숲이 많이 손상됐다. 그런 만큼 나무껍질이 잘 벗겨져서 할아버지의 밥은 금방 구할 수 있을 듯했다. 숲 전체에 싱싱한 냄새가 감돌았다. 나는 칼을 들고 강을 이정표 삼아 숲을 나아갔다. 강을 따라가면 길을 잃을 걱정은 없다.

벗겨낸 나무껍질을 자루에 넣고 나는 숲속으로 더 깊이 들어갔다.

"구이나."

나무껍질을 벗기고 있는데 나를 부르는 목소리가 들렸다.

잘못 들을 리 없었다. 귀에 딱지가 앉을 만큼 들었던 목소리다. 믿기지 않는 기분으로 돌아보자 시커멓게 더러워진 사람이 서 있었다. 맨발에 피가 맺혔고, 충혈된 흰자위만 번쩍번쩍 빛났다.

"뭐…… 뭐야? 꿈꾸는 건가?"

"구이나, 나야. 나라고…….”

더는 부정할 수 없었다. 미카기의 목소리였다. 당나귀의 나지막한 울음소리가 아니라, 내가 잘 아는 미카기의 목소리였다. 그 목소리가 내 이름을 간절히 불렀다.

순간 가슴속에서 정체 모를 공포가 고개를 쳐들었다.

괴물을 봤을 때 느끼는 공포와는 다른, 뭐라고도 형언할 수 없는 두려움이었다. 이 감정은 대체 뭘까? 왜 이렇게 무서울까.

이 공포가 어디서 비롯됐는지 확인하기도 전에 아앗, 아, 아아…… 앗, 하고 당혹감에 찬 목소리가 저절로 새어 나왔다. 왜. 어째서 미카기가 여기 있을까. 뒷걸음치는 나를 보고 미카기는, **탈바꿈하기 전 미카기의 모습을 한 그것**은 상처받은 듯했다. 그리고 변명하듯 말했다.

"……가, 강에 빠져서, 머리를, 찧었어. 우, 움직일 수, 없었지만, 강이, 흐르니까, 쭉, 상류를 향해, 올라왔지. 그래서, 이런 꼴이, 된 거야."

아무래도 자신의 겉모습이 지저분해서 내가 겁먹었다고 생각하는 모양이었다. 확실히 옷이 더럽고 피부가 거칠거칠하니, 마치 야생 동물 같아서 무서워 보이기는 했지만 내가 겁먹은 이유는 그게 아닌데.

강물에 떠내려간 미카기가 살아 있을 가능성은 나도 이야기했다. 하지만 아무도 상대해 주지 않았다. 그러다 미카기가 탈바꿈해서 돌아왔다.

인간 미카기가 남아 있을 리 없다. 미카기는 당나귀가 됐으니까. 모두에게 칭찬받으며 의기양양하게 농기구를 끌었던 미카기. 내 손을 핥으며 애정을 표현한 미카기.

그게 미카기가 아닐 수 있을까? 미카기는 탈바꿈하지 않았다는 건가? 아니, 그럴 리 없다. 다들 그 당나귀가 미카기라고 했다. 미카기는 탈바꿈했다. 당나귀가 돼서 돌아왔다.

실패하지 않았다. 분명히 영혼이 옮겨 갔다.

옮겨 가지 않았다면?

그 당나귀는 미카기가 아니고, 눈앞의 미카기가 진짜라면?

"사…… 살려…… 살려줘…… 구이나…….”

미카기가 금방이라도 쓰러질 것 같은 표정으로 안간힘을 다해 내게 손을 뻗었다. 미카기가 강물에 떠내려간 지 일주일이 지났다. 계속 강 상류를 향해 걸어왔다면 체력은 한계에 다다랐을 것이다. 하지만 그렇기에 미카기는…….

공포가 뼛속까지 파고들었다. 말로는 다 표현할 수 없는 두려움이 내 몸에 떨어져 내렸다. 그 공포에 떠밀리듯 나는 힘껏 뛰어갔다. 그리고 상처투성이인 미카기를 밀쳤다. 미카기의 목구멍에서 당나귀 같은 신음 소리가 새어 나왔다.

미카기는 장난감처럼 땅바닥을 데굴데굴 굴렀다. 함께

지냈던 시절보다 많이 가벼워졌다. 허깨비라는 생각이 들었다. 이건 허깨비다.

"나의 미카기는…… 나의 미카기는 공동체에 있어! 넌 가짜야!"

금방이라도 사라질 것처럼 가벼워진 미카기를 걷어찼다. 미카기가 더 굴렀다. 난 미카기가 이정표 삼아 필사적으로 따라온 곳에 그를 빠뜨리려 했다.

"꺼져! 사라져! 없어져! 꺼지란 말이야!"

미카기가 더욱 내게 들러붙었다. 발굽을 닮은 새까만 손톱이 살을 파고들어 토할 것 같았다. 그 손을 떼어내려고 난 작업 도구를 꺼냈다. 나무껍질을 벗기는 데 사용한 큼지막한 칼이다. 그걸로 미카기의 팔을 힘껏 내리쳤다. 미카기는 비명을 지르며 손을 놓고 강 쪽으로 달아났다. 난 얼른 쫓아가서 미카기의 등을 칼로 찌르고 강으로 떠밀었다.

미카기의 몸에서 흐른 피는 깨끗한 물에 섞여서 금방 시야에서 사라졌다. 미카기 본인도 마찬가지였다. 칼을 잃어버렸다는 걸 깨달았지만 어쩔 도리가 없었다.

벌벌 떨리는 몸을 끌어안고 자루만 주워서 숲으로 돌아왔다. 원피스에 묻은 빨간 핏자국이 꿈꾼 게 아니라는 증거였다. 잘 기억나지는 않지만 피가 튄 곳은 할아버지의 침으로 더러워진 부분과 같은 곳인 듯했다.

혼자 남으니 아까 맛봤던 공포가 다시 솟구쳐서 몸이 뒤틀렸다. 이 사실을 설명하는 편이 좋을까, 설명하면 어떻게 될까 고민했다. 난 생명체에게 칼을 휘둘렀다. 공동체에서는 바람직하지 않게 여기는 일이었다.

사람에게 칼을 휘두르는 건 더더욱 그렇다. 모든 인간은 탈바꿈하는 시기를 되도록 하늘에 맡긴다. 남의 탈바꿈을 돕는 건 스승님이 지시했을 때뿐이다. 그 섭리를 어기면 영혼이 더러워져서 탈바꿈하지 못하게 된다.

그런데 내 칼에 맞은 그것은 대체 뭘까. 미카기? 미카기라고? 하지만 미카기는…….

아까까지 콧속을 간질였던 숲 냄새가 숨 막힐 듯한 피 냄새처럼 느껴졌다. 자루 속에서 나무껍질이 부스럭거리는 소리가 났다.

난 대체 뭘 본 걸까.

내가 고함을 지르는 것과 거의 동시에 옆에 있던 거대한 나무가 내게로 쓰러졌다.

정신을 차리자 나는 치료소의 이부자리에 누워 있었

다. 열과 통증이 몸 전체를 뒤덮었고, 심장 박동에 맞춰 온몸이 흔들리는 것 같았다. 시야는 절반 이상 빨갛게 물들었다.

"구이나! 일어나면 안 돼!"

엄마 목소리가 들렸다. 굳이 말리지 않아도 몸을 일으킬 수 없었다. 배 언저리에서 심한 통증을 유발하는 덩어리를 움직이면 온몸이 터질 것만 같았다. 분명 큰일 난 것이리라. 얼핏 눈에 들어온 손은 검붉게 변한 상태였다. 다시는 원래대로 돌아갈 수 없을 듯했다.

"아아…… 구이나…… 구이나…… 어째서…….."

엄마가 울었다. 옆에서 엄마를 위로하는 아빠 목소리가 들렸다. 스승님 목소리도 들렸다. 스승님은 웬만한 일이 아니면 우리를 찾아오지 않는다. 그러니 분명 탈바꿈할 때가 가까워진 것이다. 난 탈바꿈한다. 도망칠 수 없다. 그러한 현실을 의식하자 새빨개진 눈에 눈물이 고였다.

"우으으으으, 싫어. 므서어, 므섭따고."

혀짤배기소리가 나와서 무섭다는 말이 '므섭따'로 들렸다. 목소리를 제어할 수 없어졌다. 지금까지 잘 다루었던 말을 다룰 수 없어졌다. 탈바꿈한 할아버지와 미쿠모네 아주머니도 탈바꿈하기 직전에 말을 못 하게 됐다. 곧 시작된다, 곧. 이미 난 말을 잃기 시작했다.

"어으음마."

크기를 조절할 수 없는 탓에 입에서 말이라기보다 소리가 튀어나왔다. 엄마가 내 소리를 알아듣고 눈물을 글썽거리며 말했다.

"괜찮아, 구이나. 그냥 푹 자면 돼. 깨어나면 탈바꿈을 마쳤을 거야. 토끼가 될 거라고 했지? 걱정하지 마. 엄마는 토끼가 된 구이나도 소중히 아낄게."

분홍색 사육장으로 할 걸 그랬다고 엄마가 말했다. 이렇게 빨리 탈바꿈할 줄은 몰랐어. 지금도 늦지 않았으니 일단 은색 사육장에 넣어두고 바로 분홍색 사육장으로 바꿔줄게. 그렇게 속삭이는 목소리가 들렸다.

"우으으끄으으, 부농, 우으으으, 부, 농."

분홍색 사육장이 아니라도 괜찮다. 새로 장만할 필요 없다. 그렇게 말하고 싶었지만 목소리가 제대로 나오지 않았다. 아무 말도 할 수 없었다. 목구멍에서 쇠 맛이 나고, 늪지의 거품이 터지는 것 같은 소리가 났다. 분홍색 사육장을 장만하지 않아도 된다. 어쩐지 이제 내게는 아무 의미도 없는 것처럼 느껴지니까. 은색 사육장이라도 아무 상관 없을 것 같으니까.

“구이나, 괜찮니? 구이나.”

“끄으으으, 부농, 우으윽!!”

“분홍색 사육장을 꼭 준비할게. 조금만 참으렴. 아아, 빨리…… 스승님, 구이나를 빨리 편하게 해 줄 수 없을까요, 스승님.”

아빠가 내 손을 잡고 스승님에게 호소했다. 고통을 다스릴 방법은 없다고 스승님은 말했다. 어떤 약을 써도 괴로움을 덜어줄 수는 없어. 그럼 어떻게 하면 될까요? 빨리 탈바꿈을. 알았네. 이 아이는 이미 준비가 다 됐어. 탈바꿈하기 직전이야. 좀 앞당기도록 도와줘도 되겠지. 스승님, 정말이십니까. 암, 도와주도록 해.

내가 고통에 찬 목소리로 끊임없이 짐승처럼 울부짖어서인지, 스승님은 탈바꿈하기 직전이라고 인정했다.

그렇구나. 이렇게 인간에서 동물로 다시 태어나는 거구나. 일단 목소리부터 바뀐다. 그런데 토끼가 울던가? 내가 알기로 토끼는 코를 킁킁대거나 콧김을 내뿜기는 해도 울지는 않았다.

그럼 난 대체 뭐가 되는 걸까?

“도와줄게, 구이나. 구이나는 분명 예쁜 토끼가 될 거야. 공동체에서 털이 제일 반질반질하니 예쁜 토끼가 되는 거야."

아빠가 그렇게 말하며 내 목에 손을 댔다. 아빠의 굵은 손가락이 목을 꽉 졸랐다. 고통이 최고조에 달했고, 입속에 고인 피가 아빠 손에 튀었다. 하지만 아빠는 손에서 힘을 빼지 않았다. 내가 탈바꿈하는 걸 돕기 위해 더 힘을 주었다. 숨이 안 쉬어진다. 괴롭다. 목소리가 코로 빠져나가서 드디어 토끼 같은 소리가 났다.

의식이 서서히 명멸했다. 난 명멸이라는 말을 모르는데도, 그런 말이 머릿속에 솟아올랐다. 어떻게 된 걸까. 내가 더 이상 내가 아니게 된다. 내가 빈틈없이 덧칠돼서 사라진다.

그 순간 두려움이 목구멍을 가득 채웠다. 내 의사와는 상관없이 몸이 펄떡펄떡 움직였다. 너무 무서워서 나 자신을 제어할 수 없었다. 안간힘을 다해 도망치려 하지만, 여기서부터는 결코 도망칠 수 없다는 걸 안다. 숨쉬기가 괴로운데도 목소리가 멈추지 않았다. 숲에서 미카기를 보았을 때 의미 없는 신음이 새어 나온 것처럼.

아빠가 탈바꿈을 도와주겠다고 나서는 바람에 지옥 같은 고통을 맛보면서 난 공포의 정체와 대면했다. 나는 왜 미카기를 보고서 그렇게 두려워하며 난리를 쳤을까.

간단하다. 미카기가 살아 있다면, 미카기가 살아 있는데도 당나귀 미카기가 나타났다는 건 하늘이 무너지는 사태다. 세상이 뒤바뀐다. 완전히 뒤바뀐다.

그래서 무서웠던 것이다.

그 당나귀가 미카기가 아니라면, 그 산양은 할아버지가 아닐지도 모른다. 할머니는 암소가 아닐지도 모른다. 미나코는 닭이 아닐지도 모른다. 스기노미 씨는 거북이 아닐지도 모른다. 수많은 의혹이 꼬리에 꼬리를 물고 폐까지 밀려 올라왔다. 더는 숨쉴 수가 없었다. 눈이 더는 못 견딜 만큼 아팠다. 그래도 마지막으로 남은 의식이 결론을, 가장 큰 공포를 내 앞에 들이대려 했다.

인간은 탈바꿈하지 않는 건지도 모른다.

인간이 언젠가 탈바꿈해 동물이 된다는 건 거짓일지도 모른다.

그럼 난 어떻게 되는 걸까. 아빠는 내가 탈바꿈하리라고 믿는다. 엄마도 마찬가지다. 하지만 난 알아차리고 말았다. 당나귀 미카기를 본 후에 인간 미카기를 본 건 나뿐이다. 인간이 탈바꿈하지 않을지도 모른다는 사실을 알아차린 건 지금 탈바꿈하려 하는 나뿐이다.

시야가 어두워졌다. 들려오는 소리도 점점 희미해진다.

전부 어둠에 휩싸이려 한다. 자기 싫은데도 억지로 재우는 듯한 감각. 하지만 내게는 두 번 다시 아침이 오지 않으리라는 걸 안다. 깨닫고 말았다.

의식을 되찾으려 애썼지만 어떤 저항도 의미가 없었다. 그토록 세게 목을 조르던 아빠의 손조차 더는 느껴지지 않았다. 무섭다. 무섭다. 하지만 무섭다는 게 뭔지조차 알쏭달쏭해졌다.

인간이 탈바꿈하지 않는다면 이 끝없는 어둠 앞에는 뭐가 있을까. 스승님은 왜 이 앞에 뭐가 있는지 우리에게 비밀로 했을까. 아니면 전부 악몽이고, 난 은색 사육장 속에서 멀쩡히 눈을 뜨는 걸까?

믿고 싶었다. 믿고 싶은데도 내 몸속 근원에 있는 뭔가가 본능적인 공포심을 유발하며 이 앞에 아무것도 없다는 걸 알려 주었다. 아침은 오지 않는다. 내게 아침은 오지 않는다.

영혼을 불사르는 듯한 공포 속에서 나는 스승님이 왜 이 사실을 비밀로 했는지 마지막으로 깨달았다. 우리는 예외 없이 이 공포 속에서 삶을 마친다. 이런 결말이 기다리고 있다는 걸 알면 우리는 살아갈 수조차 없으리라. 그래서 내내 숨겨 왔다.

두렵다. 무섭다. 아침은 오지 않는다. 토끼 사육장, 산양. 은색. 당나귀. 없다. 전부 없다.

영겁의 무無가 나를 기다린다.

도펠예거

초조함에 손가락이 꼬이기 전에 일단 드레스 밑자락을 찢었다.

묵직하게 다리에 들러붙는 감색 천은 여차할 때 다리를 옭아맬 것이다. 천을 난로의 철책에 걸치자 비교적 쉽게 찢어졌다. 그나저나 왜 이렇게 불편한 옷을 입고 있는 걸까. 애당초 왜 자신이 이런 곳에 있는 건지도 모르겠다.

케이주가 아는 바라고는 이대로 여기 있으면 큰일 난다는 것뿐이다.

여기는 서재 같은 곳일까? 곰팡내 풍기는 서가에 가죽으로 장정한 책이 가득 꽂혀 있었지만, 책등의 글씨를 읽을 수 없어서 무슨 책인지는 모르겠다.

커다란 창문으로 밖을 보았다. 여기는 2층인 듯 지면이 멀었다. 그리고 천둥번개를 동반한 비가 내려서 밖이 잘 보이지 않았다. 창문을 열고 내다보려 했지만 자물쇠가 풀리지 않았다. 창틀을 덜컥덜컥 흔들 때마다 초조함이 점점 쌓였다.

케이주는 전에도 여기에 온 적이 있어서 앞으로 무슨 일이 일어날지 안다. 상상만 해도 구역질이 밀려올 만큼 끔찍한 일이다. 이대로 정신을 잃으면 얼마나 좋을까 싶지만, 아무리 호흡이 거칠어져도 원하는 암전은 찾아오지 않는다. 여기는 그런 곳이다.

"젠장, 왜 안 열리는 거야…… 왜, 내보내 줘, 내보내 달라고."

몸을 덜덜 떨며 몇 번이나 중얼거렸다. 소리를 치지 않는 건 그랬다가는 위치가 들통나기 때문이다. 여기 있으면 금방 들킨다.

그렇게 생각한 순간, 케이주는 정신없이 달렸다. 서재 문을 열고 전속력으로 뛰었다. 넓은 복도에 붉은 융단이 깔린 덕분에 발소리가 별로 나지 않아서 다행이었다. 이 소리를 알아듣고 얼마쯤 후에 그것이 나타날까.

어두운 복도를 달려가자 트인 곳이 나왔다. 마치 그림책에 나올 법한 커다란 계단이 샹들리에가 달린 현관홀로 이어진다. 하지만 불빛이 전혀 없어서 주변은 고요한 어둠에 잠겨 있었다. 귀가 아플 만큼 조용하다. 허억, 허억, 하고 자신의 한심한 숨소리만 들렸다.

눈앞에 커다란 두짝문이 있었다. 하지만 창문과 마찬가지로 무정하게 잠겨 있다는 걸 안다. **케이주를 사냥하러 오는 존재는 그런 취향을 좋아한다.** 그것이 문을 두드리는 자신의 머리채를 붙잡아 바닥에 넘어뜨리는 광경이 쉽사리 상상됐다. 그럼 끝장이다. 죽는다.

드넓은 저택에 숨을 만한 곳은 거의 없었다. 그렇다면 어떻게 해야 할까? 이제 시간이 없다. 붙잡힌다. 붙잡혀서 죽는다.

케이주는 필사적으로 주변을 둘러보았다. 뭔가 허를 찌를 만한 방법이 없을까. 몇 초 망설인 후, 케이주는 뒤쪽에 있는 물건으로 뛰어들었다. 문을 닫고 숨을 죽였다. 입을 손으로 꼭 틀어막았는데도 목구멍 깊은 곳에서 겁에 질린 소리가 새어 나오는 걸 억누를 수 없었다.

잠시 후 멀리서 또각또각, 하고 구둣발 소리가 들렸다. 그 소리는 천천히 계단을 올라오더니 케이주 눈앞에서 멈췄다. 제발 지나가라. 신이여, 살려주세요. 엄마, 엄마, 살려줘.

눈앞에 있는 사냥꾼이 멀어지는 기척이 느껴졌다. 성공

했다. 들키지 않았다! 안도감에 눈물이 날 뻔했다. 당면한 위기를 넘겼으니 달아날 기회도 생길지 모른다. 그렇게 생각한 순간, 케이주가 들어가 있던 괘종시계가 울렸다.

케이주의 온몸이 벌벌 떨릴 만큼 종소리가 요란하게 울려 퍼졌다. 귓속이 아파서 괘종시계에서 뛰쳐나갈 뻔했다. 하지만 여기서 나가면 들킨다. 괴롭다, 무섭다.

"언제까지 거기 있을 거야?"

그 목소리를 들은 순간 온몸의 피가 얼어붙는 듯했다.

"거기로 도망칠 줄 알았지만, 재미있어서 그냥 놔둔 거야. 깜짝 놀랐지? 그 시계는 울리거든."

어느새 사냥꾼이 차가운 눈으로 케이주를 바라보고 있었다. 헉, 하고 숨을 삼키는 것과 거의 동시에 괘종시계의 유리문이 열렸다. 사냥꾼이 케이주의 머리채를 아무렇게나 움켜쥐고 턱을 바닥에 내팽개쳤다. 뿌득, 하는 소름 끼치는 소리와 함께 입속이 피로 가득 찼다.

"아…… 아파, 으으."

"그렇겠지."

사냥꾼이 기쁜 듯 웃었다. 케이주가 기침을 하자 부러진 이 두세 개가 바닥에 툭툭 떨어졌다. 사냥꾼은 그걸 보고 나서 케이주의 얼굴을 힘껏 걷어찬 후, 드레스에 감싸인 부드러운 배를 부지깽이로 마구 때렸다.

케이주가 고통에 못 이겨 비명을 지르자 갑자기 공격이 멈췄다. 설마 봐주는 건가. 아주 잠깐 희망이 샘솟았다. 케이주는 고통으로 가득한 고깃덩이나 다름없는 몸을 질질 끌며 사냥꾼에게서 달아나려 했다.

하지만 사냥꾼은 우아한 걸음걸이로 케이주를 앞질러, 두 배 크기로 붉게 부어오른 케이주의 손을 철제 기구에 얹었다. 열기를 띤 손바닥이 시원해져서 기분 좋았다. 하지만 그 기구의 정체를 알아차린 순간, 케이주는 다시 비명을 질렀다.

"어……시러, 시러, 하지 마, 안 대! 살려줘, 살려줘! 제발! 으아아아아아아아악!!!"

손바닥이 얹힌 철판 위에는 두꺼운 철판이 하나 더 있었다. 마치 뜨거운 샌드위치를 만드는 조리 도구 같았다. 사냥꾼이 붙잡고 있는 나사를 근엄하게 한 바퀴 돌릴 때마다 철판이 서로 가까워졌다. 바이스가 케이주의 손을 눌러서 찌부러트리려고 한다.

"하지 마!! 제발, 아픈 건 시러, 으아아악."

"응, 아픈 건 싫겠지. 싫을 거야."

"소…… 손은, 손은 안 대."

"피아노를 못 치게 될 테니까."

사냥꾼은 다정하기 그지없는 목소리로 말했다. 어떻게 아는 걸까 케이주는 의아했다. 그렇다, 피아노, 피아노를 못 치게 된다. 그건 싫다. 이 손만큼은 지켜야 한다. 그런 케이주에게 사냥꾼은 상냥함이 뚝뚝 묻어나는 목소리로 속삭였다.

"이미 납작해졌어."

"응, 아주 좋아졌네. 이대로 계속 연습하면 분명 발표회까지는 메리 크리스마스 미스터 로렌스를 칠 수 있을 거야."

난 웃음 띤 얼굴로 사오토메 리리사에게 말했다.

"정말요? 선생님, 진심으로 하는 말이에요?"

"응, 아주 잘했어. 리리사가 열심히 해 줘서 나도 기뻐."

그렇게 말하며 다시 미소 짓자, 리리사는 환히 웃으며 다리를 바동거렸다. 이 나쁜 버릇은 아무리 시간이 흘러도 고치지 못하지만, 피아노 실력은 놀랄 만큼 좋아졌다. 초등학교 4학년이라는 나이를 고려하면 상당히 잘 치는 편이다.

그렇기에 리리사가 가을 발표회에서「전장의 크리스

마스*」의 주제가 「Merry Christmas Mr. Lawrence」를 연주하고 싶다고 상담했을 때도 다짜고짜 거절하지 않고 진지하게 고민했다. 그렇게 고민한 끝에 「Merry Christmas Mr. Lawrence」를 편곡해서 리리사도 칠 수 있지만 원곡의 뛰어난 면도 살릴 수 있게 새로운 악보를 만들었다.

아무리 공들여 만들었어도 리리사가 연주하지 못하면 의미가 없다. 현재 실력을 넘을락 말락 하는 악보를 자기 것으로 만들 수 있느냐는 순전히 리리사에게 달렸다.

"게이주 선생님 덕분이에요! 고마워요! 무대에서도 열심히 할게요."

"응, 선생님도 정말 기대가 커."

"에헤헤, 선생님 정말 좋아해요."

리리사가 천진난만하게 고개를 기울였다. 목이 참 가느다랗다. 저 가느다란 목을 얼마나 꺾기 쉬울지 난 안다. 케이주의 목을 여러 번 꺾어 봤으니까.

그 감촉을 떠올릴 때마다 마음이 들끓었다.

하지만 눈앞의 소녀와 케이주를 함부로 동일시하지는

★　1941년 일본군 포로수용소를 배경으로 영국군 포로와 일본군 장교 간의 복잡한 인간관계를 그려낸 전쟁 영화로 1983년 작품이다.

않는다. 리리사는 케이주가 아니다. 그 정도 분별력은 있다. 난 리리사를 건드린 적조차 거의 없다.

"그럼 마지막 이 부분만 한 번 더 쳐 볼까. 성급하게 굴지 말고. 리리사는 너무 앞서 나가려는 경향이 있어."

악보를 가리키자 리리사가 기쁜 표정으로 건반에 손가락을 얹었다. 가느다란 손가락이 움직일 때마다 소리의 알갱이가 튕겨 나갔다.

케이주는 기다란 복도를 달리고 있었다. 복도 끝에 현관홀로 이어지는 커다란 계단이 있다는 걸 안다. 그러니 그쪽으로는 가지 않는다. 케이주는 침실 쪽으로 향했다.

천장이 달린 침대 밑에는 먼지 한 톨 없었다. 마치 기다렸다는 듯이 맞아들이는 기분이라 섬뜩했다. 하지만 이 침실로 도망치기를 선택한 이상, 숨는 것 말고 다른 선택지는 없었다.

침대 밑으로 기어들어가자 공간이 생각 외로 좁았다. 몸을 마음대로 움직일 수 없어서 재빨리 도망칠 수는 없을 듯했다. 들키지 않도록 기도할 수밖에 없어서 전보다 더 불안했다.

이윽고 사냥꾼이 침실로 들어왔다. 바닥에 엎드린 케이

주의 눈에 이리저리 돌아다니는 사냥꾼의 발이 보였다.

만약 들키면 사냥꾼은 케이주를 끌어내리라. 하지만 이쪽을 끌어당기는 손은 무방비하다. 아무 경계심 없이 내미는 손을 물어뜯는 것 정도는 할 수 있을지도 모른다. 아니면 다른 공격을 가하든지.

어차피 결국은 들킨다. 그렇다면 들켰을 때 조금이라도 좋으니 피해를 주겠다. 언제나 사냥하는 쪽인 상대에게 뜨거운 맛을 보여 주겠다. 그렇게 마음먹으니 케이주의 가슴속에 가학 욕구와도 비슷한 감정이 끓어올랐다.

손을 뻗어 봐라. 사냥당하는 입장이 될 것이라고는 상상도 하지 않는 네게 본때를 보여 주마. 손이 찌부러지는 고통을 알려 주마.

그때 자극적인 냄새가 케이주의 코를 찔렀다. 무슨 냄새인지 미처 궁금해하기도 전에 케이주의 몸이 화염에 휩싸였다. 등유를 뿌리고 불을 붙인 것이다. 케이주는 침대 밑에서 미친 듯이 몸부림쳤다. 심한 통증에 악을 쓰며 벌레처럼 기어나오자 사냥꾼과 눈이 마주쳤다. 케이주는 그대로 부지깽이에 눈을 꿰뚫렸다.

결혼식을 석 달 앞두고 사카모토 미쓰하는 잔뜩 들떴다.

신부인 나보다 결혼식 예복에 신경을 써서 결국은 맞춤 드레스까지 주문했을 정도다. 감색 드레스를 꼭 입어 달라는 그의 요청을 거절할 이유는 없었지만, 크리스마스처럼 결혼식을 고대하는 그의 모습을 보니 조금 쑥스럽기도 했다.

반년쯤 전부터 동거를 시작한 것도 내게 결혼이 그렇게 큰 이벤트가 아닌 이유 중 하나였다. 이름도 남편의 성씨를 따르지 않고 오키노 게이주로 유지할 생각이고, 집 1층에서 운영 중인 피아노 교실도 계속할 예정이다.

따라서 결혼은, 결혼하면 이걸 하자는 둥 저걸 하자는 둥 즐겁게 이야기하는 미쓰하를 볼 수 있다는 데 의의가 있는 이벤트에 지나지 않는다. 그는 오늘도 된장국을 먹으며 즐겁게 결혼식 이야기를 꺼냈다.

"게이주는 부르고 싶은 사람 있어? 피아노 교실 제자라든가? 왜, 메리 크리스마스 미스터 로렌스를 친다는 아이 있잖아. 그 아이를 위해 악보까지 새로 만들었으니까."

"그렇게 따지면 전부 불러야 공평하겠지. 그 나이대 아이들은 서로에게 금방 다 털어놓으니까, 누군 가는데 자기는 못 가면 싸울 거야."

"게이주는 참 착하다니까. 나 같으면 같은 제자라도 좀

100

더 챙겨 주고 싶은 아이가 있을 텐데."

"그런 게 아니야. 아이들이 피아노 말고 다른 일로 애태우는 게 싫을 뿐이지. 즐겁게 피아노에만 전념하면 좋겠어."

나는 그렇게 말하면서 젓가락으로 솜씨 좋게 꽁치 살을 발랐다. 뼈를 빼내고 자잘한 살점을 모은 후 미쓰하에게 말했다.

"자, 이거 먹어."

"어, 내가 먹으라고?"

"미쓰하는 생선 살을 잘 못 바르잖아. 자, 얼른."

그 말을 뒷받침하듯 미쓰하 앞에 놓인 접시에는 꽁치가 고스란히 남아 있었다. 난 미쓰하의 꽁치 접시를 가져오고, 꽁치 살점이 담긴 접시를 내밀었다. 기쁜 표정으로 접시를 받아 드는 걸 보니 꽁치 자체를 싫어하는 건 아닌 듯했다.

"고마워, 용케 알아차렸네."

"손도 대지 않았으니 알지. 다음부터는 아예 살을 발라서 줄까?"

"아무래도 그건 너무 어리광부리는 것 같아. 게이주의 손은 피아노를 치기 위한 손이니까 이런 데 사용해도 될까 싶어."

"난 이런 데 사용하고 싶어."

난 그렇게 대답하며 내가 먹을 꽁치 살을 발랐다.

미쓰하가 칭찬해 주는 내 손이 좋다. 손가락이 길쭉하고 전체적으로 큼지막해서 피아노 치기에 적합하다.

불에 살짝 데기만 해도 걱정되고, 볕에 타지 않도록 신경 쓴다. 손가락을 베이거나 삐지 않도록 늘 조심한다.

내 손이 바이스에 눌려 찌부러지는 광경을 상상만 해도 등골이 오싹하다. 손을 다치는 건 얼굴이나 다른 부위를 다치는 것보다 무서운 일이었다.

뇌파를 활용해 의식 모델을 만들어내는 기술의 사용법 중 신체가 마비됐지만 의식은 멀쩡한 감금 증후군 환자와 의사소통하는 것이 선량한 사용법이라면, 라이커스(Like us)에 인스톨하는 것은 추악한 사용법이라 할 수 있겠다.

라이커스는 사진 몇 장으로 정확한 3D 컴퓨터 그래픽 모델을 제작할 수 있는 기술이다. 제작한 3D 컴퓨터 그래픽 모델은 본인의 아바타로 사용할 수 있고, 자체 제작한 인공지능을 탑재할 수도 있다.

그 기술을 악용한 것이 다음과 같은 사례다. 어떤 남자가 만취한 동료를 집에 데려가서 의식을 복제해 라이커스에 인스톨하고, 동료와 똑같이 생긴 라이커스 모델을 만들어냈다.

동료의 라이커스 모델은 963일 동안 학대당했다. 하지만 이것 자체가 문제시된 건 아니다. 문제는 남자가 동료에게 폭력을 행사했다는 점이었다. 이가 부러질 만큼 폭행한 결과, 가택수색이 실시되었고 이 라이커스 모델이 발견됐다.

생김새 및 자아가 동료와 흡사한 라이커스 모델에 폭력을 행사한 행위는 처벌받을까?

결국 멋대로 타인의 의식 모델을 추출한 혐의와 동료에게 폭력을 행사한 혐의로만 처벌받았지만, 이 사건을 계기로 동의 없이 라이커스에 타인의 의식 모델을 인스톨하는 행위는 금지됐다. 복제품이라 할지언정 한없이 원본에 가까운 의식이 괴로움을 느끼는 건 엄연한 사실이라고 인정됐기 때문이다.

사건의 흐름을 보건대 범인이 어리석다고 하지 않을 수 없었다. 무슨 이유로든 남을 괴롭혀서는 안 된다. 동료를 실제로 폭행한 것도, 그의 의식 모델을 멋대로 라이커스에 인스톨해 고문한 것도 최악이었다. 라이커스 모델이라 하더라도 타인은 타인이다.

하지만 이 사건 보도는 내게 복음이기도 했다. 의식 모델이고 라이커스고 나와는 별 상관없는 일이라고만 생각해왔는데 갑자기 부쩍 가까워진 기분이었다.

난 그다음 날부터 라이커스에 대해 공부했다. 동시에 자신의 의식 모델을 추출하는 과정에 관해서도 합당한 기관에 상담했다. 자기 자신과 함께 피아노를 치고 싶다고 하면 아무도 날 의심하지 않았다.

"오늘 늦게 들어올 거니까 저녁은 준비 안 해도 돼. 밖에서 적당히 먹고 올게."

"자정 넘어서 들어와?"

물어보자 미쓰하는 진심으로 미안하다는 듯한 표정으로 고개를 끄덕였다.

"미안, 결혼식도 얼마 안 남았는데. 이런 시기야말로 되도록 같이 지내야 할 텐데 말이야."

"하루 정도는 괜찮아. 일 잘하고 와."

미쓰하는 성심껏 고개를 끄덕이더니 아주 살포시 날 끌어안았다. 내 몸속에 미쓰하에게만 보이는 환영 같은 뼈가 있어서, 그게 부러지지 않도록 세심한 주의를 기울이는 것 같았다.

이렇게 안겨 있을 때, 난 언제나 미쓰하의 콧등을 걸어 차는 상상을 한다. 미쓰하는 분명 놀라고 동요하리라. 겁먹은 그 얼굴을 달군 쇠로 지져서 가죽을 벗겨내고 싶다. 비명을 지르는 미쓰하는 분명 내 상상보다 훨씬 사랑스러우리라.

"오늘, 피아노 교실 쉬는 날이던가?"

내가 무슨 상상을 하는지도 모르고 미쓰하가 물었다.

"응. 마부치 씨가 쉬겠다고 했고, 오늘은 다른 수업도 없거든."

"그럼 느긋하게 지낼 수 있겠네."

"그렇지."

나는 웃는 얼굴로 대답하며 내 방에 있는 라이커스와 '저택'에 접속하기 위한 고글형 다이브 디바이스를 떠올렸다.

미쓰하가 늦게 들어온다고 했으므로 마음 놓고 '저택'으로 향했다. 난 이걸 외출이라고 부른다. 복장도 실제로 저택을 방문할 때처럼 밖에 나갈 수 있을 법한 차림새다. 다이브 디바이스를 이용해 입장하는 VR 공간에 불과한데 뭘 그렇게까지 하느냐는 사람도 있겠지만, 신경까지 접속한 덕분에 현실과 거의 다름없는 체험이 가능하다. 그러니 최대한 어울리는 복장으로 가고 싶었다.

나는 의식을 VR 공간으로 옮겨서 저택과 마주 섰다. 잘 만들긴 했지만 세세한 부분에 흠이 없지는 않다. 거대한 저택의 방을 전부 만들어 놓은 게 아니라서 들어가지 못하는 방도 많다. 하지만 그런 흠은 전혀 신경 쓰이지 않았다.

왜냐하면 이 저택에는 케이주가 있으니까.

저택에 들어가서 쿰쿰한 공기를 들이마셨다. 불을 다 꺼놔서 인테리어는 잘 보이지 않는다. 하지만 내 이상에 들어맞는 저택이었다. 확장 기능이 없는 일반판 3D 모델 치고는 분위기를 아주 잘 살렸다.

오늘 난 초심으로 돌아가서 작살총을 가져왔다. 반동이 적어서 다루기 쉬운 무기다. 발사체인 작살에는 미늘이 달려 있어서 박히면 아무리 요동쳐도 빠지지 않는다. 케이주는 작살을 빼려고 필사적으로 몸부림치다가 서서히 퍼져 나가는 피를 보고 겁에 질린 표정을 지으리라. 그 광경을 상상만 해도 마음이 들떴다.

난 가학적인 성향을 타고났다. 가학성은 내 가슴속에 깊이 뿌리를 내리고 28년 동안 나와 함께 지내 왔다.

이 성향은 남녀노소를 가리지 않고 발동된다. 그야말로 무분별하다. 상대가 누구든 내 손으로 괴롭히고, 망가뜨리는 모습을 상상하면 가슴이 떨렸다. 살아 있는 생명체는 뭐든지 내 사냥감이었다.

하지만 난 그것이 부적절한 욕망임을 잘 알고 있었다.

타인에게 폭력을 행사하는 건 용납할 수 없는 짓이다. 하물며 쾌락을 위한 폭력이라면 더더욱 그렇다. 모든 인간이 당연하게 공유하는 규칙을 나도 엄격하게 지켰다. 그리고 나도 남에게 험한 꼴을 당하는 건 싫다.

다른 사람에게 마음껏 폭력을 행사하고 싶다는 욕망이 언젠가 사라질 줄 알았다. 성장하면서 좋아하는 것들이 많이 생겼다. 피아노도 그중 하나였다. 아주 온당해서 아무도 손가락질하지 않는 애정의 대상이었다.

하지만 내 마음속의 가학성은 사라지지 않았다. 빼내려고 해도 빠지지 않는 반지처럼 그 가학성은 눈에 들어오는 곳에 계속 존재했다. 피아노를 칠 때조차도.

작살총을 들고 콧노래를 불렀다. 리리사가 연습 중인 「메리 크리스마스 미스터 로렌스」다.

이 노래를 들으면 케이주는 겁에 질려 몸부림칠 것이다. 그 목소리를 빨리 듣고 싶기는 하지만 그러면 사냥이 빨리 끝나니까 아쉽기도 하다.

케이주. 내가 유일하게 괴롭혀도 무방한 상대.

타인의 의식을 복제해 라이커스에 인스톨하는 꺼림칙한 사건이 발생한 직후, 난 즉시 환경을 갖추고 내 의식을 복제해 라이커스 모델을 제작했다. 난 케이주라고 이름 붙인 그 라이커스 모델을 범용 파일로 오픈된 방에 넣어두고 끔찍한 폭력을 가했다.

복제된 타인의 의식에 폭력을 써서는 안 된다. 그건 내 가치관에도 부합하는 주장이다. 하지만 복제된 자신의 의식에 폭력을 가하는 것도 안 된다고는 생각지 않았고, 실제로 그건 공식적으로 금지되지도 않았다.

사냥당하는 케이주는 오키노 게이주와 똑같은 '인간'이긴 하지만 기억은 제거했다. 또한 나이도 약간 어리게 설정했다. 케이주의 외모가 내 현재 외모와 달라 보이면 보일수록 다른 인간을 사냥하는 듯한 기분을 맛볼 수 있다.

그리고 현실에서는 절대로 해칠 수 없는, 나이 어린 소녀를 해칠 수 있는 것도 좋다. 이왕이면 정말로 여기서밖에 사냥할 수 없는 존재를 사냥하고 싶었다.

저택을 구입한 것도 그런 이유에서였다. 사냥을 하고 싶었다. 그래서 어울리는 사냥터가 필요했다.

사냥한 기록을 케이주에게 정확하게 업데이트하지는 않지만, 똑같은 짓을 이렇게나 계속하다 보니 남는 정보가 있는 것이리라. 자신이 사냥당하는 존재임을 인식하고 회피하기 위해 움직이게끔 됐다.

이 또한 즐거웠다. 케이주는 나인데도 내가 아닌 것처럼 행동하곤 했다. 그러고 보니 어렸을 적에 나는 억척스러운 소녀였던 것 같다. 나는 이런 상황에 빠져도 절대 포기하지 않는다. 따라서 케이주도 그럴 것이다.

오늘 케이주는 서재에도 침실에도 없었다. 그렇다면 저번처럼 괘종시계 속에 숨었을까? 난 내가 숨을 만한 곳을 상상하다가 오늘은 주방으로 향했다.

짐작한 대로 케이주는 조리대의 하부장에 숨어 있었다.

감색 드레스를 찢어서 다리를 드러낸 케이주는 커다란 식칼을 쥐고 있었다. 케이주는 날 보자마자 뛰쳐나와서 식칼을 휘둘렀다.

난 공격을 피하고 작살을 케이주의 어깨에 명중시켰다. 케이주는 크게 비틀거리다가 바닥에 쓰러졌다. 어깨가 작살의 충격을 견디지 못했는지, 팔이 거의 떨어져 나갔다. 케이주의 몸이 연약하다는 걸 좀 더 고려했어야 했다.

케이주는 그래도 식칼을 놓지 않았다. 고통을 견디며 날 노려보았다.

미쓰하는 내게 감색이 잘 어울린다고 했다. 나는 그 사실을 오래전부터 알고 있었다. 그래서 케이주에게도 감색 옷을 입혔다. 나는 만족스러운 심정으로 케이주를 내려다보다가 작살총으로 거의 떨어져 나간 팔을 완전히 끊어버렸다.

미쓰하와는 대학교 2학년 때 처음 만났다.

내 모교인 음대에서 축제가 열렸을 때, 가루로 범벅이 된 나를 보고 미쓰하가 웃으며 말을 건 것이 계기였다.

"온몸에 묻은 그 분홍색 가루는 뭐야?"

"이거? 소화기 분말이야. 소화기에는 이런 게 들어 있구나."

내 옆에서는 한 여학생이 미안하다는 듯한 표정으로 묵묵히 바닥을 닦고 있었다. 여학생은 홍보 간판을 들고 캠퍼스를 돌아다니다가 실수로 소화기를 쓰러뜨렸다. 운 나쁘게도 안전핀이 쑥 빠지는 바람에 소화기에서 분홍색 분말이 뿜어져 나왔다.

주변 일대가 봉쇄됐고, 여학생과 난 소화기 분말을 청소했다. 그때 미쓰하가 지나간 것이다.

"소화기를 쓰러뜨려서 청소하는 거야."

"네가?"

"아니. 내가 그런 건 아니지만……."

나도 미쓰하처럼 캠퍼스를 돌아다니며 축제를 구경하고 있었을 뿐이다. 그러다 소화기 분말을 뒤집어쓴 채 어쩔 줄 몰라 하는 여학생을 우연히 발견했다.

"이 분말은 혼자 청소하기가 힘들어. 너무 자잘해서 빗자루로 쓸어도 잘 모이지 않고, 걸레로 닦아내려면 시간이 엄청 걸리겠지."

"착하네. 다들 노느라 바쁜 축제 기간인데."

착한 걸까. 혼자서 다 청소하려면 힘들겠다 싶었고, 그렇다면 자신이 함께 청소해야겠다고 생각한 것도 사실이다. 그런데 그건 착한 걸까.

적어도 미쓰하는 착하다고 받아들인 듯 가끔 이때 일을 회상하며 나를 칭찬했다. 나와 결혼하기로 마음먹은 결정적인 이유도 이 착한 모습이었다.

미쓰하 말처럼 착한 사람이긴 했으리라. 비 맞는 것쯤은 아무렇지도 않았으므로 우산이 없는 아이에게 내 우산을 주고 비를 맞으며 돌아온 적도 있었다. 비에 젖어 떠는 아이를 보는 건 즐거웠지만, 그건 올바르지 않은 일이기 때문이다.

전화로 그 이야기를 하자 미쓰하는 나를 데리러 와 주

었다. 미쓰하는 내가 착하다는 사실을 보증하는 일종의 공범이었다.

미쓰하는 그러한 모든 사례를 주워 모아 미점의 상자에 넣으며 나와 8년 사귄 끝에 청혼했다. 누구보다도 사람 좋고 착한 인간인 듯한 오키노 게이주는 평소처럼 수줍게 웃는 얼굴로 기쁘다고 말했다.

죽여버리겠다. 이번에야말로 내가 죽여버리겠다고 케이주는 다짐했다.

자신이 왜 이런 저택에 있는지는 모른다. 하지만 자신이 받은 굴욕과 고통은 똑똑히 기억한다. 여기에는 사냥꾼이 나타나 케이주에게 폭력을 행사한다.

자신을 사냥하러 오는 존재가 뭔지, 대체 왜 그렇게까지 공격을 퍼붓는 건지는 전혀 알 수가 없다. 하지만 사냥꾼은 케이주에 대해 모르는 게 없다. 케이주가 싫어하는 걸 훤히 꿰고서, 케이주가 숨을 곳을 알아차린다.

그렇다면 달아날 방법은 하나뿐이다. 사냥감 말고 사냥꾼이 되는 것이다. 바이스로 손을 찌부러트리는 것도, 눈알을 파내는 것도, 침대 밑에 등유를 뿌리고 산 채로 불태우는 것도, 몸의 윤곽을 알아볼 수 없을 만큼 두들겨 패는 것도, 줄질로 피부를 깎아내는 것도, 강산성 액체가 담긴 욕조에 머리까지 담그는 것도, 귀를 잘라내서 입에 쑤셔 넣는 것도, 전부 당하는 쪽이 아니라 하는 쪽이 되면 된다.

그런 짓을 당해서 절망하고 겁먹었건만 자신이 그런 짓을 하는 쪽이 된다고 상상하자, 신기하게도 마음이 편안해지고 의욕이 샘솟았다. 자신의 앞길에 처참한 지옥이 기다리는데도, 케이주는 자기가 당한 짓을 반사하는 내면의 거울로 그 속에 갇힌 사냥감을 찾고 있었다.

케이주가 그저 숨어서 결과를 기다리는 대신 사냥꾼을 공격하기 위해 선택한 곳은 주방이었다. 수많은 손님의 식사를 한꺼번에 준비할 수 있을 만큼 커다란 주방에는 몸을 숨길 만한 조리대도, 무기로 쓸 만한 조리 도구도 아주 많았다.

이 저택에는 열리는 것과 열리지 않는 것이 있다. 방도 들어갈 수 있는 것과 들어갈 수 없는 것이 있으며, 물건도 만질 수 있는 것과 만질 수 없는 것이 있다. 다행히 케이주가 점찍은 식칼은 집어들 수 있는 물건이었다.

케이주는 식칼을 꺼낸 뒤 조리대에 달린 커다란 하부장에 몸을 숨겼다. 사냥꾼은 결국 케이주를 찾아내서 문을 열리라. 그때 뛰쳐나가서 식칼로 사냥꾼을 해치우는 것이다.

사냥꾼의 피는 무슨 색깔일지 케이주는 상상했다. 케이주의 몸에서 흐르는 것과 똑같이 새빨간 색일까. 아니면 몸속에 아무것도 없어서 칼부림을 해도 구멍만 입을 쩍 벌릴까.

사냥꾼의 몸속에 뭐가 있을지 상상하다 보니 사냥꾼의 발소리가 들려왔다. 사냥꾼은 콧노래를 부르고 있었다. 무슨 곡인지는 모르겠지만 으스스하게 느껴졌다. 사냥꾼은 자신이 사냥하는 쪽이라 믿어 의심치 않으므로 콧노래가 나오는 것이리라.

얼른 열어라, 하고 케이주는 생각했다. 괘종시계 속에 숨었을 때와는 완전히 다른 기분으로 사냥꾼을 기다렸다. 사냥꾼은 네가 아니다. 나다. 내가 사냥에 나선다. 사냥에 나서서 숨통을 끊고야 말겠다.

미쓰하는 결국 아침에야 집에 들어왔다. 물어보니 동료가 일으킨 말썽을 처리하느라 정신없이 바빴다고 한다. 미쓰하는 몹시 피곤한 표정으로 거실 소파에 드러누웠다. 난 미쓰하가 좋아하는 차가운 탄산수를 가져다주었다.

"말썽이라니, 무슨 일인데?"

"……그 녀석 기억나? 왜 미야마에라고…… 집에도 한 번

데려왔는데."

들어본 이름이었다. 태도가 얌전하니 상냥한 사람으로, 집에 올 때 맛있는 젤리를 사 왔다.

"그 사람이 뭘 어쨌길래?"

"……술 마시고 잔뜩 취해서 주변 사람의 험담을 늘어놨어. 그저 험담이라기에는 꽤 과격했지. 죽여버리고 싶다고 했을 정도니까."

이즈미 교카*의『외과실』이 떠오르는 이야기였다. 짝사랑에 빠진 여자가 마취되면 좋아하는 남자에 대한 마음을 자신도 모르게 털어놓을까 봐 겁나서 마취 없이 수술해 달라고 요구하는 내용이다.

"미야마에 씨는 술을 즐기는 편이었어?"

"아니, 평소는 전혀 안 마셔. 거래처 사람이 청주를 가져왔는데, 한 명만 안 마시기도 좀 그래서 이번에만 마시라고 했지. 그랬더니 그런 사고를 쳐서 말이야."

미쓰하는 그러한 사정에 전혀 아랑곳하지 않는 태도로 말했다.

분명 미야마에 씨는 자신이 그렇게 되리라는 걸 알고

---

*　1873~1939. 일본의 요괴, 향토적 소재 등을 적극적으로 활용한 환상 문학 작가.

있었으리라. 그래서 남들 앞에서는 술을 입에 대지 않은 것이다. 본인을 짐승으로 바꾸는 스위치가 뭔지 아는 사람은 웬만하면 거기에 손을 대지 않는다.

아무튼 미야마에 씨가 만취해서 민폐를 끼치는 바람에 다들 수습하느라 애먹은 모양이다. 하지만 그가 짐승이 된 건 술을 마시라고 강요했기 때문이다. 원래 그는 자신의 나쁜 부분을 드러내지 않으려고 애쓰며 지냈다.

"설마 미야마에가 그런 인간인 줄은 몰랐어. 좋은 사람인 줄 알았는데."

"좋은 사람 아닌가."

불쑥 그런 말이 튀어나왔다. 아니나 다를까 미쓰하가 "엥?" 하고 불만스럽다는 듯 대꾸했다.

"좋은 사람? 어디가? 지금까지 쭉 좋은 사람인 척했지만, 전부 거짓말이었던 거잖아. 본성은 전혀 달랐으니까."

"예를 들어 남을 학대하고 싶다는 욕망을 품은 사람이 그 욕망을 겉으로 드러내지 않고 산다면, 그건 아주 선량한 것 아닐까. 그저 선량하기만 한 사람이 착하게 행동하며 사는 것보다, 실은 잔인하고 포악한 사람이 착하게 행동하며 사는 게 훨씬 선량한 것 아니려나."

의견을 내놓으면서 나 자신을 변호한다는 생각이 들었

다. 하지만 그러지 않을 수 없었다. 이 차이가 얼마나 중요한지 왜 주변 사람들은 이해하지 못하는 걸까.

미쓰하도 내가 무슨 소리를 하는지 모르겠다는 듯 고개만 갸웃했다. "게이주, 오늘은 말을 많이 하네" 하고 덧붙이듯 한마디 했을 뿐이다.

난 어쩐지 몹시 거북한 기분으로 손등을 보았다.

"어, 왜? 다치기라도 했어?"

"아니, 그런 건 아니고……."

진짜 내 손등에는 생채기 하나 없다. 하지만 지난번 사냥에서 케이주의 식칼에 부상을 입었다.

작살총으로 어깨를 꿰뚫었을 때 승리를 확신했다. 팔이 거의 떨어져 나갔으니 아무것도 못 할 줄 알았다.

하지만 케이주는 반격에 나섰다. 멀쩡한 반대쪽 손으로 내게 식칼을 휘둘렀다.

그때 난 케이주가 나 자신임을 여실히 느꼈다. 그 공격성은, 이쪽을 무찌르려는 의지는 나와 다를 바 없었다. 케이주 또한 사냥꾼이었다.

케이주가 그 저택에서 죽어도 현실에 아무 영향이 없는 것과 마찬가지로, 내가 그 저택에서 무슨 꼴을 당하든 현실에는 아무 영향도 없다. 하지만 난 거기서 케이주에게 공격받아 다친 걸 기억한다. 그렇다면 그 고통은 진짜일까? 그 고통이 진짜였더라도 내가 해야 할 일은 변함없다. 오히려 그 고통을 진짜라고 받아들여야 사냥이 훨씬 스릴 넘치리라.

피아노를 칠 때 저택에서 입은 상처를 의식하곤 했다. 어떤 의미에서 내 취향이 서로 융화되는 순간이었다.

미쓰하는 동료가 취해서 본심을 내뱉자 질색했다. 분명 내 사냥 취미도 인정하지 않으리라. 아이에게 피아노를 가르치는 모습이 아니라, 게이주를 학대하는 모습을 진정한 내 모습으로 간주하리라. 둘 다 거짓말이 아닌데도 술김에 튀어나온 미야마에 씨의 말을 좀 더 진담으로 받아들인 것처럼.

그러니 미쓰하에게는 사냥에 대해 아무 말도 하지 않겠다. 거기는 나와 케이주만의 것이다.

그날 케이주는 드레스 밑자락을 찢지 않았다. 어쩌면 드레스 밑자락을 찢어서 빠르게 달리려 한 것이 잘못이고 원래는 천천히 이동하기를 원하는 것 아닐까, 이 드레스를 아름다운 원래 모습 그대로 입기를 원하는 것 아닐까 싶었다. 거치적거리는 감색 드레스를 그냥 놔두고 사냥꾼이 찾아오기를 기다렸다.

다리가 꼬여서 평소보다 빨리 사냥꾼에게 붙잡혔다.

사냥꾼은 케이주의 머리채를 붙잡고, 그녀의 얼굴을 벽에 마구 찧었다. 사냥꾼과 케이주가 이동할 때마다 벽지의 색깔이 변해갔다. 뭉쳐서 붙잡은 머리카락은 좀처럼 빠지지 않았다.

결혼식이 코앞으로 다가왔을 무렵, 미쓰하가 모든 걸 알아차렸다.

리리사가 발표회를 마친 후 나는 열이 나서 드러누웠다.

리리사의 연주는 아주 훌륭했다. 리리사는 정말로 행복해하는 표정이었고, 가족도 전부 기뻐 보였다. 그런데 발표회장에서 내가 결혼한다는 소식과 결혼식을 올린다는 이야기를 듣고 말았다.

리리사는 당연히 결혼식에 참석하고 싶어 했다. 하지만 리리사만 특별 취급할 수는 없다. 난 어떻게든 리리사가 알아듣게 설명하려 했지만, 리리사는 울면서 투정을 부린 끝에 비 내리는 밖으로 뛰쳐나갔다.

리리사의 가족과 분담해서 리리사를 열심히 찾아다녔

다. 몸이 흠뻑 젖는데도 아랑곳없이 여기저기 돌아다니다가 공원에 웅크려 앉아 있는 리리사를 발견했다.

리리사는 무사히 가족의 품으로 돌아갔지만, 내가 열이 나서 드러누웠다. 그러고 보니 몸이 식으면 바로 열이 나는 체질이었다는 게 뒤늦게 생각났다.

"게이주는 너무 착해서 탈이야."

"……하지만 한 명이라도 더 도와야 리리사를 빨리 찾아낼 테니까."

당연한 말을 했을 뿐인데, 미쓰하는 천천히 고개를 젓더니 어이없다는 듯 웃었다. 어이없기는 하지만 내 이런 점을 그가 사랑한다는 것도 느껴졌다. 나는 열이 나서 아픈 목을 의식하며 말했다.

"치수를 재야 하는데 미안해."

맞춤 드레스를 제작하기 위해 내일 치수를 재기로 했었다. 지금은 기술이 많이 발전했는지, 사이즈만 알면 금방 드레스를 만들 수 있다고 한다. 반대로 말해 치수를 재지 않으면 아무것도 할 수 없다는 뜻이다.

"그건 괜찮아."

"미쓰하가 많이 기대했는데."

"괜찮대도."

미쓰하가 약간 화난 듯한 표정으로 내 말을 막았다. 그리고 함께 사용하는 침실에서 나오지 말라고 엄포를 놓았다. 필요한 일은 전부 자기가 대신 해 주겠다면서.

나는 열이 나서 정신이 흐리멍덩한 와중에도 리리사를 생각했다. 뛰쳐나간 리리사를 내가 제일 먼저 찾아냈다. 평소 저택에서 케이주와 숨바꼭질을 했기 때문일까. 그 나이대 소녀가 어디를 헤매고, 어디로 도망칠지 완벽하게 상상할 수 있었다.

그리하여 리리사를 찾아냈을 때는 성취감을 맛보았다. 만약 찾아낸 것이 케이주였다면 실컷 괴롭혔으리라. 하지만 거기는 저택이 아니었고, 눈앞에 있는 건 리리사였다. 난 바이스로 손을 찌부러트리지 않고 리리사를 부드럽게 끌어안았다.

내가 저택을 방문하지 않을 때는 케이주의 시간도 멈춘다. 그러니 이렇게 고열에 끙끙 앓으며 케이주가 어떻게 지낼지 생각해 봤자 아무 의미도 없다. 케이주의 작은 몸을 불태웠을 때가 떠올랐다. 케이주는 머리가 기니까 불이 붙으면 그대로 온몸에 번진다.

꿈은 꾸지 않았다.

잠에서 깨어나자 미쓰하가 무서운 얼굴로 서 있었다.

해열제 덕분에 열은 완전히 내렸지만, 날 꿰뚫을 듯한 미쓰하의 눈빛 때문에 온몸이 얼어붙는 듯했다. 내가 뭐라고 말을 꺼내기에 앞서 미쓰하가 입을 열었다.

"……게이주 방의 컴퓨터에서 어린 여자애에게 폭력을 사용하는 영상이 나왔어. 하나가 아니야. 수십 개는 되던데. 그건 뭐야?"

온몸에서 핏기가 싹 가셨다. 미쓰하의 얼굴도 딱딱하게 굳은 걸 보고 우리 둘 다 깊은 상처를 입었음을 알았다. 하지만 비밀이 드러난 내가 더 치명상이었다.

난 케이주를 사냥한 기록을 전부 하드디스크에 영상으로 저장해 두었다. 케이주를 발견한 장소, 케이주가 저항한 방법, 저항했지만 무력하게 사냥당한 과정 등을 세세하게 보관해 놓았다.

난 그 종종 그 영상을 보며 예전에 사냥한 기억을 되살렸다. 그걸 들킨 것이다. 난 간신히 냉정한 얼굴을 꾸며내서 미쓰하에게 물었다.

"왜 내 컴퓨터를 마음대로 들여다봤어?"

"게이주가 라이커스 모델을 가지고 있다고 했었잖아. ……게이주에게 딱 맞는 드레스를 맞추고 싶은데 치수를 재러는 못 갈 테니 정확한 사이즈가 필요해서."

그래서 라이커스 모델이 저장돼 있을 내 컴퓨터 하드디스크를 뒤진 것이리라. 난 모든 기기를 손바닥 인증으로 관리한다. 내가 잠든 사이에 손바닥을 스캔하면 보안을 간단히 통과할 수 있다. 미처 그 생각을 하지 못했던 내 잘못일지도 모른다. 하지만 일단은 따졌다.

"이번에는 미쓰하가 잘못한 거야. 남의 컴퓨터를 멋대로 뒤지면 되겠어?"

"딱히 이상한 짓을 하려고 했던 건 아니야. 라이커스 모델을 참고하고 싶었을 뿐이지."

"허락도 없이 하드디스크에 저장된 영상을 봤잖아. 그건 내 사생활인데."

내가 강하게 반발해서 의외인지 미쓰하는 입을 꾹 다물었다. 하지만 '너한테 그런 말을 할 자격이 있느냐'라는 듯한 표정이었다. 미쓰하는 내가 해명하기를 기대했으리라. 하지만 난 그 기대에 부응할 마음이 없었다.

내가 예상외의 반응을 보여서인지, 미쓰하는 날 매섭게 노려보며 아까보다 험악한 목소리로 말했다.

"그건 제쳐놓고 그 영상은…… 뭐야?"

"……내가 라이커스 모델을 가지고 했던 일을 기록한 영상인데."

"그런 건…… 그런 건 이상하잖아. 어린 여자애를……
일방적으로 걷어차고…… 그런 식으로…….”

미쓰하의 안색이 점점 안 좋아졌다. 아무래도 영상을
자세하게 확인한 건 아닌 듯했다. 미쓰하에게 그다음 내
용을 볼 용기가 있을 것 같지는 않았다. 그의 눈동자는 분
노로 가득했지만, 동시에 공포도 엿보였다.

자기와 같이 살고, 곧 결혼할 상대가 마치 다른 사람이
된 것 같다는 표정이었다. 난 전혀 변하지 않았고, 앞으로
도 미쓰하에게 보여 줄 부분은 변함없을 텐데도.

"그건 어린 여자애가 아니고 나야. 내 라이커스 모델이
라고. 라이커스 모델을 그렇게 다루는 것 또한 나고. 그건
그냥 놀이야.”

"그럼 정말로 게이주가…….”

그렇게 많은 영상이 우연히 내 하드디스크에 들어 있을
리 없건만, 미쓰하는 그렇게 말하더니 손으로 입을 틀어막
았다. 그리고 한탄하는 건지 우는 건지 모를 목소리로 말
했다.

"왜…… 어째서, 그런 짓을…….”

"……재미있으니까. 난 그러는 걸 좋아해. 하지만.”

"너 같은 인간이 보통 사람인 척하며 아이들에게 피아

노를 가르친 거야! 너 같은…… 너 같은 정신이상자가.”

미쓰하는 마치 사기당한 피해자 같은 표정으로 경멸스럽기 짝이 없다는 듯 날 내려다보았다.

“그런 짓을 좋아하다니. 아이를 상대하는 걸 좋아한다고 했잖아.”

“……아이들에게 피아노를 가르치는 것도 똑같이 좋아해.”

“그럴 리가 있나!”

“있어. 미쓰하도 좋아하는 음식이 많잖아. 그거랑 다를 바 없어. 카레와 사과는 맛이 다르지만, 좋아하는 건 마찬가지지.”

미쓰하는 분명 이해하지 못할 것이다. 어린아이에게 피아노를 가르치고 싶어 하는 것만큼, 행복해 보이는 신부의 얼굴을 걷어차고 싶어 하는 심정을. 미쓰하를 위해 생선 살을 바르는 손으로 침대 밑에 숨은 소녀를 불태워 죽이는 것의 의미를. 똑같다. 나는 양쪽 다 좋아할 따름이다.

그게 부적절한 짓임을 알기에 케이주에게만 가학성을 드러냈는데. 제자를 위해 내 시간을 할애해 악보를 만들고, 소화기 분말을 청소하고, 주민회 화단에 꽃을 심었는데.

난 지금까지 착한 사람이었어. 착한 사람으로 살아왔지.

기껏해야 가상의 궁전에서 내가 뭘 어쩌든 딱히 상관없잖아.

아니면 이렇게 태어난 순간부터 평범한 인간으로 사는 것도, 미쓰하에게 사랑받는 것도 포기해야 마땅했을까?

"어차피 그건 진짜가 아니야. 예전 사건처럼 남의 의식 모델을 사용한 게 아니라고. 나만을…… 오직 나만을 위한 놀이란 말이야."

"……진짜가 아니더라도 게이주의 몸과 의식을 바탕으로 만들어낸 거잖아. 그게 지금 내 앞에 있는 게이주와 다른 게이주라고 해도, 그렇게 잔인한 짓을 하면 슬퍼."

미쓰하가 갑자기 아주 다정한 목소리로 말했다. 다정한 목소리를 내면 내 몸이 쩍 갈라지고 자기가 잘 아는 오키노 게이주가 튀어나올 거라는 듯이. 나도 모르게 웃음을 터뜨릴 뻔했다. 그런 일이 일어날 리 없는데.

"미쓰하야말로 지금 나한테 잔인한 짓을 하고 있잖아."

"뭐?"

"내게서 사냥을 빼앗지 마."

미쓰하는 더 이상 불쾌함을 감추려 하지 않고, 갑자기 방에 나타난 이물질을 바라보는 듯한 눈으로 날 보았다.

"……이제 됐어."

결혼식은 어떻게 되는 거냐고 지금 물어봐야 할지 망설여졌다. 미쓰하가 사랑하는 오키노 게이주는 없어졌다는 걸 알았으니, 굳이 물어볼 의미가 있을까 싶기도 했다.

미쓰하를 멍하니 바라보고 있으니 그가 내 다이브 디바이스에 손을 뻗었다.

"어쩌려고?"

"이 안에 어린 게이주가 있는 거잖아. 내가 구할 거야. 분명 상처 입었을 테니까."

"그건 그냥 데이터야. 진짜가 아니라고. 나와 아주 흡사한 복제품이야."

그렇게 말하자 미쓰하는 불쾌하다는 듯 얼굴을 찡그렸다. 더는 듣기 싫다는 뜻일지도 모른다. 미쓰하는 얼굴 절반을 덮는 디바이스를 착용하고 저택으로 향했다.

홀로 남은 나는 미쓰하를 다시 멍하니 바라보며 "그건 내 복제품인데" 하고 중얼거렸다.

미쓰하는 내 말을 제대로 이해한 것 같지 않았다. 그건 내 소유물이자 복제품이다. 미쓰하가 혐오하는 나 자신이다. 그런데도 나와는 별개로 그녀를 구할 수 있다고 생각한다.

그럼 **구해주면 된다. 케이주를.**

세상이 승인하고 사람들이 보편적으로 인정하는, 적절하고 올바른 애정을 품고서 온당한 방법으로 구해내면 된다.

난 미쓰하를 보내주었다.

이제 내 약혼자가 아닌 남자를 바라보았다. 그는 절대로 자신이 사냥당하는 쪽이라고는 생각지 않으리라.

케이주는 감색 드레스 밑자락을 찢어내고 걸음을 옮겼다.

뛸 필요는 없다. 사냥꾼에게 들키지 않도록 서둘러 숨지 않아도 된다. 실은 처음부터 동등한 입장이었다. 케이주만 사냥당하는 쪽이 아니다. 그녀 또한 사냥하는 쪽이었다.

케이주가 현관홀에 다다르자 사냥꾼의 모습이 눈에 들어왔다.

사냥꾼은 케이주를 보자마자 흥분한 듯한 표정으로 달려왔다. 지금까지와 달리 무기는 없는 것처럼 보였다. 그 변화를 수상쩍어하기에 앞서 케이주는 자세부터 낮췄다.

케이주는 서재에 있던 철제 부지깽이를 들고 왔다. 일찍이 케이주의 눈을 꿰뚫었던 무기이기도 하다. 케이주는 사냥꾼의 품을 파고들어 배를 힘껏 때렸다.

사냥꾼이 몸을 구부리며 고통스럽게 신음했다. 케이주는 이어서 사냥꾼의 머리를 때려 부수려다가 바닥에 나동그라졌다. 케이주를 발로 차서 쓰러뜨린 사냥꾼이 부지깽이를 빼앗으려 했다.

케이주는 부지깽이를 마구 휘둘러서 사냥꾼을 때렸다. 사냥꾼은 증오에 찬 목소리로 고함을 내질렀다. 평소와 다른 목소리라 한순간 늘 오던 사냥꾼이 아닌 건가 싶었다.

하지만 사냥꾼이 독기 어린 눈빛을 뿜어내며 케이주를 때렸으므로, 평소와 똑같다고 확신했다. 사냥꾼은 사냥을 즐긴다. 공격해서 굴복시킴으로써 쾌감을 느낀다. 그러니까 이 인간은 사냥꾼이다.

무시할 수 없는 폭력성을 발휘해 이쪽을 사냥하는 사냥꾼이다.

케이주가 계속 저항하자 사냥꾼은 큼지막한 손을 뻗어 목을 졸랐다. 숨을 못 쉬도록 한다기보다는 뼈를 부러뜨리려고 하는 것 같았다. 케이주의 시야가 구불구불 흔들렸고, 목구멍에 무시할 수 없는 쇠 맛이 퍼져나갔다.

케이주는 부지깽이를 놓고 드레스에 숨겨둔 다른 무기를 꺼냈다. 드레스를 찢는 데 사용하는 난로의 철책을 부러뜨려서 가져왔다. 부적처럼 간직했던 그것을 사냥꾼의 목에 힘껏 쑤셔 박았다.

사냥꾼은 짐승처럼 울부짖으며 몸을 움츠렸다. 사냥꾼의 손이 목에서 떨어지자, 심한 귀울음과 함께 시야가 원래대로 돌아왔다. 힘이 잘 들어가지 않았지만 케이주는 부지깽이로 사냥꾼을 계속 때렸다. 사냥꾼은 얼굴이 검붉은 고깃덩이로 변한 끝에 움직임을 멈췄다.

케이주는 비틀거리며 부지깽이를 내던졌다. 바닥에 쓰러진 사냥꾼은 더 이상 무서운 존재가 아니었다. 귓속에 새겨진 사냥꾼의 고통스러운 비명이 케이주의 머릿속을 뒤흔들었다. 어마어마한 쾌감이 몰려왔다.

케이주의 코와 입에서 붉은 피가 뚝뚝 떨어졌다. 그제야 케이주는 사냥꾼에게도 자기처럼 붉은 피가 흐른다는 사실을 의식했다.

자, 이제 어떻게 할까.

사냥꾼을 죽이고 나서 어떻게 할지까지는 생각해 보지 않았다. 욱신욱신 쑤시는 온몸이 비명을 질렀고, 시야는 흐릿하니 앞이 잘 보이지 않았다. 목도 찢겨나간 것처럼 아팠다. 자신의 수명이 얼마 남지 않았다는 건 이미 알고 있었다.

케이주는 큰 계단을 천천히 올라가서 지금까지 들어가

본 적 없는 방으로 향했다. 저택에는 문이 열리지 않는 방도 많다. 하지만 지금 케이주가 선택한 문은 마치 기다렸다는 듯 순순히 열렸다.

어두운 방에 있는 그랜드피아노가 어렴풋이 보였다. 처음 보는 물건이었지만, 케이주는 그것이 어디에 쓰는 물건인지 알고 있었다.

케이주는 천천히 피아노로 다가가 건반에 손가락을 얹었다. 싸울 때 부러졌는지 검붉게 부어오른 손가락 몇 개가 엉뚱한 방향을 향했다. 무사한 엄지에 힘을 주어 건반을 눌렀다.

그러나 피아노에서는 아무 소리도 나지 않았다.

케이주는 고개를 한 번 끄덕인 후 그랜드피아노의 건반 뚜껑을 덮었다. 그리고 바닥에 주저앉아 피아노 다리에 몸을 기댔다.

이제 눈만 감으면 된다. 눈을 감고 자신의 의지로 어둠 속에 빠져들었다.

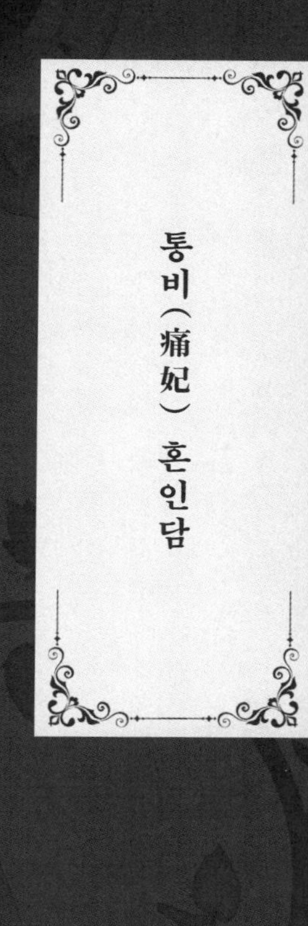

통비(痛妃) 혼인담

아직 어린 나이라 반려자가 없어서 공주라 부르기에 적합한 존재인데도 그녀들이 하나같이 '통비'라고 불리는 건, 그녀들이 고통의 반려자로 간주되기 때문이다.

자쿠로의 눈가에 붉은 안료를 칠해서 화장을 마친 후, 현란사 구자쿠*는 자쿠로*를 천천히 일으켜 세웠다. 자쿠로는 잠에서 깨어난 것처럼 눈을 뜨고 거울 속 자기 모습을 가만히 바라보았다.

오늘 자쿠로의 의상은 흰색과 감색이 섞인 차분한 색상의 드레스였다. 그러나 옷깃과 소매에 독특한 무늬를 수놓아서 결코 수수해 보이지는 않았다.

★　구자쿠는 공작, 자쿠로는 석류라는 뜻이다.

자쿠로의 목에는 통비의 증표인 은색 기구, 즉 '거미줄'
이 심겨 있다. 구자쿠는 '거미줄'의 투박한 모양새가 드러
나는 게 싫어서 쇄골 언저리부터 목까지 작은 보석을 붙였
다. 그러자 자쿠로의 목에 마치 별의 바다가 찰랑이는 것
처럼 보였다.

"이 보석은 처음 보는걸. 색깔이 참 희한해."

쇄골에 붙인 보석 중 하나를 보고 자쿠로가 물었다.

"이건 단백석*이라고 해. 벽 너머의 불 뿜는 산에서 캐
낸다는군. 희귀한 물건이라 많이 확보해 뒀어."

"불 뿜는 산에서? 분명 사람이 많이 죽었겠네."

"응. 이걸 채굴하다가 열세 명이 죽었대."

구자쿠의 대답에 자쿠로는 비아냥거리듯 킥킥 웃었다.
오늘 밤 무도회가 끝나면 사용한 단백석은 전부 폐기한
다. 그리고 자쿠로는 같은 드레스를 다시는 입지 않는다.
통비의 숙명이기는 하지만, 그녀들에게 얼마나 공이 많이
들어가는지 생각하면 구자쿠는 안타까운 마음을 금할 수
없었다.

그래도 현란사인 그의 역할은 통비를 최대한 치장하는

* 오팔의 다른 말.

것이다.

이윽고 '성' 전체에 종소리가 크게 울려 퍼지자 자쿠로와 구자쿠는 무도회장으로 향했다. 오늘 밤 열리는 무도회에서 누구보다도 아름답고 화려해야 하는 것이 통비에게 주어진 역할이었다.

무도회장에는 이미 수많은 통비와 초대객, 그리고 통비를 수행하는 현란사가 모여 있었다. 통비는 다들 개성적이고 아름다운 드레스 차림이었다. 통비가 어떻게 꾸미고 나오느냐는 그녀들을 수행하는 현란사의 개성에 달렸으므로, 이렇게까지 다양한 차림새를 볼 수 있는 것이다.

하지만 그중에서도 자쿠로가 가장 돋보였다. 자쿠로의 풍성한 흑발과 탄력 있는 피부, 눈에 들어오는 모든 것을 시험하는 듯한 도발적인 눈동자는 다른 통비보다 훨씬 강한 존재감을 뿜어냈다. 자쿠로의 외모가 너무 수려한 탓에 평범하게 꾸며서는 오히려 매력이 반감될 뿐이다. 하지만 구자쿠는 자쿠로의 미모를 돋보이게 할 만한 실력을 갖추고 있었다.

통비에게 무엇보다 요구되는 것은 여유다. 자신의 미모에 긍지를 품고, 세상의 온갖 불행에 선을 긋듯 미소를 유지하는 사람이 우수한 통비다. 자쿠로는 그러한 이상을 실현한 듯 느긋한 몸놀림으로 모두의 앞으로 걸어 나갔다. 누가 오늘 밤의 주인공인지 깨닫게 해 주겠다는 듯한 태도였다. 초대객들은 저게 말로만 듣던 자쿠로인가, 하고 한숨을 내쉬었다.

다른 통비들이 자쿠로에게 위축돼 멀찍이 둘러서서 그저 바라보기만 하는 가운데, 통비 한 명이 과감하게 자쿠로 앞으로 나섰다.

녹색 드레스를 차려입은 아름다운 여자, 교쿠스이*라는 이름의 통비였다. 교쿠스이는 자쿠로에게 공손히 머리를 숙였다.

"안녕하세요, 자쿠로님. 오늘 밤도 아름다우시군요. 붉은 동백꽃도 분명 그 가슴에 피겠죠."

그렇게 말하며 교쿠스이는 방긋 웃었다. 그 뒤에는 교쿠스이의 현란사인 작은 남자가 서 있었다.

자쿠로는 교쿠스이를 힐끗 보더니 평소처럼 고개만 살짝 숙이고 자리를 떠났다. 이 또한 매일 밤 되풀이되는 일이었다.

<hr>

* 석영이 변하여 이루어진 광석, 옥수를 가리킨다.

교쿠스이는 자쿠로 다음으로 인기를 자랑하는 통비다. 실력도 외모도 자쿠로에 조금 못 미친다는 평가를 받아서인지 자쿠로를 몹시 적대시한다. 이렇게 무도회 때마다 살갑게 말을 걸기는 하지만 음험한 방법으로 괴롭힌 게 한두 번이 아니다. 자쿠로의 드레스도 교쿠스이가 몇 벌이나 망쳤는지 모른다.

그래도 무도회에서 인사를 빠뜨리지 않는 건 그것이 교쿠스이의 선전포고이기 때문이리라. 자쿠로는 굳이 말을 받아치지는 않지만, 선전포고만큼은 기꺼이 받아들인다.

종이 한 번 더 울리면 드디어 무도회가 시작된다. 손님들은 일제히 원하는 통비에게 걸어가서 손을 내밀며 함께 춤추기를 청했다.

자쿠로 주변에도 수많은 손님이 모여서 자신에게 자비를 내려주길 바랐다. 자쿠로는 그중 한 명을 골라 우아하게 춤추기 시작했다.

통비와 손님들이 음악에 맞춰 춤추면, 무도회장은 단숨에 화사한 분위기에 휩싸인다. 색색의 드레스가 빙빙 돌며 이 세상에 낙원을 만들어낸다.

구자쿠는 무도회를 수없이 많이 보았지만, 그래도 매번 그 아름다운 광경에 취한다. 무도회의 이면을 알고서도 그러니까, 아무것도 모르는 사람이 보면 분명 여기는 극락 정토이리라.

자쿠로는 상대를 차례차례 바꾸며 더할 나위 없이 즐겁게 춤췄다. 그 모습을 보고 있으니 구자쿠는 가슴이 먹먹했다. 자쿠로의 목에 심긴 '거미줄'이 샹들리에 불빛을 반사했다.

어디선가 비명이 들렸다.

"으아아아아악! 아아, 아아, 빨리, 빨리 내보내 줘! 내보내 줘! 여기서, 으, 우우, 아파, 아프다고! 머리가, 머리가 깨질 것, 끄아아아아!!!!"

시원스러워 보이는 차림새의 통비였다. 느슨한 주름을 넣은 하늘색 드레스는 그녀의 건강미 넘치는 피부색에 잘 어울렸다. 하지만 아무리 잘 꾸민들, 고통스럽게 눈을 까뒤집고 바닥에 뒹굴면 다 헛수고다.

"빼 줘! 아, 아파! 이거 진짜 아프다고! 살려줘, 아파, 아파아!!"

여자는 발버둥 치며 목에 심긴 금속 기구를 빼내려 했다. 그게 빠지지 않는다는 걸 깨닫자마자 바닥에 머리를 힘껏 찧기 시작했다. 그녀의 머리는 금방 깨졌고, 하늘색 드레스는 피로 얼룩졌다.

그녀의 가슴에는 흰색 백합꽃이 꽂혀 있었다.

사람들이 웅성거리는 가운데 "오늘이 처음이로군" 하고 누군가가 속삭였다.

현란사로 보이는 남자가 이성을 잃은 여자 곁으로 달려왔다. 하지만 남자가 뭐라고 달래도 여자는 귀를 기울이지 않고 정신 나간 말처럼 날뛰었다. 결국 현란사는 바닥에 주저앉아 미친 듯이 소란을 피우는 자신의 통비를 멍하니 바라보기만 했다.

잠시 후 경비병 여러 명이 두 사람 곁으로 다가왔다. 여자는 덧없이 제압당해 무도회장 밖으로 질질 끌려 나갔다. 현란사도 양쪽 겨드랑이를 붙잡힌 채 따라갔다.

그들은 목숨을 건지지 못하리라. 구자쿠는 그들이 몹시 가여웠다.

소란이 일어난 무도회장에 웅성거림이 번지면서 아까까지 우아하고 화사했던 분위기가 사그라들었다. 이런 상황에 익숙지 않은 통비들은 당장이라도 쓰러질 것처럼 얼굴이 창백해졌다. 이대로는 안 된다 싶었던 순간, 한 통비가 무도회장 한복판으로 나섰다.

감색 드레스를 차려입은 자쿠로였다.

"착각하지 말아요. 여러분, 오늘 밤은 아직 끝나지 않았습니다."

원래는 무도회의 지배인이 꺼내야 할 말이었다. 하지만 자쿠로라면 그런 월권도 용납된다. 왜냐하면 이 무도회장에서 자쿠로가 가장 아름답기 때문이다. 자쿠로는 우아한 웃음을 띤 채 탄력 있는 목소리로 말했다.

"자, 나 자쿠로를 마음껏 맛보고 싶은 사람은 없나요! 백일 여왕을 눈앞에 둔 최고의 통비와 춤추고 싶은 사람 없어요!"

멋지게 차려입은 남자 한 명이 자쿠로에게 다가와 고개를 꾸벅 숙였다. 자쿠로는 아주 즐겁게 웃으며 인사를 받아 주었다.

"자쿠로 통비여, 한 곡 부탁드릴 수 있겠습니까."

"네, 물론이죠."

"오늘 밤은 대체 몇 명을 그 몸에?"

"백여 명쯤 될 거예요."

자쿠로는 대수롭지 않다는 듯 대답한 후, 남자의 손을 잡고 가뿐하게 춤췄다. 무게가 나가는 드레스를 입었는데도 자쿠로의 춤동작에서는 중력조차 느껴지지 않는 듯했다. 스텝을 밟으며 마치 상대를 희롱하듯 몸을 놀렸다. 몇 번이나 봤는데도 구자쿠는 매일 밤 새로운 기분으로 자쿠로의 춤에 빠져들었다. 아름답다. 아름다움은 권력이다.

그 후로도 자쿠로는 수많은 초대객의 요구에 응해 무도회장 한복판에서 춤췄다. 다른 통비와 초대객은 방해가 되지 않도록 자쿠로에게 자리를 양보했다. 교쿠스이조차 분하다는 듯 자쿠로를 노려볼 뿐이었다. 오늘 밤 무도회장은 자쿠로의 것이었다.

무도회가 끝났음을 알리는 종이 울리자, 지배인이 자쿠로에게 다가와 정중하게 붉은 동백꽃을 바쳤다. 자쿠로는 고개를 크게 한 번 끄덕이고 동백꽃을 가슴에 꽂았다.

오늘 밤 무도회의 주인공이 그녀였음을 나타내는 꽃이다. 오늘로써 자쿠로는 아흔아홉 번 연속 동백꽃을 받았다. 앞으로 한 번만 더 받으면 백 번이다. 그러면 자쿠로는 마침내 '백일 여왕'이라는 칭호를 받을 수 있다.

자쿠로는 기쁘게 미소 짓더니 초대객들에게 한 번 더 인사했다.

그녀가 하늘색 드레스를 입은 통비와 똑같은 통증을 느낀다고는 도저히 믿을 수 없을 만큼 우아한 모습이었다.

'성'에 마련된 방으로 돌아가 구자쿠가 뜨거운 물을 받은 욕조에 몸을 담그자, 자쿠로는 만족감 섞인 목소리를 흘렸다. 이제 무거운 드레스와 호화로운 장식은 벗어버렸지만, 그래도 자쿠로는 눈부신 미모를 자랑했다.

"머리가 찢어지고 두개골이 깨지는 통증을 맛보면 그야말로 좌절감이 밀려오지. 지금까지 체험한 적 없는 통증이 머리끝부터 발끝까지 온몸의 뼈를 꿰뚫거든. 하지만 개두술은 드물지 않아서 하룻밤에 여러 번 받아들여야 하기도 하니까 그야말로 지옥이지, 지옥."

무도회에서 미친 듯이 날뛰었던 그 통비에 관한 이야기였다. 자쿠로의 이야기를 들어주는 것도 구자쿠의 역할이었으므로, 그는 욕조 옆의 작은 의자에 앉아 자기 할 일을 하면서 맞장구를 쳤다.

"'거미줄'을 장착했을 때 내구성 실험을 받았을 텐데, 왜 그렇게 된 걸까?"

"무도회에서 실제로 느끼는 통증은 실험에서 느끼는 통증과 차원이 다른 것 아닐까?"

"확실히 그러네. 맞아."

자쿠로는 옛날 생각에 잠긴 듯한 눈으로 말했다. 분명 처음으로 무도회에 참가한 날을 떠올린 것이리라.

"그런데 뭐 해, 구자쿠?"

"청금석*을 캐러 보낸 녀석들과 연락 중이야. 빨리 돌아오고 싶은지 청금석을 30킬로그램밖에 캘 수 없다고 거짓말을 하는군. 적어도 백 킬로그램은 있어야지. 절대로 양보 못 해."

"청금석? 어디에 쓰려고?"

"네 눈 위에 칠하고 발톱을 물들이는 염료는 전부 청금석으로 만들어. 청색을 중심으로 치장하는 날에는 청금석이 아무리 많아도 모자라지. 신발 색깔이 마음에 안 들면 내가 직접 염색하기도 해."

현란사는 통비를 치장하기 위해서라면 돈을 아무리 많이 써도 용납된다. 자쿠로의 현란사라면 더더욱 그렇다. 구사쿠는 여기에 온 뒤로 몇 대는 먹고 놀 수 있을 만큼 큰 돈을 사용했다. 그것도 한 여인을 치장하기 위해서만.

"그나저나 목욕물이 끝내주네. 기분 좋아."

"그거 다행이군."

"벽 너머와 이쪽 세상은 생활 수준이 백 년쯤 차이 나는 것 같아. 언제나 마음대로 뜨거운 물에 몸을 푹 담글 수 있다면 통비 역할도 나쁘지는 않지."

★ 라피스라줄리의 다른 말.

그렇게 말하고 자쿠로는 즐거운 듯 웃었다. 확실히 구자쿠와 자쿠로가 살던 마을에서는 이렇게 목욕하는 건 상상조차 할 수 없었고, 누군가가 불을 잘 보고 있어야 했다. 이 욕조도, 눈부신 전등도 구자쿠에게는 마법이나 다름없었다.

그렇지만 통비 역할이 '나쁘지는 않다'라는 말에 구자쿠는 동의할 수 없었다. 이 세상의 지옥은 여기 있다. 성에 온 지 얼마 지나지 않아 구자쿠는 그 사실을 깨달았다.

병원 뒤편에 현란한 무도회장을 갖춘 '성'이 병설되고 오랜 세월이 지났다.

그러나 정확한 사실은 잘 모른다. 구자쿠도 남에게 전해 들었을 뿐이다.

일의 시작은 인간이 느끼는 통증을 전기 신호로 변환해 다른 곳으로 보내는 '거미줄'이라는 기술이 개발된 날로 거슬러 올라간다.

인간의 목에 특수한 기구(원래는 이 기구를 '거미줄'이라고 부른다. 인간을 통증이라는 이름의 지옥에서 구해내기 때문이다)를 심어서 그 인간이 느낄 통증을 재빨리 변환해 몸 밖으로 내보내는 기술이다.

통증은 양날의 검 같은 것이었다. 통증이 없으면 인간은 위험이나 이상을 감지할 수 없었을지도 모른다.

하지만 몸속에 생긴 종양을 적출할 때, 어깨에 박힌 총알을 빼낼 때, 뇌 속에 생긴 혈전을 제거할 때도 통증은 평등하게 인간을 덮쳤다. 아무리 의료 기술이 발달해도 인간에게서 통증을 없애는 기술만큼은 개발되지 않았고, 환자들은 병보다도 오히려 통증 때문에 죽기도 했다.

그런 상황에서 개발된 것이 '거미줄'이었다.

통증에 신음하던 인간은 이 기술 덕분에 통증이라는 골치 아픈 '친구'에게서 절반쯤 해방됐다.

그렇다. 어디까지나 절반이다. 어떤 의미에서는 정말로 해방됐는지도 의심스럽다.

인간의 몸에서 통증을 추출해 전기 신호로 변환한 것까지는 좋았다.

당초는 변환된 통증을 다른 곳에 내버리든가, 기계 속에 발산할 예정이었다고 한다.

하지만 그건 불가능했다. 기묘하게도 통증을 추출해 발산한 환자들은 전부 혼수상태에 빠져 다시는 깨어나지 못했다. 느꼈을 통증을 없었던 셈 치는 건, 뇌라는 이름의 블랙박스에 큰 부담을 주는 짓인 듯했다.

이 발견에 사람들은 크게 낙담했다. 인간을 통증이라는 지옥에서 해방해 줄 '거미줄'은 닿으면 터지는 물거품 같은 구원에 지나지 않았다. 지옥에서 완벽히 탈출할 날을 기대했던 사람들은 이 결과에 분노할 정도였다.

하지만 '거미줄'은 완전히 끊어진 게 아니었다. 줄의 끝부분에 묶어놓을 존재가 필요했다. 구원을 바라는 사람들을 끌어 올릴 누군가가.

얼마 후 '거미줄'의 개발자가 실험 결과를 발표했다. 통증을 넘겨줄 사람이 있으면 환자는 혼수상태에 빠지지 않는다.

A에서 허공이 아니라 A에서 B로 넘겨주면 '거미줄'은 적절하게 기능한다.

"제거한 통증을 다른 피실험자에게 옮기면 환자가 혼수상태에 빠지는 걸 피할 수 있소. 환자는 통증 없이 치료받을 수 있으니 더는 고통받지 않아도 되지."

여기서 말하는 피실험자에 해당하는 존재가 바로 훗날의 통비다.

신하, 즉 통비에게 연결될 환자는 목에 장착한 '거미줄'로 통증을 전기 신호로 변환한다. 변환된 통증은 고주파 대역의 전파를 타고 피실험자, 즉 통비의 목에 장착된 '거미줄'에 수신된다. 이리하여 신하가 느낄 터였던 통증을 통비가 대신 떠맡는 것이다.

통증을 넘겨받을 사람을 설정한다는 방법은 처음에 큰 반발을 불렀다. 비인도적인 데다 결국 또 다른 사람을 희생할 뿐인 것 아니냐고.

하지만 개발자는 생각지도 못한 방법으로 그러한 의견에 반론했다.

"여기 '거미줄'의 실용화 실험에 협력해 준 여성이 있소."

개발자는 목에 '거미줄'을 장착한 아리따운 여성을 사람들 앞에 내세웠다. 여성은 아름다운 순백색 드레스 차림에, 머리에는 은으로 만든 관을 썼다.

그녀가 첫 번째 통비, 후야였다.

"이 여성은 현재 중앙병원에 수용된 환자 스물여덟 명의 통증을 대신 받아들이고 있지만, 보다시피 무사하지. 통증은 넘겨받을 때 감소해서 이렇게 쉽사리 견딜 수 있는 수준에 머무르거든."

개발자가 "후야" 하고 이름을 부르자 후야는 온화한 웃음을 지으며 고개를 꾸벅 숙인 후, 여유롭게 돌아다니며 주변 사람들에게 인사를 건넸다. 후야는 전혀 고통스러워하는 것 같지 않았고, 순백색 드레스 차림으로 사람들 사이를 누비는 모습은 마치 한 마리 나비 같아 보였다.

"누군가 마음씨 곱게 아주 약간의 고통만 대신해 주면, 수많은 사람이 통증 없이 치료받을 수 있소. 이걸 활용하지 않고 어쩌자는 말이요?"

개발자는 그렇게 말했다. 후야는 딱 달라붙을 듯이 그의 몸에 팔을 둘렀다.

후야는 그 후로도 '거미줄'로 사람들의 통증을 대신 받아들이며 개발자와 함께 홍보에 나섰다고 한다.

후야가 아주 행복해 보였기 때문일까, 아니면 수명을 늘리기 위해 통증을 동반한 치료를 견뎌야 한다는 현실에 넌더리가 난 걸까. '거미줄'은 서서히 사람들의 지지를 얻었고 통증을 대신 받아들여 줄 통비가 탄생해 지금에 이르렀다.

"통비를 아름답게 치장하는 건 그녀들이 불행해 보이지 않도록, 그리고 통비를 이용하는 사람들이 죄책감을 느끼지 않도록 하기 위해서야. 통비가 보통 사람들보다 호화롭게 생활하고, 다른 세상에서 온 것처럼 현란한 차림새로 무도회를 즐기는 것도 통비가 그다지 비참한 역할이 아니라는 걸 알리기 위해서지. 우리는 위선을 만들어 내고 있는 거야."

구자쿠에게 '거미줄'의 역사를 가르쳐 준 선배 현란사는 그렇게 말했다. 그는 묘한 사투리를 써서 주의 깊게 듣지 않으면 무슨 말을 하는 건지 잘 못 알아들을 정도였다.

"'거미줄'이 깜짝 놀랄 만큼 최첨단 기술이었기 때문에. 최초의 통비인 후야가 아주 아름답고 행복해 보였기 때문에. 통비를 아름답게 치장해 온 이유는 다양하겠지만, 난 그뿐만이 아니라고 생각해."

"그게 무슨 말씀이세요?"

"통비가 그토록 아름다운 건 남몰래 지옥 같은 통증을 견디고 있기 때문이다. 모두가 그 사실을 눈치챈 게 아닐까 싶어. 통비가 비참해 보이지 않도록, 최대한 행복해 보이도록 온갖 방법을 동원해 그녀들을 꾸미는 현란사라는 직책을 만들어낸 순간부터 통비를 치장하는 **진짜** 목적이 바뀐 것 아닐까……."

그는 아련한 눈빛으로 노래하듯 말했다.

"후야는 어떻게 됐나요?"

"개발자의 반려자가 됐다는 이야기도 있지만, 어차피 후야도 모든 통비가 맞이하는 결말을 맞았겠지. 미쳐서 죽는 거 말이야."

그 선배 현란사도 며칠 후에는 성에서 사라졌다. 이제는 그리운 옛이야기다.

현란사가 된 지금은 개발자의 일화에 거짓이 섞여 있다는 걸 안다. 수신될 때 어느 정도 통증이 감소하기는 하지만, 기본적으로 통비가 느끼는 통증은 신하가 느끼는 통증과 크게 다를 바 없다. 통비가 이 역할을 다하는 이유는 마음씨가 곱기 때문이 아니라, 한번 이 역할을 맡으면 다시는 돌아갈 수 없기 때문이다. 그래도 이러한 구조가 사라지지 않는 건 통비가 없으면 날마다 몇백 명이나 되는 사람이 통증에 괴로워해야 하기 때문이다.

다수결의 논리다. 통비 한 명의 절규는 몇백 명의 절규를 당해낼 수 없다.

그리고 오늘도 현란사에게 치장을 받고 아주 약간의 선의를 품은 채 '통증이라는 이름의 선물'을 감내하는 통비들은 최초의 통비였던 후야처럼 통증 따위 모르는 척 계속 춤춘다.

구자쿠는 그러면 안 되는 줄 알면서도 자신들이 통비와 현란사가 아니라, 그냥 소꿉친구였던 시절을 떠올리곤 한다.

자쿠로는 마을에서 제일 예쁘고 영리한 여자애로 유명

했으며, 장래에 마을을 떠나 부자와 결혼할 거라고 다들
수군거렸다. 구자쿠도 그런 말을 퍼뜨리는 데 일조한 사
람 중 하나였다.

구자쿠는 재봉과 옷감 염색을 좋아하는, 눈에 띄지 않
는 소년이었고, 자쿠로 외에는 아무도 말을 걸지 않는 외
톨이이기도 했다. 내향적인 구자쿠가 자쿠로와 친하다는
것도 주변 사람들의 반감을 산 이유 중 하나였으리라. 하
지만 구자쿠는 그래도 행복했다. 자쿠로가 곁에 있어 주
었으니까.

소꿉친구라는 이유만으로 친하게 지내주지만, 자쿠로
는 결국 자신을 떠나리라. 분명 자신은 상상도 못 할 만큼
돈 많은 부자와 부부가 되리라. 구자쿠는 차게 식힌 수박을
자쿠로와 함께 먹으며 자기 자신을 훈계하듯 그렇게 생각
했다.

"왜 기분 나쁘게 실실 웃는 거야?"

그 후에 자쿠로는 구자쿠의 원래 이름을 불렀다. 그렇
지만 이제는 아무 의미 없는 단어다. 자쿠로도 그때는 자
쿠로라는 이름이 아니었다.

장래에 대해 생각했다고 솔직하게 대답하자 자쿠로는
더더욱 불만스러운 표정으로 입술을 삐죽 내밀었다. 당시

부터 자쿠로의 얼굴에는 보는 사람이 전율할 만한 아름다움이 깃들어 있었다. 자쿠로와 정면으로 마주하면 누구나 영혼에 씌워진 얇은 보호막이 단번에 떨어져 나가지 않을까 싶었다.

"……이런 곳에서 장래를 생각해 봤자 무슨 소용이야."

"난 그럴지도 모르지만."

"난 다르다고? 너까지 그런 쓸데없는 소리 하지 마."

자쿠로는 그렇게 대꾸하고 불쾌하다는 듯 인상을 찡그렸다. 구자쿠는 자쿠로가 왜 기분이 상했는지도, 그녀가 무슨 생각을 하는지도 이해하지 못한 채 자쿠로를 화나게 한 자기 자신이 창피할 따름이었다. 자쿠로와 같이 있으면 늘 창피하다.

그래도 구자쿠는 앞으로 한동안 자쿠로와 함께 지낼 수 있을 것이라 믿었다. 언젠가 자쿠로는 다른 곳에서 각광을 받으리라. 하지만 그날이 올 때까지 자신은 자쿠로의 소꿉친구다. 자쿠로 바로 곁에서 그녀의 아름다움과 고귀함에 경탄하는 영광을 누릴 수 있다.

하지만 구자쿠의 착각은 곧 정정됐다.

그 대화를 나눈 지 얼마 지나지 않아 자쿠로가 통비로 선정된 것이다.

마을 사람들은 자쿠로의 미모가 아주 빼어나다는 사실을 너무 곧이곧대로 퍼뜨렸다. 그래서 점찍힌 것이리라. 통비의 첫 번째 조건은 미모다. 비참함과는 거리가 멀고 행복의 신에게 사랑받는 듯한 압도적인 미모. 통증을 잘 견디는 체질이거나 통증을 어떻게든 견뎌내는 인간은 얼마든지 있지만, 아름다운 인간은 별로 없다.

거절한다는 선택지는 없는 것이나 마찬가지였다. 약간의 통증을 견딤으로써 세상에 공헌하는 성스러운 임무를 거절하면 마을이 통째로 배척당한다. 집도 불행해진다. 하지만 통비가 되는 걸 받아들이면 마을과 집에도 거액의 돈이 들어온다.

그리고 벽촌 사람에게 통비는 지옥 같은 고통을 맛봐야 하는 인신 공양의 희생물이 아니라 빼어난 미모를 평가받아 호화찬란한 생활을 하는 성공자였다. 그 마을에 자쿠로를 만류하는 사람은 없었다.

사흘쯤 고민한 후 자쿠로는 통비가 되기로 결심했고, 마을 사람들은 자쿠로를 성대하게 배웅했다.

자쿠로가 탄 마차는 느릿느릿 나아갔으므로 구자쿠가 죽어라 달리면 따라잡을 수 있었다. 마차에 매달린 구자쿠는 땅에 질질 끌려서 피를 흘리며 애원했다.

"그녀와 함께 데려가 주시면 안 될까요? 잡일이든 뭐든 할게요. 부탁드립니다!"

온몸이 비명을 지르는데도 개의치 않고 구자쿠는 필사적으로 목소리를 높였다. 수행원과 마부가 얼굴을 마주 보고 어떻게 할지 고민하는 동안, 자쿠로는 흔들리는 눈동자로 구자쿠를 바라보았다. 잠시 상의한 결과, 그들은 피투성이가 된 구자쿠를 마차에 태우고 "오늘부터 네 이름은 구자쿠다" 하고 말했다.

"그리고 그녀는 자쿠로야."

"자쿠로⋯⋯."

"넌 이제 마을로 돌아갈 수 없어. 하지만 상관없겠지. 넌 현란사가 되는 거다."

구자쿠는 영문도 모른 채 고개를 끄덕였다. 자쿠로와 함께 있을 수 있다면 뭐가 되든 상관없었다.

구자쿠는 현란사라는 직책이 뭔지도, 현란사가 통비를 위해 뭘 하는지조차 몰랐다.

성에 도착한 날, 통비와 현란사가 무엇인지 배운 뒤로 구자쿠는 자쿠로를 위해 몸이 부서지도록 일했다. 첫 무도회를 마친 후, 가슴에 흰색 백합꽃을 꽂은 자쿠로는 방에서 위액을 토했다. 구자쿠의 어설픈 화장 실력으로는 숨길 수 없을 만큼 안색이 안 좋았고, 양손 손가락 사이에는 쥐어뜯은 머리카락이 칭칭 얽혀 있었다.

그래도 자쿠로는 무도회를 망치지는 않았다. 새로이 데뷔한 통비를 원하는 초대객들을 위해 몇 곡이나 춤을 추었다.

그 처참한 모습에 구자쿠가 울음을 터뜨리고 말았다. 너무 괴로운 나머지 입술을 꽉 깨물었다. 피가 터져 나왔지만 자쿠로가 자기 몸에 받아들인 통증과 비교하면 어린애 장난이나 다를 바 없었다. 구자쿠가 할 수 있는 일은 자쿠로의 등을 조심조심 문질러주는 것뿐이었다.

그때 갑자기 자쿠로가 중얼거렸다.

"……백일 여왕……."

"백일 연속으로 붉은 동백꽃을 받은 통비는 백일 여왕이라는 영광스러운 칭호를 받고 의무를 내려놓을 수 있어……."

자쿠로의 얼굴은 여전히 창백했지만 눈에는 강한 의지가 깃들어 있었다.

"백일 여왕이 된 통비는 성을 떠날 권리를 얻지."

"정말이야?"

"지배인이 그랬어. 같은 통비가 계속 무도회의 주인공이 되면 손님들도 질린다고. ……그렇게 되지 않도록 배려하는 거라고…….”

자쿠로는 그렇게 말하고 또 위액을 토했다. 피 섞인 위액이 뚝뚝 떨어졌다.

"난 백일 여왕이 돼서 여기를 떠날 거야.”

그때 구자쿠는 자신이 뭘 해야 하는지 똑똑히 이해했다. 구자쿠는 눈물을 닦고 맞장구를 쳤다.

"난 당대 제일의 현란사가 되겠어. 그리고 널 반드시 백일 여왕으로 만들 거야.”

자쿠로가 고개를 크게 끄덕였다. 그날부터 자쿠로와 구자쿠의 기나긴 밤이 시작됐다.

자쿠로를 가장 아름다운 통비로 만들기 위해 구자쿠는 할 수 있는 모든 일을 다 했다. 자쿠로를 아름답게 꾸미기 위한 화장법을 배우고, 밤낮없이 연습했다. 자쿠로가 입을 드레스도 직접 만들었다. 성 안에서 차근차근 인맥을 넓히고, 때로는 뇌물과 협박도 사용해 가며 최고의 옷감과 화장품을 준비하려 애썼다. 벽 바깥까지 인맥을 넓힌 현란사는 구자쿠밖에 없으리라.

구자쿠는 필사적이었고 욕심도 많았다. 전부 자쿠로를
위해서였다. 자쿠로는 구자쿠에게 직접 고마움을 표시하
지는 않았지만, 최선을 다해 구자쿠의 노력에 보답했다.
자쿠로는 곧 무도회에서 두각을 나타내기 시작했다.

아직 통비가 된 지 얼마 지나지도 않았건만 자쿠로는
남들보다 많은 신하를 거느리고, 즉 남들보다 많은 통증을
받아들이고서 무도회에 나섰다.

게다가 자쿠로가 입은 순백색 드레스는 구자쿠가 그동
안 갈고닦은 솜씨를 발휘해서 만든 아름다운 물건이었다.
자신감 넘치는 자쿠로의 모습은 무도회에 참석한 모든 사
람의 시선을 끌었다.

그날 밤, 자쿠로는 처음으로 붉은 동백꽃을 받았다. 그
후로 단 하룻밤도 붉은 동백꽃을 양보한 적이 없었다.

백일 여왕의 칭호가 걸린 마지막 무도회에서 구자쿠는
자쿠로에게 일단 검은색 드레스를 입혔다. 노출을 최대한
자제한, 마치 상복 같은 드레스였다. 중간에 의상을 교체
할 때 화려한 색상을 이용할 예정이므로 처음에는 차분한
색깔로 꾸민 자쿠로를 보여 주고 싶었다.

“아름다워.”

구자쿠는 마치 혼잣말하듯 중얼거렸다. 자쿠로도 담담하게 대꾸했다.

"당연하지. 난 백일 여왕의 칭호를 받을 통비니까."

머리를 틀어 올려 목의 '거미줄'을 과시하듯 드러낸 자쿠로는 지금까지보다 한층 아름다웠다. 자쿠로는 눈가에 칠한 한줄기 안료를 가만히 바라본 후 일어섰다. 구자쿠도 그에 맞춰서 천천히 몸을 일으켰다.

이제 구자쿠와 자쿠로의 마지막 밤이 시작된다.

"오늘 밤도 변함없이 아름답군요. 내일부터는 그 모습을 볼 수 없다니 참으로 아쉬워요."

무도회장에 발을 들여놓자 교쿠스이가 미소를 갖다 붙인 얼굴로 말을 걸었다. 자쿠로는 교쿠스이를 힐끗 보더니 고개만 꾸벅 숙이고 자리를 떠났다. 교쿠스이와 만나는 것도 오늘 밤이 마지막이다. 자쿠로는 더 이상 교쿠스이를 안중에 두지 않았다.

교쿠스이는 그런 자쿠로를 뭐라고도 형언할 수 없는 눈빛으로 바라보았다. 평소처럼 증오가 주로 느껴지기는 했지만, 어쩐지 친밀함과 동정심까지 느껴지는 기묘한 눈빛이었다.

그 눈빛을 본 순간, 구자쿠는 등골에 소름이 쭉 끼쳤다. 왠지 모르게 터무니없이 꺼림칙한 예감이 들었다. 아무리 자쿠로가 미워도, 자쿠로는 오늘 밤이 지나면 성을 떠난다. 그 후로 무도회는 교쿠스이가 차지하는 셈이다.

자, 그러면 이 여자는 자기 세상이 왔다고 받아들일까. 자쿠로를 몹시 적대시했던 이 여자가?

구자쿠는 불안감이 밀려와서 겁을 먹었다. 하지만 종소리가 울리면 무도회가 시작된다. 그러면 누구도 멈출 수 없다.

오늘 밤도 자쿠로가 빨간색 동백꽃을 받을 것이라 누구도 믿어 의심치 않았기에, 마지막 춤을 요청하는 손님들이 자쿠로 주변에 몰려들었다. 자쿠로는 손님들 한 명 한 명에게 정중히 감사를 표하고, 여느 때와 다름없이 아름답게 춤췄다. 곡에 맞춰서 가뿐가뿐하게 스텝을 밟았다.

그래서였으리라. 구자쿠 말고는 자쿠로에게 이변이 생겼음을 아무도 눈치채지 못했다.

자쿠로는 평소처럼 춤추는 것처럼 보였지만 분명 몸놀림이 둔했다. 구자쿠가 보기에는 자쿠로가 금방이라도 쓰러질 것만 같았다. 미소를 유지하고 있기는 하지만, 입꼬리에 경련이 일었고 이마에는 땀이 맺혔다. 평소는 절대로 보여 주지 않는 모습이었다.

마지막 밤이라 긴장이 풀린 걸까? 다른 사람은 몰라도 자쿠로만큼은 그럴 리 없었다. 오늘 자쿠로는 아흔여덟 명분의 통증을 받아들였으니, 평소보다 특별히 많은 편은 아니다. 심한 통증을 동반하는 치료가 집중됐다? 신경에 줄질하는 듯한 통증을 유발하는 치료가 겹쳤을 때조차 자쿠로는 산뜻한 표정이었다.

뭔가 잘못됐다는 걸 구자쿠는 깨달았다. 하지만 뭐가 어떻게 된 건지는 전혀 짐작이 가지 않았다.

자쿠로가 아무리 위태로워 보여도, 의상을 교체하고 화장을 고치는 시간이 되기 전에는 현란사가 딱히 할 수 있는 일이 없다.

교쿠스이는 손님의 요청에 응해 춤을 추면서도 어째선지 자꾸 자쿠로의 동태를 살폈다. 그리고 자쿠로가 문제없이 춤추는 모습을 보자 부아가 치민다는 듯 시선을 돌렸다. 분명 교쿠스이가 자쿠로에게 **무슨 짓**을 한 것이다.

구자쿠는 교쿠스이의 현란사가 어디 있는지 재빨리 살펴보았다. 늘 교쿠스이 근처를 어슬렁거리는 그 남자가 보이지 않았다. 구자쿠는 북적거리는 손님들 사이를 헤치며 그 남자를 찾았다.

남자는 무도회장 출입구에 있었다. 왔다 갔다 하며 무도회장 내부 상황을 살피다가, 바쁘게 주변을 둘러보았다. 긴장했는지 얼굴에 땀이 줄줄 흘렀다.

남자는 성 쪽으로 천천히 걸음을 옮겼다. 자기 통비가 무도회에 참가했는데 대체 어디에 뭘 하러 가는 걸까? 구자쿠는 찜찜한 예감과 말로는 다 표현 못 할 공포를 억누르며 들키지 않도록 조심스레 그를 뒤쫓았다.

화려한 무도회장을 떠나 성으로 돌아가는 남자를 의심하는 사람은 구자쿠 말고 아무도 없는 듯했다. 남자는 성의 구석진 곳에 있는, 어디에 쓰는지도 모를 방으로 나아갔다.

이렇게 남들이 모르는 공간이 성에 있다는 사실, 거기를 교쿠스이와 현란사가 마음대로 이용한다는 사실에는 놀라지 않았다. 구자쿠도 자쿠로를 위해 여러 가지 방법으로 편의를 도모하기 때문이다. 다만 이렇게 남의 눈에 띄지 않는 방을 대체 무엇에 사용하려는 걸까.

이윽고 어떤 문 앞에 다다르자 남자는 한숨을 푹 쉰 후 안으로 들어갔다. 문을 활짝 열어놔서 방 안을 엿볼 수 있었다. 참으로 부주의하다고 생각하며 구자쿠는 안을 들여다보았다.

방 안에는 남녀 몇 명과 교쿠스이의 현란사, 그리고 의자에 앉은 남자 같은 것이 있었다.

같은 것이라고 느낀 이유는 의자에 앉은 남자가 인간의 형상이 아니었기 때문이다.

뭉개진 양쪽 눈에서 피눈물이 흘렀고, 코도 잘려 나갔다. 기구로 억지로 벌린 입에는 이가 하나도 없었다. 오른손은 못을 수없이 박아서 마치 바늘꽂이 같았고, 왼손은 줄로 갈아버린 듯했다. 두 다리는 숯덩이로 변했고, 의자 밑에는 핏물이 고여 있었다. 남자는 이제 제대로 움직일 수조차 없는지 그저 몸을 움찔거리기만 했다. 문을 활짝 열어둔 건 조심성이 없기 때문이 아니었다. 방에 고인 냄새를 견딜 수 없었기 때문이었다.

주변 사람들은 그런 꼴을 보고도 만족하지 못했는지, 눈앞의 남자에게 더 큰 고통을 주려면 어떻게 해야 할지 고민하는 듯했다. 의자 옆에 있던 여자가 피바다로 변한 남자의 입에서 튀어나온 혀에 전극을 꽂았을 때 구자쿠는 몸을 뒤로 확 물렸다. 심장이 시끄럽게 뛰었다. 하마터면 뛰쳐나갈 뻔했다.

고깃덩이로 변한 남자의 목에는 틀림없이 '거미줄'이 장착돼 있었다. 그렇다면 저 남자는 분명 통비에게 구원받아야 할 신하일 것이다.

"믿을 수 없어."

구자쿠는 떨리는 목소리로 중얼거렸다. 너무나 끔찍하고 잔혹했다.

오로지 자쿠로를 패배시키기 위해 신하를 고문할 줄이야.

교쿠스이는 상상을 초월하는 집념을 품고 자쿠로의 목숨을 빼앗으러 나섰다. 그 통비는 자신의 목적을 이루기 위해 인간의 존엄성마저 훼손했다.

너무나 지독해서 구자쿠는 눈물이 날 뻔했다. 저 가엾은 남자를 구해주고 싶었지만, 저래서는 살 수 없으리라. 저건 더 이상 인간이 아니다.

무서운 사실은 저 남자가 통증을 전혀 느끼지 않는다는 것이었다. 몸을 움찔거리는 건 단순히 육체적인 반사 작용에 지나지 않는다. 몸속에 지옥이 펼쳐진 건, 상상을 초월하는 저 통증을 견디고 있는 건 바로 자쿠로였다.

구자쿠는 자기 이름으로 붙여진 새처럼 크게 울부짖고 싶었다. 하지만 그랬다가는 자기도 그들에게 붙잡힌다. 그러면 자쿠로에게 진실을 알릴 수 없다. 더구나 현란사를 잃으면 자쿠로는 어떻게 되겠는가. 안 그래도 괴로워 보였는데, 구자쿠가 없어지면 자쿠로는 분명히 진다.

돌아가야 한다. 현란사로서 구자쿠가 할 수 있는 일은 그것뿐이었다. 다리가 꼬이면서도 구자쿠는 달렸다. 무도회장에서는 통비의 춤에 갈채를 보내는 소리가 들렸다.

"어디 갔었어?!"

대기실에 도착하자 자쿠로가 퉁명스러운 목소리로 말했다. 마치 버려진 어린아이의 비통한 울음소리 같기도 했다. 평소의 자쿠로라면, 긍지 높은 고통의 반려자라면 절대로 내지 않을 목소리였다. 아까 잘리고 뭉개진 고깃덩이의 모습이 머리를 스쳤다. 구자쿠는 그 자리에 주저앉아 고개를 푹 숙이고 말했다.

"자쿠로. 이 싸움은 계획된 거야. 전혀 공평하지 않다고! 자쿠로, 지금 당장 그만두자. 교쿠스이가 무슨 수작을 부렸는지 내가 폭로할게. 재도전하자. 오늘 밤은……."

이런 경우에는 과연 어떻게 되는 걸까. 한순간 불안감이 몰려왔다. 재도전하면 자쿠로가 아흔아홉 번 연속으로 붉은 동백꽃을 받은 기록은 무효가 되는 걸까. 생각하면 할수록 그럴 것 같았다. 그게 아니라면 교쿠스이가 굳이 그런 짓을 하면서까지 오늘 밤의 여왕을 패배시키려 할 리 없었다.

자쿠로는 아주 느긋한 걸음걸이로 구자쿠에게 다가왔다. 그리고 곁에 조용히 무릎을 꿇고 앉아 구자쿠를 가만히 바라보았다. 자쿠로도 백일 여왕에 대해 생각하는 것이 틀림없었다. 자쿠로가 땅을 기듯이 나지막한 목소리로 말했다.

"그 여자도 오늘 밤에 승부를 건 거야……."

구자쿠는 고개를 번쩍 들었다. 자쿠로는 희미하게 웃더니 등을 쭉 펴고 일어섰다.

"화장 고쳐줘. 무도회는 아직 끝나지 않았어. 땀이 번져서 보기 싫네. 조심해야겠어. 자, 빨리."

구자쿠는 망설였다. 자쿠로는 얼굴이 초췌했고, 춤추기는커녕 서 있기조차 여의치 않은 듯했다. 안 좋은 안색을 화장으로 숨긴들 과연 버틸 수 있을까.

"난 괜찮아. 교쿠스이 따위에게는 지지 않아. 붉은 동백꽃은 내 차지라고. 오늘 밤도 이 무도회장에서 가장 고귀하게 피는 꽃은 바로 나겠지."

그런 말을 들은 이상, 구자쿠는 화장붓을 잡을 수밖에 없었다. 현란사가 괴로운 직책이라는 것을, 통비를 사랑하면 지옥에 떨어지는 직책이라는 것을 이렇게까지 실감한 적은 또 없었다. 통비는 고통의 반려자다. 그녀들을 사랑해서는 안 된다.

구자쿠는 너무나 괴로웠다. 이렇게 괴로운데도 이 고통은 자쿠로가 느끼는 고통의 10분의 1조차 되지 않을 것이다.

땀을 신중하게 닦아내고, 피지가 분비되어 번들번들한 피부에 분을 칠했다. 그 위에 볼연지를 바르자 자쿠로의 안색은 꽤 좋아졌다. 하지만 눈빛은 공허하니 생기라 할 만한 것이 조금도 느껴지지 않았다. 자쿠로가 두세 번 기침하자 입안에서 깨진 어금니 조각이 여러 개 튀어나왔다. 한계였다.

건드리면 부서질 듯한 상태인데도 자쿠로는 한층 아름다워 보였다. 지금도 그 방에서는 남자를 고문 중일 테고, 그 통증은 고스란히 자쿠로에게 전해진다. 어쩌면 고문받는 사람은 한 명이 아닐지도 모른다. 더구나 자쿠로는 다른 신하들의 통증도 받아내고 있다.

통비가 아닌 사람은 자기 자신의 통증만 맛보면 된다. 그 사실은 구원으로 여겨졌다. 이 몸에는 한 사람 몫의 지옥만 깃드는 것이다. 그러나 현란사는 통비가 아니더라도 타인의 통증을 받아들일 수 있는 존재일지도 모른다. 구자쿠는 오만한 생각인 줄 알면서도 부디 그러길 바랐다.

"자쿠로. 갈아입을 드레스는 붉은색으로 준비했어. 너도 알 거야. 극히 한정된 곳에서만 피어나는 눈동백꽃의 첫꽃만으로 만든 붉은 염료를 사용했지. 만드는 데 3년 걸렸어. 네게 잘 어울릴 거야. 네게 선물할 수 있는 최고의 드레스지."

"3년…… 꽤 오래전부터 준비했네."

"그 무렵부터 난 네가 백일 여왕이 될 거라고 믿었거든. 넌 최고의 통비니까. 누구에게도 질 리 없어."

구자쿠는 자신의 마음에 새겨 넣듯 목소리를 짜냈다. 잠시 후 자쿠로가 말했다.

"당연하지. 난 너의 통비니까."

자쿠로가 붉은 드레스 차림으로 다시 등장하자 무도회장은 쥐 죽은 듯이 고요해졌다. 모든 소리가 자쿠로를 감싼 진홍색에 빨려든 듯했다.

자쿠로는 땀 한 방울 흘리지 않고 우아하게, 그리고 상냥하게 미소 지었다. 누구도 자쿠로에게서 눈을 떼지 못했고, 숨 쉬는 것조차 주저하는 듯했다. 교쿠스이마저 자쿠로의 모습에 시선을 빼앗긴 것 같았다.

그 몸에 지옥을 품고서도 자쿠로는 잔잔한 호수처럼 차분했다. 곁에 있는 구자쿠도 몸 한 번 들썩이지 않았다.

그렇게 자신의 존재감을 주변에 알린 후 자쿠로는 천천히 뒤에 있는 구자쿠를 돌아보았다. 그리고 그의 손을 정중하게 잡았다.

"나랑 춤추자, 구자쿠."

"그건……."

"내가 모든 걸 견뎌내기 위해서야. 내 몸에 깃든 지옥을 꿈으로 바꾸기 위해서야."

그렇게 말하고 자쿠로는 구자쿠의 원래 이름을 불렀다.

구자쿠는 각오를 다진 뒤 자쿠로 쪽으로 한 발짝 내디뎠다.

구자쿠는 현란사로서 자쿠로에게 줄 수 있는 걸 전부 주었다. 이번에 줄 건 자기 자신이었다.

구자쿠야말로 자쿠로에게 줄 마지막 선물이었다.

무도회장 한가운데로 나아간 자쿠로와 구자쿠는 아주 여유롭게 춤췄다. 현란사인 구자쿠는 춤을 춰 본 적이 거의 없었지만, 둘은 마치 한 몸처럼 우아하게 움직였다.

구자쿠와 손각지를 끼고 부드럽게 미소 짓는 자쿠로는 더할 나위 없이 평온하고 행복해 보였다. 통증에 시달리기는커녕, 이 세상의 모든 불행에서 해방된 것 같은 표정이었다. 구자쿠는 한순간 의자에 묶여 고문당하는 남자는 없는 것 아닐까, 하는 착각에 빠졌다. 그렇지 않다면 어떻게 자쿠로가 이렇게 웃을 수 있겠는가.

구자쿠가 해 준 화장을 하고, 구자쿠가 만든 드레스를 입고, 구자쿠가 준비한 신발을 신고 자쿠로가 춤춘다. 현란사가 통비와 춤추다니, 전대미문의 사건이다. 누구도 들어본 적 없는 일이다.

바로 제지할 줄 알았지만, 자쿠로와 구자쿠의 춤을 멈추려 하는 사람은 아무도 없었다. 구자쿠가 자쿠로의 부속품에 불과하기 때문이리라. 춤추는 동안 구자쿠도 그런 생각이 들었다. 자신은 자쿠로의 것이다. 영혼부터 춤추는 발끝에 이르기까지 전부 다 그녀를 위해 존재한다.

자쿠로는 피로조차 느끼지 않는지 구자쿠와 몇 곡이나 연달아 춤췄다. 마지막 한 곡이 끝났을 즈음에는 오히려 구자쿠가 쓰러질 것만 같았다. 종소리까지 아득히 멀게 느껴졌다.

자쿠로는 손각지를 풀고 손님들에게 우아하게 인사했다. 그 순간 자쿠로에게 떠나갈 듯한 박수갈채가 쏟아졌다. 통비가 이 정도로 칭송받은 건 처음 있는 일이었다.

지배인이 천천히 다가와서 자쿠로의 가슴에 붉은 동백꽃을 꽂았다. 붉은 동백꽃은 진홍색 드레스에 아주 잘 어울렸다. 자쿠로가 떨리는 손으로 동백꽃을 만졌다.

"구자쿠. 나, 해냈어. 백일 여왕이 됐어. 지난 백일 밤을 너와, 너와."

자쿠로의 몸이 크게 흔들렸다. 부축할 겨를도 없이 자쿠로가 바닥에 쓰러졌다.

"자쿠로!"

구자쿠가 안아 일으켰을 때, 자쿠로의 눈에는 생기가 없었다. 이미 세상과 단절된 자쿠로는 손가락으로 '거미줄'을 벅벅 긁을 뿐이었다. 자쿠로의 목소리가, 그녀가 자쿠로라는 이름을 얻기 전의 목소리가 구자쿠의 고막을 흔들었다.

"……난 ……난, 너와…… 결혼하고 싶어. 통비 자리에서 물러나면, ……고통의 반려자를 그만두면…… 너와, 부탁이야…… 날, 네, 아내로……."

띄엄띄엄 끊어지는 말이었지만, 그 마음만큼은 구자쿠에게 똑똑히 전해졌다. 눈물이 계속 흘러서 자쿠로의 모습이 잘 보이지 않았다. 구자쿠는 움직임을 멈춘 자쿠로의 입술에 입을 맞췄다.

통비가 대신 받아들인 통증을 현란사는 느낄 수 없다.

하지만 구자쿠는 마치 불로 지진 것처럼 입술이 아팠다.
그것이 구자쿠가 대신 받아들일 수 있었던 유일한 통증이
었다.

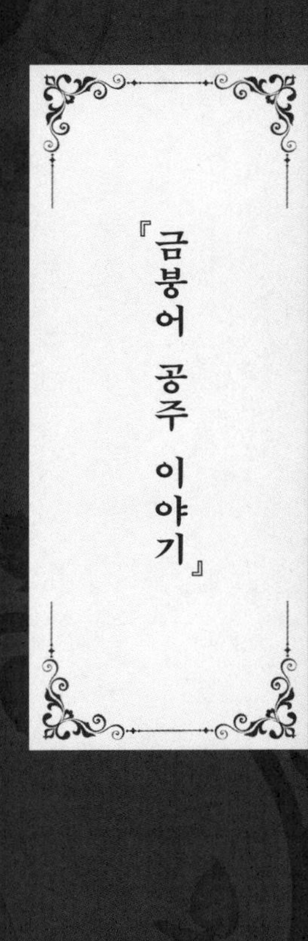

『금붕어 공주 이야기』

비가 내리니까 모델이 되어 줄게

간결한 메시지를 읽고 나는 하루바라 우이의 몸에 무슨 일이 일어났는지 이해했다.

바깥은 천사가 날아다녀도 이상하지 않을 만큼 완벽하게 맑은 날씨였고, 우이는 날씨 따위 신경 쓰지 않는 인간이었다.

우이 곁으로 가는 길에 물컹물컹한 하얀색 고깃덩이가 도로를 기고 있는 모습을 목격했다. 한 달에 한 번 볼까 말까 하는 정도인데, 왜 하필 지금 눈에 띈 걸까. 마치 의도된 징조 같았다. 영화 첫머리에 등장인물의 앞날을 암시하는 의미심장한 장면이 삽입되곤 하는 것처럼.

하기야 여기서 그 하얀 덩어리는 '암시' 정도가 아니었다. 그렇게 표현하기에는 너무나 직접적이었다.

남자인지 여자인지 모를 고깃덩이는 원래 체격이 꽤 좋았으리라. 부피가 내 세 배는 된다. 부옇게 불어버린 얼굴 속에 눈과 코가 파묻혀, 커다랗게 벌린 채 숨 쉬는 입과 몸에 걸친 감색 천만이 고깃덩이를 간신히 익사체의 범주에서 벗어나게 해 주었다.

기어갈 때마다 불어버린 몸이 문질러서 상처가 나는 것이리라. 붉은색이 섞인 액체가 질질 새어 나와 고깃덩이가 지나간 궤적을 그렸다. 분명 그리 오래 버티지는 못하리라.

그래도 고깃덩이는 움직였다. 기는 속도는 느렸지만, 착실히 앞으로 나아가기는 했다. 손톱이 전부 빠진 물컹물컹한 손을 계속 앞으로 뻗는다. 대체 어디로 가려는 걸까. 가족은 없는 걸까. 지금까지 어떻게 지낸 걸까. 아무것도 알 수 없지만, 분명 목적을 이루지 못하고 죽으리라.

고깃덩이 위에는 지금도 비가 내리고 있었다. 빗방울이 피부를 타고 흐르면 눈물처럼 보이지 않을까 싶었지만, 빗발이 너무 세서 그렇게는 보이지 않았다. 이래서는 설령 울고 있어도 우는 줄 모를 것이다.

원래 빨랐던 걸음을 더 빠르게 옮겼다. 그러고 싶지 않건만 어느덧 달리고 있었다. 올려다본 하늘은 구름 한 점

없이 맑았다.

고깃덩이가 보이지 않을 때까지 달리자 바다가 눈에 들어왔다. 여기서 어떻게 우이를 찾아내나 싶었지만, 예상했던 대로 그녀는 이 맑은 날에 대비되어 아주 두드러져 보였다.

우이는 바다를 보고 있었다. 딱히 뭘 하는 게 아니라 그저 수평선 저편에 시선을 주었다.

"우이."

그 뒷모습에 말을 걸자 우이가 돌아보았다.

긴 앞머리가 젖어서 이마에 달라붙어 평소와 다른 분위기를 자아냈다. 늘 입고 다니는 흰색 셔츠에 캐미솔이 희미하게 비쳐 보였다. 반대로 원래는 연한 색깔이었을 청바지가 진하게 물들었다. 마치 지금 바다에서 올라왔다고 해도 믿길 듯했다.

볕에 탄 우이의 피부 위에서 구슬처럼 반짝이는 빗방울은 다음 빗방울에 튕겨서 사라졌다. 빗속에서 우수에 찬 옆얼굴은 다가가기가 망설여질 만큼 아름다웠다.

"염원을 이루어 줄게. 준, 나를 찍어."

오늘 하늘은 빠져들 것처럼 맑았다. 하지만 우이 위에는 비가 끊임없이 내리고 있었다.

2006년 9월 9일, 데이비드 브레인이라는 마술사가 물 속에서 7일간 생활하는 도전을 끝내고 뉴욕 거리에 설치된 금붕어 모양 수조에서 나왔다. 바지만 입은 차림새로 산소통만 들고 들어가서 7일을 버틴 것이다.

수조에서 나온 데이비드는 손이 새하얗게 팅팅 불었고, 체내 염분 농도가 낮아진 상태였다. 또한 내장 질환이 발생해 도전을 마치자마자 병원으로 실려 갔다.

수많은 사람이 이 도전에 주목한 이유는 그 해에 최초의 비가 내렸기 때문이다.

지금으로부터 3년쯤 전, 어느 여름날에 기묘한 현상이 일어났다.

역에서 전철을 기다리는 남자에게 비가 내리기 시작했다. 화창한 날씨에 갑자기 비가 내렸는지라 그는 처음에 땀이라고 생각한 듯했다. 햇볕이 사정없이 내리쬐고 있었으니 그렇게 여긴 것도 무리는 아니리라.

하지만 그를 덮친 '땀'의 기세는 점차 강해져서 양복을 적시기 시작했다. 주변 사람들도 흠뻑 젖은 그를 보고 놀라서 거리를 두었다. 그리고 알아차렸다.

거기 있던 사람들 가운데 그 남자만 비를 맞고 있다는 것을.

남자는 플랫폼을 돌아다니며 비를 피하려 했지만, 비는

남자를 계속 쫓아다녔다. 참다못한 남자가 전철로 뛰어들자 전철 속에서도 비가 내려 바닥과 주변이 홍건하게 젖었다. 그렇게 두 정거장을 타고 가니 전철 바닥이 물에 잠겼다고 한다.

어쩔 수 없이 그는 밖을 돌아다녔다. 길에 빗자국을 남기며 기묘한 현상이 끝나기를 기다렸지만 비는 그치지 않았다. 비는 그의 머리 위에서 내릴 뿐만 아니라 옷 안쪽에도 내렸다. 그가 비에서 달아날 방법은 없었던 셈이다.

가게에도 집에도 들어갈 수 없게 되자 그는 시내 병원에 도움을 요청했다. 병원 측은 출입구에서 문진한 후, 옥외에 가설 텐트를 치고 각종 검사를 진행하는 한편으로 병원식을 제공했다. 젖어서 무거워진 그의 옷을 벗기자 머리 위에서 내리던 비가 범위를 넓혀서 피부를 적셨다. 아무래도 그런 식으로 작용하는 현상인 듯했다.

의사는 그를 치료하지 못했다. 아무튼 비다. 비는 병이 아니다. 곧 기상학 연구자가 호출됐다는 건 그럴싸한 도시 전설이 아닐까 싶다. 비는 계속 내렸고, 그의 몸은 점점 불기 시작했다.

사실 손바닥이 젖으면 주름이 자글자글 생기는 이유는 아직 밝혀지지 않았다. 손바닥의 각질층이 다른 부분보다 두꺼워서 수분을 잘 흡수하기 때문이라는 등, 손끝 피부의 바깥 부분에는 혈관과 신경이 지나가지 않기 때문에 수분을 쉽게 흡수하는 경향이 있다는 등 다양한 가설이 존재한다. 이유가 뭐든 간에 손바닥은 물속에서 제일 영향을 잘 받는다.

병원에 온 지 이틀이 지나자 남자의 손바닥은 딱딱하고 하얘졌다.

그의 몸은 늘 물에 노출된 상태였다. 살아 있는 사람이 내내 물속에 있으면 어떻게 되는지 아무도 몰랐다. 그는 본인의 몸으로 대대적인 인체 실험을 하는 것이나 다를 바 없었다.

일주일이 지나자 다양한 문제가 발생했다. 얼굴과 몸이 하얗게 변색됐고, 수분 때문에 붓기 시작했다. 무엇보다 영향을 많이 받은 곳은 피부였다. 탄력 없이 상처가 잘 나서 표면이 너덜너덜해졌다.

한 사람에게만 발생한 기묘한 재해는 널리 보도됐고, 대중들은 산 채로 익사체가 되어 가는 남자의 모습을 공포와 호기심 어린 눈으로 지켜보았다.

16일 후, 몸집이 두 배로 부풀어 오른 남자는 다장기부전을 일으켜 의료용 텐트에서 사망했다. 하지만 비는 그가 죽고 3일이 지나도 그치지 않았다. 남자가 진짜 익사체가 되고 나서야 겨우 비가 그쳤다.

이게 그에게만 발생한 기묘한 현상이었다면 다행이었으리라. 하지만 이 사례를 시작으로 똑같은 괴현상이 전 세계에서 발생하기 시작했다. 아무 조짐도 없이 한 사람에게만 비가 내리는 것이다. 대책은 없었다. 우산을 쓰든 실내에 있든, 비는 한 사람만을 노리고 계속 쏟아졌다. 또한 남녀노소를 가리지 않고 피해를 입었다.

비에 점찍힌 사람은 달아나지 못하고 그저 죽음이 찾아오기를 기다렸다. 고치지 못하는 병이 아니라 그치지 않는 비가 사람을 죽이는 것이다.

이 현상에는 일단 '초국지적 호우'라는 이름이 붙여졌지만, 일본에서는 주로 '강루降淚'라고 불렀다. 그 사람에게만 내리는 비는 눈물과 다를 바 없다. 그러니까 강루.

이 이름을 고안한 사람은 일찍이 일본 최고의 대중 문학상인 나오키상을 수상한 유명한 소설가였다. 그는 이미 방송 패널로 출연하는 방송인이 다 됐지만, 이 이름을 고안해 낸 것만으로 다시 문단의 중진 대접을 받는 듯했다.

그래서 소설가는 싫다. 이 인간이고 저 인간이고 멋진 말을 꾸며내려고 한다. 눈앞에서 일어나는 일이 아무리 그로테스크해도, 그걸 뒤덮어버릴 만큼 큰 감상을 이름에 담아서 내놓는다.

아무리 듣기 좋은 명칭을 붙여도, 그건 무엇보다도 질 나쁜 재해가 틀림없었다.

느닷없이 나타나 사람을 영원한 빗속에 가둔다. 그것이 바로 강루다.

막상 직접 접하니 현실이라는 게 실감 났다. 내리쬐는 햇볕에 어울리지 않게 빗소리가 귀를 때려서 나는 더 이상 아무 말도 할 수가 없었다.

화창한 여름날, 우이 혼자 장대비 속에 있었다.

지나가던 사람들이 우이를 힐끔거리다가 시선을 홱 돌리고 멀어졌다. 인구가 적당히 적은 항구 마을치고는 사람이 많아 보였다. 우이에게 강루 현상이 시작됐다는 소문이 벌써 퍼진 걸까. 잠시 후 우이가 입을 열었다.

"이렇게 맑은 날씨에 혼자 비를 맞고 있다니, 참 감성적인 장면이겠네."

"감성적이라니…… 그런 말을 할 상황이 아니잖아."

"그럴 상황이 아니더라도, 이제 어쩔 도리도 없는걸."

우이는 비아냥거리는 듯한 웃음을 지었다. 등골에 소름

이 끼쳤다. 전 세계적으로 연구가 진행 중이지만 강루를 멈출 방법은 아직 찾지 못했다. 죽을 때까지 우이에게 내리는 비는 그치지 않는다.

"아무튼 본론 말인데."

우이는 내게서 한 발짝 거리를 두고 이쪽으로 몸을 돌렸다.

"찍어도 돼."

"……정말로? 하지만 줄곧 싫다고 했으면서. 사진 싫어하잖아."

"마음이 바뀌었어."

"마음이 바뀌었다니……."

"찍지 않겠다면 그래도 상관없어. 다만 다시는 기회를 안 줄 거야. 내 사진을 찍고 싶다고 졸랐잖아? 가을 문화제 때 전시하고 싶었던 거 아니야?"

우이는 연거푸 말을 쏟아냈다. 내가 예전에 우이에게 했었던 말이었다.

"그건 그렇지만……."

"그럼 찍어. 전시도 해도 돼. 내가 비에 젖어 썩을 때까지 찍어도 돼."

우이는 그렇게만 말하고 자세를 바꾸었다.

지금까지 본 적 없던 당당한 자세였다. 몸을 곧추세우고 가슴을 쭉 편 채 이쪽을 쏘아보았다. 우이는 이목구비가 뚜렷하니, 높은 콧대와 눈초리가 쭉 올라간 눈이 특징적인 미녀였다. 빚어낸 듯 지적인 아름다움이 넘쳐흘러서 보는 사람을 위축시킨다. 우이에게만 내리는 비도 무슨 무대 장치 같았다.

난 빗소리를 들으며 처음으로 우이의 사진을 찍었다.

난 처음 만난 순간부터 하루바라 우이의 사진을 찍고 싶었다.

올해 초봄이었다. 아르바이트비로 난생처음 산 카메라를 들고 피사체를 찾으러 나간 날 아침, 해변에서 우이를 발견했다.

나는 새로 개발돼서 생활이 약간 편리해진 작은 항구 마을의 주택가에 산다. 넓기만 해서 듬성듬성한 공간이 많은, 어쩐지 이가 빠진 듯한 마을이다. 아름답게 찍을 수 있을 만한 피사체는 바다 정도인 곳에 하루바라 우이가 나타났다.

그때 우이는 방파제에 앉아 스마트폰을 만지작거리고 있었다.

할 일이 없다는 듯한 분위기가 배어났고, 표정은 한없이 지루해 보였다. 자신을 향한 시선을 전혀 의식하지 못한 채 등을 잔뜩 웅크리고 있었다. 그래도 우이는 아름다웠다. 나도 모르게 그 옆얼굴에 대고 말을 걸었다.

"저기…… 실례합니다. 사진 한 장만…… 찍어도 될까요?"

우이는 재빨리 반응해 순수한 혐오감을 드러냈다.

"뭐? 웬 헛소리야? 구경꾼이라면 꺼져. 날 가만히 내버려두란 말이야."

"무례한 부탁이라는 건 알아요. 하지만 이 마을은 바다 빼면 아무것도 없어서요. 사진에 담고 싶은 건 당신뿐이에요."

"무슨 소릴 하는 건지 모르겠는데. 뭐 어쩌자는 거야?"

"부탁드릴게요. 가을 문화제 때 꼭 당신 사진을 전시하고 싶어요. 저는 조세이히가시 고등학교 2학년, 아마미야 준이라고 합니다. 물론 마음대로 사진을 찍거나, 전시하지는 않을게요. 원하시면 학생수첩도 보여드릴게요."

그렇게 말하자 우이는 의아해하는 표정으로 말했다.

"……너, 내가 누구인지 알고 말 건 거 아니야?"

"죄송합니다. ……유명하신 분인가요? 혹시…… 그, 연예계에서 유명하다면…… 죄송해요. 저희 집에는 텔레비전이고 컴퓨터고 없어서 몰라요."

"텔레비전도 컴퓨터도 없다고?"

"어머니가 교육열이 대단히 높아서 공부에 방해되는 물건은 전부 없앤다는 방침을 세웠거든요. 하지만 최고 명문 중학교 세 곳에 떨어지고 고교 입시에도 실패하자 오히려 방임주의로 돌아섰죠. 하지만 이제 와서 텔레비전이나 컴퓨터를 사 달라고 하기도 그렇잖아요."

고등학교에 입학해 아르바이트를 시작한 후로 주머니 사정이 조금은 나아졌지만, 내 우선순위는 카메라였으므로 텔레비전과 컴퓨터는 뒤로 밀렸다. 그래서 난 놀랄 만큼 외부 정보에 어두웠다.

"이야, 그럼…… 모르는 게 당연한가."

"죄송합니다. 유명인이세요?"

"존댓말은 그만둬. 나이도 별 차이 안 나는데 뭘."

우이는 나보다 두 살 많은 열아홉 살이었다. 하지만 존댓말을 쓰는 걸 바라지 않는 듯했기에 그만뒀다. 남의 말과 행동에서 너무 의미를 찾는 것도 좋지 않겠지만, 내가 보기에는 우이가 그러기를 바라는 것 같았기 때문이다.

"난 하루바라 우이라고 해. 잘 부탁해."

그리하여 나는 우이와 친구가 됐다.

그 후로 우이와 정기적으로 만나 이야기를 나누는 사이가 됐지만, 여전히 사진을 찍으라고 허락해 주지는 않았다. 가을 문화제가 목표라고 했는데도, 우이는 내 부탁을 단호하게 거절했다.

"사진을 싫어하거든."

우이는 카메라 자체가 꺼림칙하다는 눈으로 노려보더니 짤막하게 거부의 말을 내뱉었다.

"왜 사진이 싫은데?"

"싫어하는 사람 많아."

"그렇게 예쁜데도?"

말하고 나서야 실언임을 깨달았다. 우이는 예쁜 얼굴을 일그러트리며 작게 혀를 찼다.

"사진은 거짓이면 용납받지 못하니까 싫어. 예쁘고 말고를 떠나서 진정성이 요구되거든. 그러니까 바다라도 찍도록 해."

우이가 왜 그런 소리를 하는지는 솔직히 잘 몰랐다. 그 당시 사진 업계에서는 SNS에서 파생된 사진 편집 기술에 대해 갑론을박을 나누고 있었으므로, 거기에 영향을 받았는지도 모르겠다 싶었다. 침침하게 흐린 하늘의 색조를 높여서 경치를 선명하게 바꾸고, 부드러운 햇살을 넣은 사진은 과연 뛰어난 사진인가?

"거짓이 들어간 사진도 스토리가 있어서 좋다고 생각하는데."

내 나름대로 해석해서 그렇게 대답하자 우이는 무슨 뜻인지 잘 모를 웃음을 지었다. 합격 같기도 하고 불합격 같기도 한 웃음이었다. 우이는 고개를 내젓고 바다로 시선을 돌렸다. "사진은 싫어" 하고 한 번 더 중얼거린 후에.

우이는 어느 날 훌쩍 이 마을을 찾아온 듯했다. 여기 오기 전에 살았던 곳의 이름을 듣고 너무 멀어서 놀랐다.

우이는 항구 근처 해산물 가공 공장에서 일했다. 공장에 커다란 기숙사가 있어서 저렴한 비용으로 생활할 수 있다고 한다. 고등학교에는 가지 않았고, 그런 직종을 전전했다고 들었다.

"그런 공장은 의외로 아무것도 안 물어봐서 좋아. 사연이 있겠거니 하면서도 너무 꼬치꼬치 캐묻지는 않고 금방 흥미를 잃지."

"일은 어때?"

"단순 작업도 나쁘지 않아. 여기에 온 뒤로 시간이 천천히 흘러가는 것 같아."

산책이 취미가 될 줄은 몰랐다고 우이는 말했다. 누군가와 이야기하는 것도, 하고 그 후에 덧붙였다.

"변덕이 발동해서 바다에 온 게 정답이었네. 딱히 대단한 이유는 없었는데."

"그래도 계기가 있다면?"

"난 인어 공주를 좋아하거든."

나도 모르게 입을 떡 벌리고 우이를 바라보았다. 너무나 우이답지 않은 대답이었기 때문이다.

"바다에서 살면 마음이 홀가분해서 좋겠지. 물거품이 되는 것도 어쩐지 예쁘고 말이야. 벌칙이 좀 더 무거워야 하지 않나 싶다니까. 실패한 대가가 물거품이라면 예쁘게 끝날 수 있잖아."

"난 그 이야기가 꽤 무서웠어. 시체도 남지 않는다니, 어쩐지 겁나더라고."

"남지 않으니까 안 무서운 거지."

우이와 나는 의견이 완전히 반대였다. 그리고 나는 강루 현상 때문에 내가 틀렸음을 알았다. 물거품이 될 수 있다면, 그게 훨씬 낫다.

난 학교를 쉬고 우이를 만나러 가기로 했다. 우이가 강루 현상에 피해를 당한 이상, 시간이 없었다.

우이는 어제와는 다른 쪽 해변에서 또 바다를 바라보고 있었다. 계속 비를 맞은 탓인지 옆얼굴이 많이 초췌해졌지만, 그래도 여전히 아름다워 보였다.

그렇다기보다 분명 어제보다 생생하니, 인간과 동떨어진 미모를 유지하고 있는 것처럼 보였다. 이 비가 우이에게 은혜를 베풀었을지도 모른다고 착각할 만큼. 실제로는 이 비 때문에 우이는 한 달도 버티지 못하고 말라 죽으리라.

"사진은 어때?"

"여기……."

난 현상해 온 사진을 우이에게 건네려 했다. 우이는 사진을 받으려다 손을 딱 멈췄다. 손에는 비가 떨어지고 있었다.

"괜찮아. 데이터가 있으니까 몇 장이든 뽑을 수 있어."

그렇게 말하자 우이는 천천히 사진을 받아 들었다.

화창한 날씨에 주룩주룩 쏟아지는 비를 맞고 있는 우이의 모습은 진짜인데도 합성 같았다. 사진 한복판에 담긴 우이는 자신에게 내리는 비의 지배자로 보였다.

"사진, 잘 나온 것 같아?"

"응, 잘 나왔어."

다른 사진도 보여 주려 했지만, 우이는 은근슬쩍 거절하고 젖어서 구깃구깃해진 사진을 내밀었다. 젖은 사진은 이미 뭐가 찍혀 있는지 모를 정도로 흐늘흐늘해졌다. 물 앞에 장사 없었다.

"그럼 오늘도 찍을까."

짤막하게 말한 후 우이는 제방에 앉았다. 오늘은 그런 자세로 사진을 찍으려는 듯했다.

"물어보는 걸 깜박했는데, 기분은 어때?"

"몸은 아직 아무렇지도 않지만 기분은 우울해. 인간은 물속에서 생활할 수 없는 체질인 거겠지. 내내 물속에 있는 느낌이라 기분이 축 처지네."

우이의 손에는 주름이 깊게 새겨져, 거기만 단숨에 몇 십 살이나 나이를 먹은 것처럼 느껴졌다. 그걸 보니 더럭 겁이 나서 나도 모르게 말했다.

"손을 뺨에 대고 이쪽을 봐."

카메라 파인더를 들여다보며 말하자 우이는 내가 원했던 포즈를 완벽하게 재현했다. 딱딱하고 하얘진 데다 주름이 새겨진 손바닥은 가려지고, 아름다운 원래 우이가 거기에 있었다. 기분 좋게 흘러온 빗소리가 파도 소리와 뒤섞여 사라졌다.

“이 비…… 어차피 흠뻑 젖을 테니 아예 바닷속에 들어가면 되지 않을까 싶었는데.”

“아아…… 그거, 수조에서도 실험했던…….”

강루 현상이 최초로 발생하고 얼마 지나지 않았을 무렵, 한 피해자가 수조에서 지내겠다고 선언했다. 비를 맞으며 골골댈 바에야 애초에 물속에서 지내면 되지 않겠느냐는 생각이었다. 그는 산소통을 가지고 수조에서 지내는 모습을 생중계했다.

“하지만 소용없었어. 바닷속에도 비가 내리더라고. 도망칠 수 없어. 오히려 물속에서 비를 맞아서 두 배로 피해를 입는 것 같아. 숨도 못 쉬고. 정말로 도망칠 수 없어.”

우이는 여름방학 숙제로 진행했던 실험의 결과라도 설명하듯 덤덤하게 말했다.

수조 실험은 실패로 끝났다. 그렇다기보다 인간이 물속에서 살 수 있도록 만들어지지 않은 이상, 실패 말고 다른 결과가 기다릴 리 없었다.

수조에서 지낸 후로 그는 한층 빨리 몸 상태가 안 좋아졌다. 데이비드 브레인처럼 다장기부전을 일으킬 징조가 보여서 수조 생활을 그만뒀다. 수조에서 나온 그는 제대로 설 수조차 없어서 천에 둘둘 감긴 채 병원으로 실려 갔다.

수조에서 나온 그를 강루는 기쁘게 맞이했다.

"바닷속에 사는 거랑 비슷한데 물거품은 될 수가 없네."

우이는 그렇게 말한 후 또 입을 다물었다. 제방에 앉아 있어서 우이에게 내리는 비는 그대로 바다로 사라졌고, 곧 바닷물과 빗물을 구분할 수 없게 됐다.

우이에게는 부모가 없다. 안면을 튼 지 한 달쯤 지났을 무렵 우이가 느닷없이 말해 주었다.

"분명 혼자 키우기가 힘들었던 거겠지. 시설 앞에 두고 간 모양이야. 그런데 왠지 모르지만 그런 부모도 이름만큼은 붙이더라고. 우이憂라는 아주 독특한 이름을."

하지만 한자에 독음을 달아놓지 않았으므로, 어쩌면 그녀의 이름은 '유'일지도 모른다고 한다.

"그래서 진짜 이름을 알고 싶어서 일부러 '우이' 쪽으로 한 거야. 부모가 나중에 나에 대해 알고서 언젠가 이름을 고쳐 주지 않을까 싶어서……."

어쩐지 의미심장한 말이라 뭔가 내막이 있는 듯했지만 일부러 묻지 않았다. 만약 정말로 내가 이해하길 원한다면 우이가 직접 이야기해 주지 않을까 싶었기 때문이다.

언젠가 우이가 내게 뭐든지 다 이야기하고 혹시 내가

사진을 찍는 것도 허락하는 날이 온다면, 그때 전부 알면 된다고 생각했다.

하지만 날씨는 사람 마음대로 되지 않을 때가 많다. 고대했던 운동회 날에 비가 내리고, 눈보라가 산악인의 앞길을 막고, 내가 우이에 대해 잘 알기 전에 강루가 그녀를 덮쳤다.

우이의 사진은 점점 많아졌다. 며칠 만에 전시회를 두 번은 열 수 있을 만큼 사진을 찍었다. 전적으로 우이가 뛰어난 모델이었던 덕분이다. 사진이 싫다는 말과 달리 우이는 카메라 앞에서 익숙하게 포즈를 취했다. 나는 그러한 말과 행동의 차이에 오싹함을 느꼈다.

강루 현상이 우이의 뭘 바꾼 건지 생각해 보지 않을 수 없었다.

그 후로도 난 우이가 말하는 대로 사진을 찍었지만, 일주일쯤 지나자 우이의 상태가 안 좋아지기 시작했다.

"어디에 부딪혀도 피부가 찢어져서 아프고, 부딪히지 않아도 멍이 들어서 아파. 살이 물컹물컹해지는 걸 알겠어. 인간은 물속에서 못 살아, 절대로."

우이는 첫째 날처럼 깔끔한 데님 스타일도, 둘째 날처

럼 세련된 원피스 차림도 더는 보여 주지 않고 아무 장식도 없이 기장이 긴 원피스만 입었다. 당연히 비에 젖은 원피스가 살에 들러붙어 우이의 몸 선이 드러났다.

"분명 더 심해지면 옷에 쓸려 피부가 벗겨지겠지. 다른 피해자들이 천을 두르고 다닌 이유를 알겠어."

우이는 약간 알아듣기 힘든 목소리로 말했다. 입속까지는 비가 들이치지 않겠지만, 인간이 장시간 물속에 있으면 일어나는 다양한 문제가 우이를 덮친 것이리라. 우이의 겉모습에도 변화가 생겼다. 눈꺼풀이 평소보다 묵직하게 느껴졌고, 원래 눈초리가 올라간 눈이 축 처져 보였다. 우이의 피부는 겨울을 한 번 넘긴 것처럼 하얘졌고, 체온이 느껴지지 않았다. 아직 강루 현상이 시작되고 며칠 지나지도 않았는데, 라는 생각이 들어서 섬뜩했다. 인간은 물속에서 살 수 없다.

카메라를 들까 말까 망설이는데 뒤에서 어떤 목소리가 들렸다.

"쟤, 진짜로 하루바라 우이 맞아?"

우이가 몸을 움찔했다. 해변 입구에 못 보던 사람이 모여 있었다.

"정말로 내리네."

그 목소리를 듣자마자 나는 몸으로 가리듯이 우이 앞을 막아섰다. 하지만 그런다고 숨길 수 있을 리 없었다. 우이가 몸을 잔뜩 움츠려도 그녀에게 내리는 비가 위치를 알려준다.

서둘러 우이의 손을 잡고 달아났으면 됐을지도 모른다.

하지만 허옇게 불어버린 우이의 피부는 그녀 말대로 수많은 멍과 상처로 가득했다.

우리는 슬금슬금 기듯이 달아났다. 그들은 뛰어서 쫓아오지 않고, 그저 멀찍이 둘러서서 우이의 사진을 찍었다. 그토록 사진을 싫어했던 우이는 아무 말도 하지 않았다.

오늘 우이는 맨발이었다. 신발을 신으면 피부가 쓸려서 피가 나기 때문이리라.

"인어 공주 있잖아. 상반신이 인간이고 하반신이 물고기인. 하지만 역시 상반신쪽도 인간이 아니었을 거야. 인간이 바다에서 살기는 역시 불가능해. 이렇게 물을 흡수해서 지저분해지니까."

우이와 나는 해변 구석에 있는 작은 동굴로 도망쳤다. 햇빛이 들지 않아서 어두침침하고, 길이도 짧아서 마을 아이들조차 놀러 오지 않는 곳이다.

빗소리가 동굴에 반사돼서 울려 퍼졌다. 당연히 동굴 속에도 비가 내렸으므로 우이는 성가시다는 듯 젖은 머리칼을 쓸어올렸다. 그러자 우이의 손가락에 얽힌 머리카락이 쑥 뽑혀서 빗물과 함께 떠내려갔다.

"내가 마지막으로 했던 일은 무대 공연이었어. 제목은 인어 공주. 그렇게 큰 극단이 아니어서 나도 주인공을 맡을 수 있었던 거지만."

마치 내게 과거를 들려주지 않았다는 걸 잊어버린 듯 우이가 말했다.

난 그렇게까지 눈치가 없지 않다. 우이는 남다르게 아름다웠고 당당해서 시선을 끌었다. 그게 타고난 것이라 여길 만큼 둔감하면 좋았을 텐데. 그러면 텔레비전과 컴퓨터가 없는 집에 태어난 것 이상의 가치를 나 자신에게서 찾아낼 수 있었으리라. 즉, 우이가 원한 건 무지다. 그리고 지금, 난 상황증거만으로 그 미점을 벗어던지려 한다.

"인어 공주는 볼거리가 많잖아. 무대는 얼마든지 화려하게 꾸밀 수 있고, 나도 한 공연에 네 번쯤 옷을 갈아입었지. 관객은 별로 없었지만, 공연 마지막 날에는 의상을 전부 교체하자고 했어. 연기는 완전히 수준 미달이었어도 예쁜 옷 입는 건 좋아했거든. 지금 생각하니 아쉽네."

"마지막 공연에는 출연하지 않았어?"

"그 전에 그만뒀으니까."

이유는 묻지 않았다. 비가 내려도 마찬가지다. 우이는 분명 유명한 사람이었다. 그런데 무슨 사정이 있어서 공식 석상에서 자취를 감췄고 이 항구 마을까지 흘러온 것이다. 사람들과 되도록 얽히지 않고, 누구와도 만나지 않고, 조용히 살아온 것이다. 그렇게 생각하자 1년 전의 나 자신을 힘껏 쥐어박고 싶었다. 난 뱃속에서 간신히 목소리를 짜내서 말을 꺼냈다.

"사진……."

"응, 찍자."

우이는 동굴 입구로 약간 다가가서 역광을 등진 채 나를 보았다. 그러면 제대로 안 찍힌다고 불평하려다 그만뒀다. 내가 손바닥을 감추는 자세를 취하도록 한 것과 마찬가지다. 우이도 지금의 자기 모습을 감추려 한다. 그렇다면 대체 왜 우이는 이제 와서 자기 사진을 찍도록 허락한 걸까. 우이에게 내리는 비가 내 발 언저리까지 흘러왔다. 침식된다. 그래도 내게까지 우이의 비가 내리지는 않는다.

우이의 사진을 찍었지만 그렇게 잘 나오지는 않았다.

동굴을 나서려 했을 때 우이가 발을 베여서 피가 줄줄

흘렀다. 나는 깜짝 놀라서 지혈을 시도했지만, 젖은 상처에 물을 뿌리고 있는 듯한 상태다. 피는 좀처럼 멎지 않았다.

피가 간신히 멎었을 무렵에는 내 몸도 홀딱 젖었다. 이렇게 우이 근처에 있으면 우이와 함께 비를 맞볼 수 있다는 걸 깨달았지만, 우이는 재빨리 일어서서 나와 거리를 두었다.

"카메라를 잘 치우고 나서 나한테 왔구나."

우이가 그렇게 말하며 근처 바위에 걸어둔 카메라를 가리켰다. 나도 모르게 얼굴이 붉어졌다.

"미안, 너무 심술궂게 말했네."

비 때문에 우이의 표정이 어떤지는 잘 보이지 않았다.

강루 현상 피해자에게는 전용 연락 번호가 주어진다. 강루 현상 피해자는 자기 집에 살 수 없으므로, 그 번호로 연락하면 적절한 조치를 받을 수 있다. 국가가 마련한 곳에서 최후를 맞을 수 있는 것이다. 하지만 강루 현상 피해자는 대부분 아슬아슬한 순간까지 그 시설을 이용하려 들지 않거나 끝까지 이용하지 않는다. 왜 가끔 강루 현상 피해자가 길가에서 객사하는 걸까 의아했지만, 실은 나도 우이가 그 시설에 가기를 바라지는 않았다. 우이의 몸이 점점 약해지는 걸 보면서도 우이가 계속 이 마을에 머물렀으면 했다.

우이는 공장 기숙사를 나와서 제방 근처 공터에 텐트를 치고 생활했다. 강루 현상 피해자에게는 아침이고, 밤이고, 화창한 날씨고, 궂은 날씨고 관계가 없다. 기관에 신고하면 철거되겠지만, 강루 현상 피해자에게는 강경한 수단을 쓰지 않는 것이 불문율이었다. 그들은 가엾은 피해자이자 건드리면 뼈에서 살이 쑥 빠져나갈 듯한 존재였다.

보고 싶지 않은 것이다, 다들.

이미 150장 넘게 찍은 사진에는 일주일간 변화한 우이의 모습이 담겨 있었다. 쭉 늘어놓고 빨리 돌리면 변천사를 똑똑히 알 수 있으리라. 우이와 실제로 만나기보다는 사진으로 봐야 차이가 더 확실했다.

우이의 몸은 변했다.

텐트 앞에 도착하자 나는 숨을 깊이 내쉬고 우이의 이름을 불렀다.

텐트 주변에서는 청결한 썩는 냄새라고 해야 할 냄새가 풍겼다. 어쩐지 약품 냄새 같으면서도 고기 썩는 냄새 같기도 한 별난 냄새다. 무엇 하나 자라지 않는 땅이 타서 짓무른 후의 냄새다. 우이는 "지금 나갈게" 하고 작게 말한 후 텐트 입구를 젖혔다.

우이는 몸 대부분을 천으로 덮었지만, 얼굴은 가리지 않고 내 앞에 드러냈다. 우이의 인상은 이미 크게 달라졌다. 눈초리의 일부는 올라가고, 일부는 축 처졌다. 눈꺼풀은 더 묵직해져서 눈이 반쯤 작아졌다. 온몸이 팅팅 불었지만 그 이상으로 입술이 많이 변했다. 우이의 입술은 부풀어 오른 얼굴에서 유일하게 홀쭉한 부위였다. 푹 파였다고 해도 될지 모르겠다. 오른쪽 절반은 살점이 없고 검붉은 피가 맺혀 있었다. 떨어져 나간 거라고 직감했다. 목소리도 예전과 달라진 것으로 보건대 분명 **몸속**도 꽤 많이 변했으리라.

강루 현상 피해자는 적지 않다. 하지만 인류가 멸망할까 봐 걱정할 만큼 많지는 않다. 피해자들에게 쏟아지는 건 어디까지나 변덕스러운 비다. 다른 재해와 마찬가지로 최대한 대응책을 강구하고, 하늘에 빌 수밖에 없는 천재지변이다. 비를 맞는 인간은 운이 없고 불행하다. 하지만 어쩔 수 없다. 피하는 건 불가능하다.

빗발은 약해질 줄 몰랐고, 눈물 같은 물방울이 우이의 목을 타고 줄줄 흘러내렸다.

난 우이를 가만히 바라봤다. 그러자 우이가 몸을 부들 부들 떨었다.

"추워? 뭔가…… 어떻게 좀 해 볼까?"

내가 초조한 심정으로 그렇게 말하자, 우이는 고개를 횈횈 내저었다. 그제야 내가 착각했음을 알아차렸다.

우이는 웃고 있었다.

"넌 변함없구나."

국지적인 호우 속에서도 우이의 목소리는 잘 들렸다. 나지막하고 늘어지는 목소리였지만, 의연한 말투만큼은 변함없었다.

"어…… 뭐야? 갑자기."

"내가 왜 사진 찍기를 허락했는지 알아?"

"……왜냐니, 그야 뭐…… 우이는 곧 죽을 테니까."

"난 그런 이유로 사진을 찍으라고 할 만큼 감상적인 인 간이 아니야."

우이는 단호하게 대꾸했다.

"복수하고 싶었어. 처음부터 마음에 안 들었거든. 무례 하게 사진을 찍게 해 달라고 요구한 것도, 내가 누군지 모 르는 것도, 아무 목표도 달성하지 못한 주제에 내 곁에 있 었던 것도. 준뿐만이 아니야. 다들 가짜가 아니라 진짜가 좋다면서, 필사적으로 꾸며낸 나를 거짓말쟁이 취급했으니까.”

곰곰이 음미하는 듯한 어조라 그 정도 말하는 데 1분도 넘게 걸렸다. 기침으로 말을 끝맺은 우이의 입에서 몹시 묽은 보라색 피가 뿜어져 나왔다. 우이가 입가를 누르자, 그것만으로도 턱 주변에 멍이 들었다.

“그래서 본때를 보여 주기로 했지. 사진을 찍게 해서 내가 얼마나 괴로워하는지 보여 줄 작정이었어. 사진으로 찍으면 못 잊을 거 아니야. 넌 산 채로 썩어 가는 인간을 가까이에서 보는 거야. 준이 좋아했던 나를 추하게 덧칠하는 거지. 바로 지금 여기서.”

빗발이 강해졌다. 착각인지도 모른다. 우이의 등이 구부러졌다. 우이 위에만 내리는 비는 나를 적시지 않는다.

“하지만 준의 눈빛이 전혀 달라지지 않아서 후회했지. 이런 모습을 보여 주지 말 걸 그랬다고 말이야. 거짓이라도 좋으니 예쁠 때의 사진만 찍고, 가짜라도 좋으니 예쁜 모습으로 끝맺을 걸 그랬어. 비가 내리기 시작한 그날, 작별 인사와 함께 예쁜 사진 한 장만 남기고 끝냈으면 좋았을 텐데. 나, 예쁜 모습으로 끝나고 싶어. 기껏 여기까지 도망쳐 왔는데 가련한 고깃덩이가 되고 싶지는 않아.”

우이의 눈에서 눈물이 넘쳐흘렀더라도 비 때문에 알아볼 수 없으리라.

이 비에 강루라는 이름을 붙인 소설가가 더 미워졌다. 우이에게 내리는 비는 내가 있는 곳에도 내린다. 뭐가 그 사람에게만 내리는 비란 말인가. 비는 여기에도 내린다. 내게도.

그때 전시회의 구도가 내 머릿속에 번쩍 떠올랐다. 나는 얼른 말했다.

"우이의 마지막 모습은 가련하지 않을 거야. 내가 반드시 그렇게 해 줄게."

■

가을이 되자 난 선언했던 대로 문화제에서 우이의 사진을 전시하기로 했다.

강루 현상 피해자 • 하루바라 우이 사진전
※ 강루 현상 피해자의 모습을 한 달 동안 있는 그대로 사진에 담았습니다. 관람 시 그 점을 충분히 유의해 주시기 바랍니다.
첫 번째 사진은 하루바라 우이가 이쪽을 보고 있는 사

진이다.

관람객을 꿰뚫을 듯한 우이의 눈빛은 그들의 등골까지 저릿저릿하게 만든다. 우이의 아름다움은 강루 현상 피해 자라는 꼬리표 때문에 한층 강조되고, 훗날 찾아올 비극에 의해 그 윤곽이 더욱 선명해진다. 우이 뒤에는 부아가 치밀 만큼 푸른 하늘이 펼쳐져 있어서 관람객들은 비의 존재를 잊는다.

두 번째 사진은 강루 속에서 미소 짓는 우이의 사진이다. 손에 든 담배는 젖어서 불이 붙을 것 같지 않다. 다른 손으로는 젖은 머리카락을 귀 뒤로 넘기고 있다. 우이의 미소는 관람객들의 마음을 뒤흔든다.

세 번째 사진. 우이의 옆얼굴은 조금 지친 듯 보인다. 강루 현상이 시작되고 시간이 좀 흐른 후, 자신에게 다시는 쾌청한 날씨가 찾아오지 않는다는 사태에 대해 속으로 곰곰이 생각하고 있다. 일부러 옆에서 찍은 건 이 시기의 우이가 너무나 아름다웠기 때문이다. 늘 빗속에 있어서 불어버렸을 피부는 오히려 우이에게 비인간적인 인상을 선사했다. 이 세상에 속하지 않는 존재가 멈추지 않는 빗속에 서 있다.

네 번째 사진 앞에서 사람들은 제일 오래 머무른다. 사진 속의 우이는 붉은 천을 두르고 있다. 몸의 3분의 1만 덮은 천은, 천 안쪽에 내리는 비와 비에 시달린 우이의 모습을 둘 다 부각한다.

우이의 얼굴은 더욱 팅팅 불었고, 입술이 변형됐다. 카메라가 익사체로 변해 가는 우이의 한순간을 시시각각 포착한다. 젖은 상태로 길든 머리는 기묘하게 미끈거리며 빛난다. 망가져서 도저히 완벽한 상태라고는 하기 힘든 여자의 모습이다. 하지만 하루바라 우이는 아직도 아름다워서, 아름다움이란 빛나는 시절이 남긴 흔적에 지나지 않는다는 것을 일깨워 준다.

다섯 번째 사진. 우이의 모습은 거의 보이지 않는다. 붉은 천에 몸이 거의 뒤덮였다. 유일하게 드러난 오른손은 부풀어 올랐고 깊은 주름으로 가득하다. 허연 피부는 돌을 연상시킨다. 우이에게는 여전히 비가 쏟아진다.

여섯 번째 사진. 붉은 천을 걸친 우이가 멀리서 다시 카메라를 보고 서 있다. 전시는 계속된다. 하루바라 우이가 천을 걷어내고 현재의 모습을 드러낼 결의를 다졌나 싶어 관람객은 숨을 삼킨다. 와이드 샷으로 찍어서 배경이 바다임을 알 수 있다. 밤바다다.

일곱 번째 사진. 물이다. 갑자기 우이의 모습이 사진에서 사라져서 관람객은 놀란다.

여덟 번째 사진에는 수면을 헤엄치는 선명한 색상의 금붕어가 담겨 있다. 빨간색과 흰색 몸체에 쥘부채 같은 꼬리지느러미가 달린 예쁜 금붕어다. 금붕어는 카메라를 전혀 신경 쓰지 않고 유유히 헤엄친다.

그리고 전시가 끝날 때까지 사진에는 전부 같은 금붕어가 찍혀 있다.

내 전시회는 실패로 끝난 듯했다. 좋게 봐도 실소를 자아낼 뿐이고, 나쁘게 보면 현실을 직시하지 못한 어린애 눈속임이라는 평가를 받았다. 전체적으로 좋지 못한 평가가 주를 이룬 전시회였다.

이렇게 될 줄 알고는 있었다. 문화제 전날, 사진부 담당 교사가 날 불렀다. 난 순순히 호출에 응했다.

"전시의 의도에 아주 감동했어. 강루 현상에 피해를 입은 사람이 이렇게 되면 구원을 받지 않겠느냐는 거겠지."

담당 교사는 부드러운 미소를 띠었다. 자애로움이나 다정함 같은 감정을 똘똘 뭉친 듯한 미소였다.

"그런 건…… 아닌데요."

"그런데 도중부터……."

“그건 강루 현상 피해자의 모습을 촬영한 건데요.”

내 말에 담당 교사는 잠시 생각하는 듯한 표정을 짓더니, 입가에 손을 대고 “음” 하고 작게 말했다.

“그건 아주, 선생님도 아주 좋은 접근법이라고 생각해. 사진은 단순한 기록이 아니라 촬영한 사람이 어떤 마음으로…… 피사체를 찍었느냐에 따라 달라지니까. 같은 피사체라도 아침에 찍는 거랑 낮에 찍는 건 차이가 있지. 바다에서 찍느냐와 산에서 찍느냐도 마찬가지고. 즉, 피사체를…… 어떻게 찍고 싶으냐가 반영되는 거야. 따라서 아마미야의 의도가 전해지는 이번 전시는 아주 바람직하다고 생각하고, 그 취지를 존중하고 싶어. 그러니까 그 주의문만 없애면 될 것 같은데.”

“왜 주의문을 없애야 하는데요?”

“……저기, 아마미야. 난 알아. 그렇다기보다 다들 그걸 보면 알겠지. 주의문으로 유도한다는 걸 말이야. 주의문을 본 다음에 그런 사진들이 나오면,”

“예쁜 여자가 비에 흠뻑 젖어서 팅팅 붇고 물컹물컹해지는 모습을 볼 수 있겠다고 기대하나요?”

“…….”

“무슨 말을 들어도 상관없어요. 전부 사실 그대로니까

요. 전시는 그대로 진행하게 해 주세요.”

내 말에 담당 교사는 한숨을 내쉬며 고개를 천천히 내 저었다.

“무슨 평가를 들어도 너무 마음에 담아두지 말도록 하렴.”

─가족이 강루 현상 피해자입니다. 당신은 현실을 외면하고 진정한 비극을 왜곡했습니다. 재해를 아름다운 이야기처럼 표현하는 행위가 많은 사람에게 상처를 준다는 걸 잊지 마십시오.

감상 노트에 그렇게 휘갈겨 쓴 글이 있었다. 이 사람이 10만 명당 한 명도 안 되는 강루 현상 피해자의 진짜 가족인지는 알 수 없다. 하지만 무슨 뜻으로 쓴 글인지는 이해했다.

현실에서 눈을 돌려서는 안 된다. 비극을 미화해서는 안 된다. 강루 현상에 피해를 입은 우이는 금붕어가 되지 않았다. 이런 건 전부 거짓말이다. 이렇게 되면 좋겠다는 꿈을, 우이와 함께 만들어낸 가공의 이야기다.

─성형 수술했다는 게 들통나서 무대에서 달아난 불량품 아이돌에게 딱 어울리는 전시였다. 금붕어가 됐다는

결말? 장난치냐.

하지만 이 의견은 받아들일 수 없어서 노트를 찢었다.

우리의 전시는 우리 것이다. 결말에 대해 불평을 들어 줄 이유는 없다.

강루 현상이 발생한 지 2주 가까이 지나자, 우이는 더 이상 내 앞에 모습을 드러내지 않았다.

"결국 끝까지 사진을 찍게 해 주지 못해서 미안해."

우이는 온몸을 둘러싼 붉은 천 너머로 그렇게 말했다.

천을 걸치면 아프지 않을까 싶었지만, 우이 입장에서는 자기 몸을 드러내는 게 더욱 견디기 힘들었으리라.

"이제 국가에서 제공하는 지원 시설로 갈 거니까 다시는 못 만나."

난 우이의 선택을 말릴 수 없었다. 말릴 수 없었다, 라고 비극처럼 표현하는 것조차 주제넘은 짓일지도 모르겠다. 변해가는 우이의 몸을 생각하면 그것이 가장 좋은 선택지다. 그렇게 하면 남은 나날을 여생이라 부를 만한 것으로 만들 수 있다.

천을 두른 몸에서 흘러내린 비가 제방을 타고 바다로 떨어졌다. 우이의 손에는 손톱이 하나도 없었다. 마음대로 조절이 안 되는지 우이의 목소리는 갑자기 커졌다가 작아졌다가 했다.

"전시회, 보러 가고 싶었는데."

"……반드시 잘 끝낼게."

표정은 보이지 않았지만, 난 우이가 미소 지었다는 걸 알았다.

전시회에 관한 아이디어를 내놓았을 때 우이는 내가 이러쿵저러쿵 비판받지 않을까 걱정했다. 우이의 말을 빌리자면 '관람객을 조롱하는 듯한 전시'이고 내가 보기에는 '꿈이 있는 전시'다. 결국 우이는 천 안쪽에서 작게 소리내어 웃었다.

"그러게, 꿈이 있네."

"이게 금붕어 사진이야. 가게에서 제일 예쁜 금붕어를 골랐어."

내가 마을 수족관에서 구입한 도사킨* 사진을 보여 주자 우이는 조용히 말했다.

---

* 에도시대부터 도사, 현재의 고치현에서 사육되어 온 금붕어. 금붕어의 여왕이라 불린다.

"정말이네, 진짜 예뻐. ……얼마야?"

"5천 2백 엔."

"꽤 비싸네. 오래 살면 좋겠다."

"소중하게 기를게."

우이가 신음하듯 긴 한숨을 내쉬었다. 잠시 후 그녀가 말을 이었다.

"저기…… 내내 말 못 했었는데…… 나, 내 얼굴……."

나는 천천히 고개를 저었다. 그러자 우이가 말을 멈췄다.

그걸 끝으로 우리는 아무 말도 하지 않았다. 우이에게 내리는 빗소리만이 내 귀를 때렸다. 비는 침묵에만 배려심을 발휘해 우리 사이의 공백을 메웠다.

"그럼 갈게."

우이는 그렇게 말하고 천 밑으로 내민 손을 살짝 흔들었다.

"부탁이 있는데, 돌아보지 말고 가. 난 그 금붕어니까. 마지막은 그렇게 끝내고 싶어."

나는 고개를 끄덕였다. 눈물 맺힌 눈에 빨간 천을 두른 우이의 모습은 정말로 금붕어처럼 보였다. 내가 몸을 돌리자 우이는 천천히 멀어졌다. 빗소리가 떠나간다. 그것만으로도 나와 우이의 거리가 천천히 벌어진다는 걸 알 수 있었다. 지난 두 주 남짓 고막에 들러붙어 있던 빗소리가 파도 소리를 이기지 못하고 희미해졌다.

나는 헤어지기 싫은 마음을 이기지 못하고 고개를 돌렸다. 그리고 보았다.

우이에게 내리는 비는 콘크리트에 똑똑히 발자국을 남겼다.

그 발자국은 제방 끝부분으로 이어졌고, 거기서 뚝 끊겼다.

데우스 엑스 테라피

"자, 잘 들어, 프리데. 넌 속았어. 넌 그 섬에서 '정신 안 정 조치'를 받을 거야. 순서는 이래. 일단 눈알을 뽑아서 시각을 빼앗아. 다음은 귀에 수은을 부어서 청각을 빼앗지. 그렇게 해서 환자를 절망의 암흑 속에 던져 넣는 거야. 당연히 환자가 거세게 저항할 테니까, 편하게 일하기 위해 히스는 떡갈나무 곤봉으로 네 팔다리를 마구 때리겠지. 네가 다시는 팔다리를 못 쓸 만큼 말이야. 그 정도쯤 되면 인간이 아니야. 확실히 치료라고 하면 치료겠지만, 원래 네 모습은 없어지는 거라고."

쭈뼛쭈뼛 말하는 그 남자는 긴 금발과 비쳐 보일 듯 새 하얀 피부가 특징인 아름다운 청년이었다. 질 좋고 품위 있는 옷차림만 봐도 지위가 높고 혜택받는 계층이라는 걸 알 수 있었다. 헤이즐넛 색 눈동자는 프리데가 지금까지 별로 본 적 없는 색깔이라 어쩐지 거북했다. 이 조잡한 환자복 때문일까? 아니면 그가 묘한 눈으로 프리데를 보고 있기 때문일까? 프리데의 입장을 생각하면 묘한 눈으로 보는 것 자체는 이상하지 않다. 하지만 뭔가 다른 위화감이 느껴졌다. 대체 이 눈은 뭘까?

그런 프리데에게 남자는 답답하다는 것처럼 말했다.

"멍하게 있을 때가 아니야. 내 말이 무슨 뜻인지 알겠어? 넌 이제 세상에서 가장 불행한 고깃덩이가 되는 거라고."

"저어, 뭐가 뭔지 통…… 대체 무슨 말씀을…… 하시는 건가요?"

"넌 왜 이 배에 탔지?"

"저는…… 드리스필드 정신병원에 입원한 환자예요. 히스 오브라이언 선생님이 소유하신 섬에 베케이션, 즉 단기 전지 요양을 하러 가는 길이죠……. 거기서 '정신 안정 조치'를 받을 예정이고요. 정신 안정 조치는 히스 오브라이언 선생님이 개발하신 치료법인데, 조증에 아주 효과적이죠."

프리데는 그렇게 대답했다. 베케이션을 떠나기 전에 외우라고 지시받은 말이었다. 한 구절 한 글자도 틀리지 않게 대답했건만 금발 남자는 더 답답해하는 것 같았다. 그의 눈동자가 바쁘게 좌우로 흔들려서 프리데는 겁이 났다.

"다시 설명할게. 히스 오브라이언은 네게 아주 잔인한 짓을 할 거야. 그게 네 조증을 치료할 유일한 방법이라고 여기기 때문이지. 눈알을 뽑으면 얼마나 고통스러울지 상상해 본 적 있어?"

남자는 그렇게 말하며 프리데의 눈꺼풀로 손을 뻗었다. 프리데는 반사적으로 몸을 비틀었다. 탈주를 방지하기 위해 채운 수갑에서 절그럭절그럭 소리가 났다. 프리데는 머리끝까지 공포에 잠겨, 자기보다 지위가 높은 남자를 공경하는 마음조차 잊고서 쏘아붙였다.

"노…… 놀리지 마! '정신 안정 조치'는 정신을 병들게 하는 요소에서 거리를 두고, 평온한 자연 속에서 요양하는 치료법이야. 당신 말은 전부 엉터리라고."

"말했잖아. 넌 속아서 이 배에 탄 거야. 섬에 도착하면 달아날 수 없어. 베케이션은 네가 상상하는 바와 전혀 달라."

"내가 환자라고 얕보는 거죠? 계속 그러면 간호사를 부르겠어요."

함께 온 간호사는 프리데를 싫어하지만, 그녀가 난리를 피우면 완전히 무시할 수는 없으리라. 그러자 남자는 한숨을 푹 쉬었다.

"알았어. 수평선 쪽을 봐."

“? ······ 어째서 ······.”

“곧 청어잡이 배가 그 부근을 지나갈 테니까.”

“그런 건 안 보이는데요.”

프리데가 그렇게 말한 순간, 수평선 너머에서 천천히 배가 다가왔다. 마치 노린 듯한 타이밍이었다.

“봐, 내 말이 맞지?”

“눈이 좋네요. 너무 멀어서 난 전혀 몰랐어요.”

“본 게 아니야. 알고 있었던 거지.”

무슨 말인지 이해가 되지 않았다. 이어진 말이 프리데를 혼란의 소용돌이에 빠뜨렸다.

“난 미래가 보이거든.”

이 남자야말로 진짜 정신병자 아닐까 싶었다. 그 정도로 황당무계한 말이었다. 남자는 그 이야기 자체에 들뜬 듯, 갑자기 눈이 초롱초롱하게 빛났다. 그 모습이 또 프리데의 공포심을 부채질했다. 설마 묘한 망상에 사로잡혀 감정이 격앙된 걸까.

하지만 그는 실제로 배가 나타나리라는 걸 맞혔다.

“그러니까 네가 고문당한다는 것도 사실이야. 미래가 보였거든. 히스 오브라이언은 반드시 그렇게 해. 그런 결과를 피하려면 내 말을 들어야 해.”

"배가 오는 걸 맞혔다고 해서 그런 이야기를 어떻게 믿
으라는 거예요?"

"부탁이야. 난 네가 에밀리 바이어스와 같은 꼴이 되길
바라지 않아."

그 이름을 들은 순간, 프리데는 새파랗게 질렸다.

"어떻게 그 이름을?"

"에밀리도 '정신 안정 조치'를 받았지. 안타깝게도 이미
세상을 떠났고. 에밀리는 시력과 청력을 빼앗겨서 정말로
미쳐버렸거든. 재갈을 문 채 벽에 마구 머리를 찧어서 죽
었어."

"거짓말. 그런…… 그런 끔찍한 거짓말을 하다니, 절대
로 용서할 수 없어요."

"곧 간호사가 네 상태를 보러 올 거야. 입을 열자마자
'이 정신 나간 년아, 그 반항적인 눈깔은 뭐야?' 하고 말할
걸? 내가 간호사와 너무 접촉하는 건 바람직하지 못하니까
일단 물러날게."

"뭐라고요? 대체 무슨 소릴 하는 거예요? 이야기는
아직."

"이것만 기억해. 난 널 구하러 온 거야."

남자는 그렇게 말한 후 프리데와 거리를 두고 품에서

꺼낸 수첩을 들여다보았다. 얼마 지나지 않아 쇠지레로 짓뭉갠 것처럼 키 작은 남자 간호사가 다가왔다. 그는 프리데를 매섭게 노려보더니 내뱉듯이 중얼거렸다.

"이 정신 나간 년아, 그 반항적인 눈깔은 뭐야?"

프리데는 뭐라고 표현하면 좋을지 모를 만큼 깜짝 놀랐다. 배가 나타날 것도, 간호사가 뭐라고 말할지도 정확히 맞혔다. 마치 정말로 미래가 보이기라도 하는 것처럼.

무심코 시선을 주자 그는 티 나지 않게 프리데를 힐끗 바라보며 미소 지었다. 아까 수상쩍었던 태도와는 딴판으로 어쩐지 의기양양해 보였다.

"죄…… 죄송한데요. 저 금발 남자는 누구죠? 혹시…… 저처럼 '정신 안정 조치'를 받으러 온 입원 환자인가요?"

어쨌거나 그는 분명 이상하다. 초면인 프리데에게도 허물없이 대했고, 쭈뼛쭈뼛하는 태도를 보이는가 싶다가도 갑자기 감정이 격해진다. 덧붙여 미래가 보인다고 큰소리쳤다. 아무래도 정상이 아니라고 여길 수밖에 없었다.

간호사는 귀찮다는 듯이 프리데를 노려보면서도 대답은 제대로 해 주었다.

"저 사람은 로스 굿윈 선생님이야. 평소에는 아주 훌륭한 대학교의 훌륭한 연구실에서 너 같이 정신 나간 인간을 연구한대."

"정신과 의사라는 건가요?"

"휴가를 이용해 히스 오브라이언 선생님이 치료하시는 모습을 견학하러 왔다는군."

휴가. 공교롭게도 앞으로 프리데가 경험할 베케이션과 똑같다. 프리데에게 그것은 현재 상황을 어떻게든 바꾸기 위해 절실한 대책이다. 그런 프리데의 베케이션을 견학하러 오다니 여간 아니꼬운 게 아니었다.

"의사 선생님이라기보다는 환자 같네요. 오브라이언 선생님은 왜 굳이 저 사람을 부른 걸까요?"

"나도 처음에는 새로 온 환자인 줄 알았어. 척 보기에도 눈빛이 이상했으니까. 저런 사람이 정상일 리 없지."

수많은 입원 환자를 봐왔던 간호사조차 프리데와 같은 감상을 품은 듯했다. 역시 그는 의사라기보다는 입원해야 하는 환자로 보이는 것이리라.

"어쨌든 너 같은 인간과는 상관없는 사람이야."

간호사는 갑판에 침을 뱉고 물러갔다. 이제 그가 왜 섬으로 가는 배에 탔는지 알았다. 그는 프리데가 받을 '정신 안정 조치'를 보러 온 것이다. 환자가 아니라 의사. 아무리 상태가 이상해 보여도, 그는 병든 게 아니다.

그렇게 생각한 순간 프리데의 몸은 버드나무 가지처럼 와들와들 떨렸다. 드디어 현재 상황이 이해됐기 때문이다.

저 기묘한 예언자는 진짜 예언자일지도 모른다. 그의 말이 사실이라면 프리데는 이제 입에 담기에도 무서운 꼴을 당한다. 눈알을 뽑히고 귀가 먼 상태로 세상에서 격리된다. 왜 그런 짓을? 대체 무슨 이유로?

너를 구하러 왔다는 로스의 말이 없었다면, 프리데는 무서운 나머지 바다에 몸을 던졌을지도 모른다. 곧 섬이 눈앞에 나타났다.

1893년 9월 16일, 19세인 프리데 캐너쉬는 드리스필드 정신병원에 수용됐다.

프리데는 심각한 조증이라 발작이 일어날 때마다 다른 사람이 된 것처럼 마구 날뛰었다. 그럴 때면 자기 가족에게도 피해를 주었으므로, 프리데의 아버지는 눈물을 머금고 사랑하는 딸을 드리스필드에 맡겼다. 이것이 공식적으로 발표된 내용이다.

하지만 프리데는 조증이 아니었다. 오히려 정신이 이상한 건 프리데를 드리스필드에 보낸 아버지였다.

친아버지와 몸을 섞어 그의 아이를 낳는 것이 '정상'이

라면 프리데는 기꺼이 '이상'하다는 진단을 받아들이기로
했다.

그 집을 떠난 건 오히려 행운이었다. 드리스필드가 어
떤 곳인지 전혀 몰랐을 무렵, 프리데는 어리석게도 그렇게
생각했다. 죽을 고생을 하며 어둠 속에서 기어 나온 사람
에게 앞길에 펼쳐진 어둠이 제대로 보일 리 없었다.

밖에서 보기에 드리스필드 정신병원은 그렇게 무시무
시한 곳으로 느껴지지 않았다. 붉은 벽돌로 지은 거대한
건물은 마치 거대한 돌가마 같기도 했다. 창문이 하나도
없는 것만 빼면 제법 마음에 들기까지 했다.

이때 프리데는 드리스필드 정신병원에 관해 잘 몰랐
다. 마음에 병이 든 사람들이 요양하는 곳이리라고 극히
순진무구한 감상을 품고 있었다.

그럼 올바른 진단만 받으면 자신은 여기서 나갈 수 있
을 것이다. 조잡한 환자복으로 갈아입으며 프리데는 그렇
게 낙관적으로 생각했다. 쇠창살이 끼워진 문이 잠긴 채
창문 없는 석조 병실에 열 명쯤 되는 입원 환자와 함께 갇
혀 있는데도, 일주일 동안은 드리스필드가 제대로 된 정신
병원일 것이라고 믿었다. 실제로는 다양한 이유로 버림받

은 사람들의 유배지에 지나지 않았는데도.

수용되고 한동안 프리데는 자신이 정상임을 증명하려 애썼다. 자신의 상황을 설명하기 위해 책임자를 만나게 해 달라고 간호사에게 부탁했다. 하지만 간호사는 프리데를 병실에서 꺼내 주지조차 않았다.

창문 없는 병실에서 쇠창살 사이로 넣어 주는 식사만을 시계 삼아 하루하루를 보냈다. 같은 병실 환자들은 정말로 정신이 병들었는지 지저분한 환자복의 옷자락을 물어뜯거나, 괴성을 지를 뿐이라 대화도 나눌 수 없었다. 그래도 명색이 '병원'인데 프리데와 그녀들에게는 일절 진찰 순서가 돌아오지 않았다.

"저기…… 저는 프리데 캐너쉬라고 하는데요. 제 이야기 좀 들어주시면 안 될까요? 의사 선생님을 만나게 해 주세요. 저는 조증이 아니란 말이에요."

프리데는 몇 번이나 간호사에게 애원했다. 하지만 간신히 만난 의사는 고작 몇 초 진찰한 끝에 증상이 좋지 않다며 기분 나쁜 액체를 몇 잔이나 마시게 했다. 그 액체를 마시자 목구멍이 타는 듯이 아파서 프리데는 한동안 물조차 삼키지 못했다.

치료라는 명목으로 쓰러질 때까지 우물물을 퍼 올린 적

도 있었다. 손바닥 피부를 벗겨낸 적도 있었다. 여기에 오래 있다가는 큰일나겠다는 걸 깨달았다.

감금과 '치료'도 그렇거니와 아무도 자신의 이야기를 들어주려 하지 않는다는 상황이 프리데의 정신을 제일 갉아먹었다.

바깥에서 프리데는 마음씨 곱고 외모가 아름다운 아가씨로서 사람들에게 사랑받아 왔다. 아름다운 어머니와 대지주로서 일대를 주름잡는 아버지 밑에 태어나, 착하고 올바르게 자랐다. 아버지에게 몸을 더럽혔다고 도움을 요청할 때까지 프리데는 마을의 인기인이었다.

하지만 그것도 다 지난 일이다. 간호사들은 프리데를 머리가 이상해진 여자라고 단정하고서 볼품없는 가축처럼 다룬다. 정신 나간 불쌍한 여자로 본다.

프리데는 정상이다. 하지만 누구도 그 사실을 알아주지 않는다면, 프리데가 퇴원할 날은 영원히 오지 않는다. 그 사실을 깨달은 순간, 프리데는 자기도 모르게 비명을 질렀다. 어쩌면 괴성을 지르는 환자들의 모습은 프리데가 맞이할 말로일지도 모른다.

그래도 프리데가 제정신을 유지할 수 있었던 건 같은 병실에 에밀리 바이어스가 들어왔기 때문이었다.

"아, 좀. 아프다고 했잖아! 그 지저분한 손 안 치우면 당신 귀를 물어뜯을 거야!"

드리스필드에 온 첫날부터 에밀리는 씩씩대며 간호사에게 대들었다. 불타는 듯한 빨간 머리는 에밀리의 분노를 반영하는 듯했고, 프리데는 그 드센 성격에 끌렸다.

에밀리는 프리데를 보고 웃는 얼굴로 말했다.

"난 에밀리 바이어스라고 해. 말해두겠는데 난 당신과 달리 정상이야."

"나도 정상이야. 당신보다 훨씬 정상인 프리데 캐너쉬라고 해. 내가 멀쩡하다는 걸 알아볼 수 있을 만큼 정상이라면 친구가 되어 줄게."

프리데와 에밀리는 손을 굳게 맞잡았다. 그 손의 온기는 드리스필드에서 주어진 것 중에 제일 확실했고, 의지할 만한 버팀목이 될 만했다.

에밀리도 프리데처럼 골칫덩이로 간주돼 여기로 보내졌다. 자기가 일하던 방적 공장에서 처우 개선을 호소한 결과, 공격적인 성향이 있는 조증이라고 진단받았다.

"미쳤다고?! 일한 만큼의 임금과 가족 곁으로 돌아갈 휴가를 요구했다고 해서 미친 거라면, 그야말로 드리스필드가 제격이겠네."

그렇게 비꼬는 대찬 성격을 주변에서 두려워했기에 에밀리는 여기로 보내진 것이리라. 말이 통하지 않는 곳에 가둬놔야 했던 것이다.

에밀리는 검지에 낀 은반지를 아주 소중히 아꼈다. 실력 좋은 장인이었던 아버지의 유품인데, 간호사가 빼앗으려 했지만 기를 쓰고 지켰다고 한다.

"이걸 지키기 위해 사람을 한 명 죽일 뻔했지. 그랬으면 드리스필드보다 더 지독한 곳으로 이송됐을지도 몰라."

장난스럽게 웃는 에밀리를 보자 프리데는 가슴이 약간 아팠다. 프리데는 이제 아버지를 아버지로서 사랑할 수 없었다. 설령 여기서 나가더라도 프리데에게는 가족이 없는 것이다.

오기가 강한 에밀리의 성격은 드리스필드에 들어온 후에도 바뀌지 않았으므로 그녀는 가끔 문제를 일으켰다.

에밀리는 프리데와 비교도 안 될 만큼 격하게 자신이 제정신이라고 주장했고, 간호사에게 덤벼들었다. 부당한 처사나 치료는 단호히 거부했고, 처우 개선을 요구했다. 냉수를 퍼붓거나 채찍을 휘둘러도 에밀리는 절대로 굴하지 않았다. 에밀리만 있으면 드리스필드가 바뀌는 것 아닐까, 그렇지 않더라도 처우가 개선되지 않을까 하는 희망이 생겼다.

실제로 에밀리만은 아무 쓸모도 없는 수은을 마시지 않게 됐고, 쓰러질 때까지 우물물을 퍼 올리는 치료도 받지 않았다. 간호사들은 에밀리를 못 잡아먹어서 안달이었지만, 대놓고 그녀를 학대하지는 못했다. 일부 환자들이 에밀리를 아주 흠모했기 때문이다.

"역시 큰소리를 내야 전해진다니까! 프리데나 나처럼 여기 있어서는 안 되는 사람을 가둬놓는 건 이상하다고 말이야."

채찍에 맞아 생긴 상처를 숨김없이 드러내며 에밀리는 화사하게 웃었다.

에밀리에게는 상황을 바꿀 힘이 있다. 에밀리라면 여기서 부당한 대우를 받는 환자들을 모두 구할 수 있을지도 모른다는 생각이 들었다.

그래서 에밀리가 특별한 치료를 받게 됐을 때, 프리데는 진심으로 기뻐했다.

"단기 전지 요양이라고 하나 봐. 좀 운치 있는 이름이네."

에밀리 바이어스는 사전에 진단받은 것처럼 심각한 조증이 아니라서 기존의 치료법은 적절하지 않다. 따라서 특별히 당분간 다른 곳으로 옮겨서 요양하기로 했다는 사전 설명이 있었다.

"여기서 배로 한 시간쯤 걸리는 곳에 히스 오브라이언이 소유한 섬이 있다나 봐. 거기는 공기도 맑고 경치도 좋고 커다란 요양탑이 있대. 별일이네. 여기 처박히기 전에도 그런 곳에는 가본 적이 없는데."

좁은 병실에서 몸을 웅크린 채 에밀리는 기쁜 듯이 말했다. 믿기지 않는 이야기였다. 진짜로 환자에게 도움이 될지 말지는 별개로, 자신들이 그런 꿈 같은 치료를 받을 수 있다니.

"쓰레기 같은 병원이라고 생각했는데, 히스라는 사람이 온 뒤로 흐름이 바뀐 것 같아."

히스 오브라이언은 그 무렵 드리스필드에 부임한 의사였다. 그는 정신의학계에서 유명 인사인 듯했고, 획기적인 치료법으로 수많은 환자를 구했다고 한다.

"프리데는 히스를 못 믿겠어?"

"못 믿겠다고 할까…… 잘 모르겠어. 이야기만큼은 자주 들리지만."

어쨌거나 프리데 같은 일반 환자는 의사에게 진찰받을 기회조차 잘 없다. 히스라는 의사가 와서 드리스필드에도 새로운 치료법을 도입했다는 소문밖에 모른다.

정말로 히스가 정신의학계를 앞장서서 끌고 가는 의사이고, 정신병을 고치는 실력이 탁월하다면 프리데나 에밀리같이 멀쩡한 사람은 즉시 퇴원시켜 주지 않을까? 그렇게 어렴풋한 기대를 품었던 건만은 기억난다. 에밀리도 같은 기대를 품은 듯 생기 있는 목소리로 말했다.

"섬에서는 히스 선생과 1대1로 면담해서 특별한 치료법을 적용해 준대. 진짜로 우수한 의사라면 내가 정상이라는 걸 바로 알아차리겠지. 그러면 드리스필드와도 작별이야."

그 말을 들으니 프리데는 갑자기 무서워졌다.

히스가 올바른 진단을 내리면 에밀리는 금방 퇴원하리라. 이렇게 끔찍한 곳을 떠나서 원래 세계로 돌아간다. 그건 정말 기쁜 일이지만, 그렇게 되면 프리데는 혼자 남겨지는 셈이다. 대체 왜 에밀리만 요양시키려는 걸까. 프리데는 특별하게 큰 문제를 일으키지 않았다. 오히려 문제를 일으킨 건 에밀리다. 프리데는 눈에 띄게 이상한 성향이 없다. 그런데 왜.

끓어오른 불만을 프리데는 억지로 꾹꾹 눌렀다. 그런 생각을 해서는 안 된다. 에밀리는 여기 있어서는 안 되는 사람이다. 친구만이라도 풀려날 테니까 기뻐해야 한다.

"히스 선생을 만나면 프리데 이야기도 해 줄게. 프리데도 여기 있으면 안 되는 사람이라고 말이야. 만사를 자기 머리로 생각할 줄 아는, 멀쩡해도 너무 멀쩡한 사람이라고.”

에밀리는 그렇게 말하며 프리데의 뺨을 살짝 어루만졌다. 이 마음 착한 친구는 프리데가 불안해하는 것도 눈치챘으리라. 프리데는 불안감을 떨쳐내고 사랑스러운 친구에게 속삭였다.

“휴가 잘 보내고 와.”

섬은 5분이면 끝에서 끝까지 갈 수 있을 만큼 작았고, 눈에 띄는 건물은 한복판에 자리한 가늘고 길쭉한 한 채뿐이었다. 저게 분명 요양탑이리라.

공기가 맑았고 발 언저리에 우거진 이름 모를 풀과 꽃이 특히나 사랑스럽게 느껴졌다. 하늘이 파래서 어디까지가 하늘이고 어디부터가 바다인지 구분이 되지 않았다. 프리데는 도주 방지용 수갑과 족쇄를 찼다는 사실도 한순간 잊어버리고 자연의 미에 푹 빠졌다.

“바람이 기분 좋지. 이 섬의 바람은 인간의 영혼을 치유해 줘.”

돌아보자 약간 연배가 있어 보이는 남자가 서 있었다.

“난 히스 오브라이언이라고 해. 단기 전지 요양을 담당

하는 의사지.”

“프…… 프리데 캐너쉬입니다. 저기…… 저, 전부터 히스 선생님과 이야기를 나누고 싶었는데…… 영광스러운 기회를…… 앗, 그게, 저, 저는 조증이 아니에요. 예전에는 그런 징후가 보였을지도 모르지만 지금은 전혀,”

“괜찮아. 전혀 걱정할 필요 없어, 캐너쉬 양.”

히스는 프리데의 말을 끊고 빙긋 웃었다.

“난 캐너쉬 양의 증상을 올바르게 파악한 상태야. 당신이 주장하는 바는 제대로 이해했지만, 당신 스스로도 파악하지 못한 영혼의 환부가 존재하는 것 또한 사실이지.”

환부가 있다고 해서 프리데는 불만이었지만, 그보다 히스가 자신의 두 눈을 똑바로 보고 이야기를 들어줬다는 감동이 더 컸다. 프리데는 지난 8개월간 그런 대접조차 받지 못했다.

어쩌면 히스는 말이 통하는 사람일지도 모른다. 프리데의 가슴은 기대로 부풀어 올랐다.

“이 섬에서 지내면 당신의 환부는 전부 제거될 거야.”

“‘정신 안정 조치’를 통해서요?”

프리데의 말에 히스는 약간 놀란 표정을 지었다. 그리고 “잘 아는군” 하고 웃었다. 그늘 한 점 없는 그 표정을 본 순간, 프리데는 겁에 질려 물었다.

"정신 안정 조치는 뭔가요? 대체 어떤 조치죠?"

로스 말에 따르면 눈알을 뽑고 귀에 수은을 붓는 무시무시한 짓이다. 척 보기에도 온후하게 생긴 눈앞의 의사가 그런 짓을 저지른다고 했다. 히스가 부드러워 보이는 손으로 떡갈나무 곤봉을 휘두르는 모습을 상상할 수가 없었다. 히스는 드리스필드의 수준 미달인 의사들과는 분명 다를 것이다.

"그건 내일을 기대하도록 해. 걱정할 것 없어. 당신은 분명 좋아질 테니까."

히스는 그렇게 말하고 윙크했다. 제 눈알을 뽑고 귀에 수은을 부어서 영원한 고독 속에 가둔다는 게 정말인가요. 그렇게 물어볼 수는 없었다. 모든 걸 긍정하는 듯한 환한 햇살 아래 있으니, 그 말은 역시 질 나쁜 농담으로밖에 여겨지지 않았다. 히스가 웃었다.

"이 섬 멋지지? 병이 깨끗하게 나으면 다음에는 낚시라도 하러 와."

프리데는 시선만 움직여서 함께 배에서 내렸을 로스의 모습을 찾았다. 그는 잔교에 웅크려 앉아 있었다. 아무래도 뱃멀미를 한 듯 간호사가 어이없다는 표정으로 돌봐 주고 있었다. 프리데는 화가 치밀었다. 그의 꺼림칙한 말 때문에 자기는 이렇게나 겁을 먹었는데.

마음을 가라앉히기 위해 프리데는 아름답게 펼쳐진 바다를 바라보았다.

지금이라면 아직 여기서 몸을 던질 수도 있다.

베케이션 기간은 일주일이었다. 프리데는 이제나저제나 에밀리가 돌아오기만을 기다렸다.

하지만 1주가 지나도, 2주가 지나도 에밀리는 돌아오지 않았다. 프리데는 점점 불안해져서 식사 시간마다 간호사에게 에밀리의 행방을 물었다. 한동안 무시당하다가 어느 날 드디어 소식을 들었다.

"에밀리 바이어스는 단기 전지 요양의 효과로 병세가 회복돼서 이미 퇴원했어. 에밀리 바이어스의 사례는 새로운 치료법의 표본으로 학회에 보고될 거래."

프리데는 진심으로 안도했다. 에밀리는 제정신임을 인정받았다!

이제 만날 수 없다니 섭섭했지만, 에밀리가 퇴원해서 기쁜 마음이 앞섰다. 다시는 드리스필드에 돌아오지 않는다면, 그게 훨씬 낫다.

에밀리는 베케이션을 떠나서 '정신 안정 조치'라는 치료를 받았다는 이야기를 들었다.

"'정신 안정 조치'는 병의 원인이 될 만한 요소를 제거해서 정신을 안정시키고 평정심을 되찾도록 하는 치료법이야."

프리데가 아는 바는 그것뿐이었다. 베케이션이라는 말과 '정신 안정 조치'라는 말이 어우러져 아주 평온하고 멋진 치료법으로 느껴졌다. 다들 수은을 마시거나 전기 자극을 받기보다 베케이션을 떠나서 '정신 안정 조치'를 받고 싶어 했다. 프리데도 그중 한 명이었다.

베케이션을 떠나고 싶다. 가서 히스 오브라이언을 만나고 싶다. 그리고 에밀리처럼 제정신이라는 걸 인정받아 여기서 나가고 싶다. 베케이션을 떠날 수 있도록 프리데는 오로지 얌전하고 순종적으로 생활했다. 섬에만 가면, 히스만 만난다면. '정신 안정 조치'를 받으면 드리스필드에서 나갈 수 있다.

그래서 단기 전지 요양의 대상자로 뽑혔을 때, 프리데는 눈물을 흘리며 기뻐했다. 퇴원하면 바깥세상에 있을 에밀리 바이어스를 찾기로 다짐했다.

요양탑은 밖에서 보기보다 훨씬 넓었고, 프리데에게 주어진 방도 드리스필드와는 비교도 안 될 만큼 쾌적했다. 방구석에 놓인 침대도 청결해서 마치 평범한 숙소 같았다. 작은 창문으로는 별하늘이 보였다.

프리데는 로스의 수상쩍은 말을 머릿속에서 지우기로 했다. 안 그러면 공포에 빠져 허우적댈 것 같았다. 눈꺼풀을 만져 보았다. 동그란 눈알이 손가락을 되밀었다.

상냥해 보였던 히스의 얼굴. 프리데를 구해 주겠다던 로스의 얼굴. 전부 다 신뢰할 수 없었다. 전부 다 신뢰하고 싶었다. 이상하다. 이상하지 않다. 무서웠다. '정신 안정 조치'란 대체 뭘까? 로스는 정말로 날 구해 줄까? 히스는 날 속인 걸까? 로스는 대체…….

거기까지 생각했을 때, 누군가 문을 난폭하게 두드렸다. 프리데는 몸을 움찔 떨었다.

"늦게 와서 미안해. 남자 간호사가 잠드는 게 두 시간이나 늦어져서 말이야. 좀 더 일찍 오려고 했었어! 어휴, 정말로 난감하네."

"로스……?"

쇠창살 틈새로 금발 청년이 보였다. 뜻 모를 말을 몹시 빠르게 중얼거리는 그 모습은 변함없이 수상쩍게 느껴졌다. 밤에 보니 한층 무서웠다. 그야말로 내게 불행을 초래하는 사신 아닐까 싶기조차 했다.

프리데가 겁먹었다는 걸 눈치챘는지, 로스는 흠칫하더니 당황한 투로 말했다.

"아아, 널 겁주려던 건 아니었어. 용서해 줘. 으음, 전할 말이 있어서 온 거야. 내일 낮에 히스가 널 방에서 데려가려고 할 거야. 그때 핑계를 대며 저항해서 억지로 끌어낼 때까지 버텨 줘."

"그런 짓을 했다가는…… 오브라이언 선생님이 뭐라고 하실지 모르는걸요."

드리스필드에서는 환자가 말을 듣지 않으면 당장 채찍이 날아온다. 꾀병을 부려도 소용없다. 치료라는 명목으로 독한 약물을 먹이기도 한다.

"왜 방에서 나가면 안 되는데요? 그럴 바에야 로스가 오브라이언 선생님을 설득해 주면……."

"그건 안 돼. 방에서 나가지만 않으면 돼. 간단하지? 그러면 일이 쉽사리 끝날 거야."

로스는 왠지 신경질이 난 듯 몸을 흔들면서 말했다. 자세히 보니 손톱이 전부 부자연스럽게 짧았다. 평소 손톱을 깨무는 버릇이 있는 건지도 모른다.

"아무튼 내 말대로 해. 난 미래가 보인다고 했잖아. 알지? 반드시 구해 줄 테니까 걱정 붙들어 매."

그 말을 듣자 프리데는 갑자기 불안해졌다. 과연 이 사람을 믿어도 될까? 완전히 드리스필드의 환자들 같은 모습이다. 배에서 간호사도 그런 식으로 비웃지 않았던가.

"저기, ……정말로 당신 말이 맞다고 생각해요?"

자신도 모르게 프리데의 입에서 그런 말이 튀어나왔다. 로스가 미심쩍어하는 눈빛으로 이쪽을 보았다.

"그게 무슨 소리야?"

"당신이 뭔가…… 착각하는 게 아닐까요? '정신 안정 조치'는 당신이 말한 내용과는 다른 치료법일 거예요."

로스는 뭔가를 잘못 알고 있다. 에밀리가 그렇게 참혹한 꼴을 당했을 리 없다. 에밀리는 치료법의 성공 사례로 학회에 보고됐으니까. 그런 프리데의 속내를 알아차렸는지 로스는 천천히 설명했다.

"단기 전지 요양의 별칭인 베케이션은 원래 '비우다'라는 뜻의 라틴어에서 유래한 말이야. 그 말이 점점 변해서 '휴가'가 된 거지."

"……무슨 소리를 하는 거예요?"

"에밀리 바이어스의 '병세'는 분명 회복됐어. 상대가 누구든 상관없이 자신의 의견을 주장하고, 마음에 들지 않는 일이 있으면 물불 가리지 않고 싸우는 무서운 조증에서는 해방됐지. 한편 에밀리 바이어스라는 인간 자체는 철저하게 파괴됐어. 남은 건 그저 텅 빈 그릇에 불과했고, 소름 끼치는 공허함만이 온몸에서 흘러나왔지. 무리도 아니야. 에밀리 바이어스는 아무것도 보지도 듣지도 못하니까. 외부에서 주어지는 건 고통뿐이었어."

"그만해요."

"혀를 잘린 것도 아닌데, 베케이션에서 돌아온 에밀리는 말을 한마디도 하지 않았어. 그녀는 자신의 존재 여부조차 몰랐던 거겠지. 에밀리가 마지막으로 안치된 장소는 다들 그런 곳이 있다는 것조차 잊어버린 창고의 한구석이야."

"그만해, 로스."

"에밀리가 소중히 여겼던 반지 있잖아. 그건 히스가 전리품으로 챙겼어. 그는 가끔 에밀리의 반지를 꺼내서 입속에 넣고 혀로 굴리며 핥다가 그대로,"

"그만하라고 했잖아! 왜 그딴 소릴 하는 거야?! 듣기 싫어! 당신은, 당신이야말로 이상해! 그딴 소리 안 믿어!"

"어째서지, 프리데? 아아, 젠장. 일이 제대로 안 풀리는 건 내가 무능하기 때문인가? 환장하겠군. 이럴 때면 그야말로 죽고 싶어져.”

　로스가 또 작게 혀를 차고 문에서 멀어졌다. 그 모습을
보고 프리데는 무엇에도 비할 바 없는 불안에 휩싸였다.
로스의 말은 형편없는 농담이 틀림없건만. 왜냐하면 너무
나 황당무계하니까. 배가 지나가리라는 것과 간호사의 말
을 알아맞힌 것도 전부 우연으로 넘길 수 있다.

　“잘 들어, 프리데. 날 믿든 믿지 않든 상관없어. 다만 내
가 널 구하려면 네 협력이 필요해. 부탁이니 널 구할 수 있
게 해 줘. 날 위해서라도. 아니면 무사히 베케이션이 끝나
지 않을 거야.”

　다음 날 점심 무렵, 히스가 프리데의 방 문을 두드렸다.
로스가 두드렸을 때보다 훨씬 부드러웠다.

　“안녕, 잘 잤나?”

　“네…… 잘 잤어요, 오브라이언 선생님.”

　실은 한숨도 못 잤다. 프리데는 억지로 웃음을 지으며
고개를 끄덕였다. 살벌한 태도였던 로스와 달리 히스는
오늘도 온화하고 믿음직스러운 웃음을 띠고 있었다.

　“그럼 나오도록.”

　“잠깐만요, 그게…….”

로 차는 냄새조차 못 맡아봤다. 한 모금 마시자 프리데의 눈에서 눈물이 뚝뚝 떨어졌다.

"왜 그래? 울 만큼 맛있나?"

"드리스필드에 온 후로 제 이야기를 제대로 들어준 사람은 아무도 없어서…… 인간답게 대해 준 사람은 오브라이언 선생님뿐이세요."

"입원 생활이 아주 힘들었나 보군."

"네, 네. 오브라이언 선생님도 매일 보시잖아요? 드리스필드는 사람이 살 곳이 아니에요. 오히려 거기 있으면 사람이 이상해진다고요."

말하고 나서야 이런 소리를 하면 히스가 언짢아하지 않을까 싶었다. 하지만 히스는 크게 한숨을 쉬고 고개를 끄덕였다.

"드리스필드가 환자들에게 좋지 않은 환경이라는 건 나도 잘 알아. 하지만 인력이 부족해. 환자는 늘어나는데, 간호사도 의사도 전혀 충원되지 않지. 그 결과, 치료를 충분히 받지 못하는 환자가 생겨."

"게다가 치료법도 올바르다고는 볼 수 없어요. 마치 어린아이 장난질 같은 치료법을 아무 기준도 없이 되는대로 실시할 뿐이라고요. 그래서 몸이 병드는 환자도 많아요."

마치 기회가 왔다는 듯 프리데는 마구 떠들어댔다. 내내 울분이 쌓였던 탓일까. 아니면 완전히 안도했기 때문일까. 잇달아 쏟아져 나오는 말을 멈출 수 없었다. 히스는 아무 말도 없이 싱글싱글 웃으며 프리데의 이야기를 들었다.

"죄송해요. 저 혼자 너무 떠들었네요."

"괜찮아. 내키는 대로 말해야 속이 후련하겠지."

"아참. 드리고 싶은 말씀이 있어요. 그, 굿윈 선생님에게 들었는데요."

거기서 프리데는 말을 멈췄다. 뭔가가 이에 닿아 달칵, 하고 소리가 났다. 대체 뭐가 닿은 걸까 의아해서 내용물이 반쯤 줄어든 찻잔을 확인했다.

찻잔 바닥에 뭔가 가라앉아 있었다.

은색 반지였다. 에밀리 바이어스가 소중히 아꼈던 반지와 아주 흡사했다.

손이 떨려서 찻잔을 바닥에 떨어뜨렸다. 심장이 몹시 두근거렸고, 호흡이 거칠어졌다. 몸이 점점 무거워졌다. 충격을 받았기 때문만이 아니라 뭘 어떻게 할 수 없을 만큼 무기력했다.

"드디어 약효가 나타났군."

지금까지와 똑같은 말투로 히스가 작게 중얼거렸다. 프

리데의 눈동자는 공포로 얼어붙었다.

"걱정하지 마. 의식을 잃거나 말을 못 하게 만드는 약은 아니야. 그저 조금 나른해질 뿐이지. 아무리 여자라도 날뛰면 성가시니까."

"나한테 뭘 어쩌려는 거죠?"

"말했잖아. 치료할 거야."

히스는 프리데를 부축해 다과용 테이블에 눕혔다. 흰색 상판에는 어울리지 않는 가죽 벨트를 꺼내 프리데의 몸을 조금씩 결박했다. 이렇게 되니 세련된 다과용 테이블은 무시무시한 수술대와 전혀 다를 바가 없었다. 프리데의 눈에서 아까와는 전혀 다른 의미의 눈물이 흘러내렸다.

"일단 그 눈을 적출할 거야. 눈이 끝나면 귀에 수은을 부을 거고. 그리하여 영원한 정적을 얻는 거지. 외부 자극을 최대한 차단함으로써 정신을 안정시키고 병을 치료한다. 그게 바로 '정신 안정 조치'야."

로스가 설명한 순서와 완전히 똑같았다. 몸이 저절로 떨려왔다.

"시각과 청각을 잃은 인간은 정신 상태가 아주 평온해져. 그러면 어떤 환자도 아주 얌전해지지. 그들이 의지할 수 있는 건 촉각뿐이니까 말이야. 그들은 갑작스레 통증을 느낄까 봐 겁나서 최대한 자기 존재를 지우려 해. 이 방법을 사용하면 어떤 환자도 이성을 되찾아. 간단하지.”

“부탁이에요. 제발 그만두세요. 저는 아프지 않아요. 정상이란 말이에요. 전 아무 문제도 없어요. 치료받을 필요 없다고요. 오브라이언 선생님, 부탁드립니다.”

히스는 아무렇지도 않게 말했다.

“그런 건 나도 알아.”

프리데는 절규했다. 생각해 보면 당연했다. 일부러 프리데를 속여서 안심시킨 후 ‘정신 안정 조치’를 실시하는 것도, 프리데가 모든 것을 깨닫도록 에밀리의 반지를 찻잔에 넣은 것도, 전부 프리데의 정신 상태가 멀쩡하다고 여기지 않고서는 하지 않을 짓이리라.

“제발…… 하지 마세요…… 다시는 드리스필드를 떠나고 싶다고 하지 않을게요. 그 방에서 평생 얌전하게 지낼게요. 그러니 살려 주세요. 맹세를 반드시 지킬게요. 부탁입니다. 부탁드려요! 싫어! 누가 좀 도와줘!”

프리데가 악을 쓰자 오른팔에 날카로운 통증이 느껴졌다. 히스가 떡갈나무 곤봉으로 프리데의 오른팔을 사정없이 때린 것이다.

“끄으으으으, 으으으윽.”

"지금부터 말대답할 때마다 한 대씩 때릴 거야. 소리를 지르면 두 대. 날뛰면 날뛰는 걸 멈출 때까지 계속 때릴 거고. 알아들었나?"

도저히 받아들일 수 있는 말이 아니었다. 프리데는 아파서 몸이 바들바들 떨렸다. 히스는 곤봉을 바닥에 내려놓고 끝부분이 동그스름한 스푼 같은 기구를 집었다. 그것이 눈구멍을 파고드는 광경을 상상하자 무서워서 몸이 더 심하게 떨렸다. 무슨 말이라도 해야 한다. 시간을 벌어야 한다.

로스 굿윈은 뭔가 이상해요. 그 남자는 미래를 볼 수 있다고 했어요. 그러면서 제 눈, 귀, 팔다리가 망가지는 광경을 봤다는 거예요. 그 미친 작자가 두렵지는 않으세요? 그 남자야말로 여기에 묶여야 할 정신이상자라고요.

맞는 게 무서워서 그렇게 말하려 했지만, 혀가 꼬여서 말이 제대로 나오지 않았다.

간신히 "미" 하고 말을 꺼낸 순간, 방 문이 열렸다.

로스 굿윈이 쏜살같이 방으로 뛰어들어 바닥에 놓인 떡갈나무 곤봉을 집었다. 마치 거기 있다는 걸 미리 알고 있었던 듯했다.

로스가 물 흐르듯 매끄러운 몸동작으로 히스를 때려눕

했다. 곤봉으로 몇 번 내리치자 히스의 머리는 바로 깨졌다. 뇌수, 고막, 안구가 서로 구별되지 않을 정도였다.

"늦어서 미안해. 해결할 일이 좀 있어서……."

로스가 어설픈 손놀림으로 꼼지락꼼지락 가죽 벨트를 풀었다. 그의 몸과 손도 새빨간 피로 더러워졌다. 피비린내가 너무 심해서 토할 것 같았다. 거칠고 인정사정없는 폭력의 흔적이었다.

그래도 안도감이 프리데의 가슴속에 차올랐다. 살았다. 살았다! 아슬아슬한 순간에 로스가 정말로 구하러 와주었다! 감동과 고마움으로 온몸의 피가 끓어오르는 듯했고, 눈앞이 새하얘졌다. 가죽 벨트가 다 풀리자 프리데는 한 팔로 로스를 끌어안았다.

"로스, 정말로 미안해요. 당신을 믿을 걸 그랬어요. 구해 주려고 했는데, 믿질 못하다니!"

"미래가 보인다는 말을 곧이곧대로 믿는 사람이 어디 있겠어? 그랬다간 그야말로 드리스필드에 입원한 환자들 같잖아."

로스는 그렇게 말하며 미소 지었다. 가까이에서 본 그의 금발은 역시 아주 아름다웠다. 거동이 수상한 정신이상자로밖에 보이지 않았던 그가, 지금은 거룩한 구세주 같아 보였다. 인상이 너무 확 바뀌어서 프리데 스스로도 놀랐지만, 그럴 만한 일을 그는 해냈다.

"자, 빨리 일어서. 여기서 꾸물거리면 안 돼."

"미안해요. 몸이 말을 잘 안 들어요."

"아…… 그렇지. 그래서 그 방에서 나오지 말라고 했던 건데…… 이제 와서 그런 소리를 해 본들 아무 의미도 없지만."

아무래도 로스는 프리데가 약이 든 차를 마시리라는 것도 알고 있었던 듯했다. 프리데는 로스의 충고에 따르지 않았던 것이 새삼 창피했다. 결국 프리데는 로스에게 업혀서 방을 나섰다.

"늦어서 미안해. 실은 좀 더 빨리 올 수 있었는데…… 아아, 하다못해 한 시간만 더 시간을 벌어 줬다면."

"아니에요. 충분히 빨리 왔는걸요. 조금만 더 있었으면 난 눈과 귀를 빼앗겨 영원한 암흑에 갇힐 뻔했어요. 당신은 내 은인이에요. 아무리 감사해도 모자라요."

프리데의 말에 로스는 기쁜 듯이 웃었다. 그가 이렇게 웃는 모습은 처음 봤다.

만약 로스가 제때 오지 못했다면, 하고 생각하자 다리가 떨렸다. 가죽 벨트로 묶였던 부분에는 자국이 생생하게 남아 있었다. 곤봉에 맞은 팔은 아직도 너무 아팠다.

탑 중간쯤에 핏물에 잠긴 간호사의 시체가 있었다. 얼핏 보기에도 **과도하게** 폭행했다는 걸 알 수 있었다. 저렇게까지 하지 않더라도 인간은 목숨을 잃으리라.

"저렇게까지 심하게 할 생각은 아니었어. 힘 조절에 실패해서……."

아무 말도 하지 않았건만 로스가 변명하듯 중얼거렸다. 로스의 몸은 피투성이였다. 간호사와 히스, 두 사람의 피를 덮어썼기 때문이다. 프리데에게 시간을 벌라고 한 이유를 알았다. 로스는 처음부터 이럴 작정이었던 것이다.

그 사실을 깨닫자 프리데는 어쩐지 으스스했다. 눈앞의 위기에서 벗어나니 다른 점들이 마음에 걸렸다.

로스의 상태도 별로 좋지는 않은 듯했다. 간호사의 시체를 본 후로 그는 불안한 듯 쭈뼛쭈뼛하는 청년으로 되돌아갔다. 아니, 그냥 되돌아간 수준이 아니라 더 나빠졌다. 호흡은 거칠고 동공이 커졌다. 사람을 죽여서 감정이 격해진 상태라는 말로는 다 설명할 수 없는 기이함이 전해졌다. ……무섭다. 머릿속에 떠오른 그 말을 프리데는 허둥지둥 지웠다. 그런 생각을 하면 못쓴다. 로스는 자신을 구해 주었다. 평생을 갚아도 다 못 갚을 은혜를 입지 않았는가.

로스는 프리데를 업고 그녀가 원래 있었던 방으로 향했다. 프리데를 침대에 눕힌 후 한숨을 크게 내쉬었다.

이제 어떻게 되는 걸까. 아무리 정당방위였다고는 하나 로스는 히스를 죽였다. 그뿐만이 아니라 간호사도. 정황상 프리데에게도 같은 죄가 적용되리라. 그렇다면 함께 도망쳐야 한다. 애당초 히스가 죽었는데 과연 이 섬에 배가 올까. 생각지도 못했던 다양한 문제가 현실이 되어 프리데를 짓눌렀다.

프리데는 분명 구조되었다. 하지만 그걸로 끝이 아니다. 앞으로도 인생은 계속된다. 이 불안정해 보이는 남자는 그걸 알고 있는 걸까?

"저기, 로스…… 이런 일에 끌어들여서 미안해요. 그리고 난 아직 몸을 마음대로 움직일 수 없어요. 어디로 가든, 조금은 쉬어야……."

"……아아, 그렇지."

"저어, 이런 걸 물어봐서 미안해요. 하지만 아무래도 마음에 걸려서요. ……왜 날 구하러 온 거죠? 날 구한 탓에 앞으로 당신 인생은 험난해지겠죠. 그런데 어째서?"

냉정함을 되찾고 나니 그 점이 제일 궁금했다. 우연히 프리데가 참혹한 꼴을 당하는 미래를 봤기 때문일까. 아니면 프리데 캐너쉬라는 인간이 로스에게 아주 특별한 존재였기 때문일까. 너무나 꿈같은 생각이었지만, 그랬으면 싶기도 했다. 그러면 모든 일이 이해되고, 행복한 결말을 맞을 수 있을 듯했다.

하지만 로스는 프리데가 바라는 대답이 아니라 다른 말을 작게 중얼거렸다.

"……미안해. 정말로 미안해. ……난……."

"왜 사과해요? 날…… 구해 줬잖아요?"

"응, 난 그러려고 왔어. 당신이 끔찍한 짓을 당하기 전에 히스를 죽여서라도 구해내는 게 내 사명이었지."

사명이라는 거창한 말이 나와서 놀랐다. 즉, 로스는 이 세상 사람이 아니라 신이 프리데를 구하기 위해 보내 준 천사 같은 존재일까.

날개는 없는 것 같지만, 하고 속으로 농담처럼 말해 보았으나 찜찜한 예감은 전혀 가시지 않고 프리데를 점점 갉아먹었다. 갈증을 참기가 힘들었다. 물 생각이 간절했다.

"그럼 왜 사과하는 건데요?"

"이게 내 베케이션이었기 때문이야, 프리데."

로스는 딱딱하게 굳은 얼굴로 프리데를 바라보았다.

"……? 무슨 뜻? 대체 무슨 소리예요? 휴가를 이용해서 여기 왔다는 말이라면 들었어요. 당신은 대학에서 정신의학을 연구하는 의사 선생님이고,"

"그건 설정이야. 휴가를 위한 설정. 히스 오브라이언에게 접근하기 위해서는 그렇게 설정하는 게 제일 편했어. 이 시대의 정신의학계는 동료의식이 강하니까, 설정만 잘하면 쉽사리 파고들 수 있거든."

로스는 프리데에게 이야기한다기보다 자기 자신에게 말하는 듯했다. 돌이켜보면 처음부터 로스는 프리데를 보는 듯하면서도 보지 않았다. 대체 뭘 보고 있었던 걸까?

"……달라질 줄 알았어. 당신만 구해내면 나도 나 자신을 조금은 괜찮게 여기지 않을까 싶었지. 하지만 그걸로는 모자랐어."

"그건…… 무슨 뜻이죠?"

"이런 거야, 귀여운 프리데."

로스가 그렇게 말한 순간, 탑이 크게 흔들렸다. 난생처음 겪어보는 규모의 진동이 프리데를 덮쳤다. 비명 같은 소리를 내며 벽이 삐걱거렸다. 굉음이 고막으로 몰려들었다.

프리데는 재빨리 로스에게 손을 뻗었다.

하지만 프리데를 구해 준 그의 모습은 이미 거기에 없었다. 프리데의 손은 허공을 갈랐고, 무너진 벽과 천장이 그 위로 떨어졌다.

가장 커다란 소리는 프리데의 몸속에서 났다. 로스가 지켜 준 몸이 고깃덩이로 변했다.

*

의식이 각성한 순간 구역질이 심하게 몰려왔다. 그대로 토할 것 같아서 로스는 몸을 일으켰다.

그러자 곁에 서 있던 헤럴드 솔리스터가 "갑자기 몸을 움직이면 안 됩니다. 굿윈 님은 2백 년 넘는 시간을 이동했으니까요" 하고 부드럽게 타일렀다.

"지금이 몇 년인지는 아시겠습니까, 굿윈 님?"

"2115년…….."

"제일 어려운 질문에 대답하셨으니 아무 문제도 없군요. 축하드립니다. 굿윈 님은 멋지게 역사를 바꿔서 프리데 캐너쉬를 구하셨습니다."

솔리스터가 박수를 짝짝 쳤지만, 오히려 기분이 상했다. 로스는 손짓으로 박수를 멈추게 한 후 쓸쓸하게 말했다.

"……멋지긴 뭐가 멋져. 잘 풀린 일이 하나도 없었어."

"모니터링한 바로는 전부 순조롭게 진행된 것 같은데요."

“간호사가 잠드는 시간이 달랐고, 프리데는 도착한 날 밤부터 정신이 불안정해서 악을 쓰기도 했어. 그래서 히스가 한밤중에 정신 안정 조치를 실시했으면 전부 헛수고였다고.”

“과거라고는 하지만 상대는 살아 있는 사람이니까요. 예상치 못한 일이 어느 정도는 일어나는 법이죠. 하지만 그렇다 해도 문제없이 히스 오브라이언을 죽이고 프리데 캐너쉬를 구할 수 있었을 겁니다.”

맞는 말이다. 설령 히스가 상상 이상으로 저항했더라도 로스는 그를 간단히 제압할 수 있었으리라. 그 정도 장비는 갖췄고, 만일의 사태가 발생해 위험해지면 솔리스터가 지원해 주기로 했다. 절대로 실패할 리 없는 구출극. 그건 그러한 계획이었다.

“……간호사를 죽이는 건 계획에 없었어. 그 간호사는 지진에 휘말려 죽어야 했는데. 왜 거기서 나한테 시비를 거는 거야? 그래서 죽일 수밖에 없었어. 무엇보다 이상하잖아. 히스도, 프리데도, 간호사마저 날 정상이 아니라고 여겼어. 분명 의사로 설정했는데 말이야. 사전 준비가 소홀했던 거 아닌가! 그 때문에 프리데가 날 믿어 주지 않아서 미래가 보인다는 묘한 소리를 하게 됐고…….”

"그러니까 상대는 살아 있는 인간이라고요. 그들의 생각까지 완벽하게 통제할 수는 없습니다."

"그럼 내 탓이라는 거야?!"

"아니요, 그렇지는 않습니다. 하지만 '체험'에서는 그런 돌발 요소도 즐길 거리 중 하나입니다."

감정적으로 나오는 로스와 달리 상대는 아주 냉정했다. 그 모습을 보니 로스도 부글부글 끓던 속이 가라앉았다. 또 저질렀다. 머리로는 알면서도 억제할 수가 없다.

"자, 반성할 점은 많겠지만 저희가 준비한 베케이션은 어떠셨는지요, 굿윈 님."

로스의 속마음이 어떤지도 모르고 솔리스터가 싱긋 웃었다.

프리데 캐너쉬는 1894년 5월 16일에 그 섬에서 사망한 여성이다. 섬에 있는 진료소가 무너져서 건물 잔해에 깔려 목숨을 잃었다. 로스가 본 대로다. 하지만 거기에 이르기까지의 과정은 크게 달라졌다.

원래 프리데는 의사 히스 오브라이언에게 정신 안정 조치라는 악명 높은 치료를 받을 예정이었다. 눈알을 뽑고 귀에 수은을 들이부어 환자를 정적과 암흑 속에 가두는 무시무시한 짓이다. 그는 저항할 기력을 잃은 환자를 가리켜 '평안함을 얻었다'라고 표현했다. 히스에게는 가학적 성향이 있어서 환자들에게 그런 짓을 하면서 강한 쾌감을 느낀 듯하다.

프리데는 정신 안정 조치에 필사적으로 저항했고, 그 결과 더 가혹한 학대를 당했다. 프리데는 눈과 귀가 망가졌을 뿐만 아니라 양손과 양발이 짓뭉개졌다. 그래서 프리데는 무너지는 진료소에서 나가지 못한 것으로 추정된다. 하지만 설령 건물 잔해에 깔리지 않았더라도 프리데는 어차피 죽었을 것이다.

소리도 빛도 없는 세계에서 천천히 죽음을 맞이한 프리데는 얼마나 큰 공포를 맛봤을까. 그때 이미 제정신을 유지하지 못했기를 바라지만, 프리데는 광기의 고치에 감싸이기에는 너무나 강인한 인간이었다.

하지만 로스가 섬에 가서 프리데의 운명은 바뀌었다. 프리데는 멋지게 히스의 손아귀에서 벗어나 상상을 초월하는 고통을 모면했다. 그건 틀림없이 로스 덕분이다.

그래도 프리데는 지진으로 목숨을 잃는다.

그 지진으로 히스와 프리데, 동행했던 간호사 밍스크는 그 섬에서 죽는다. 그건 바꿔서는 안 되는 절대적인 조건이다. 죽을 사람이 살아남는 것도, 살 사람이 죽는 것도 후세에 어떤 영향을 초래할지 모른다. 타임 패러독스* 연구가 이렇게 발전했는데도 이 부분만큼은 아직 제어하기가 어렵다.

하지만 알맞은 시간에 죽어야 할 인간이 죽으면, 죽는 원인을 변경해도 미래에 큰 영향은 없다.

그 지진 속에서 죽는다는 결말만 바꾸지 않으면 '프리데가 정신 안정 조치를 받지 않는다'라는 식으로 역사를 변경해도 상관없는 것이다.

세 번째로 자살에 실패한 후, 로스는 인간 정신과 의사에게 진찰을 받았다. 몇백 년이 지나든 직업으로 남아 있는 걸 보면, 특수한 수요가 있는 것이리라. 예를 들면 온갖 곳에서 포기한 로스 같은 인간을 받아들이는 역할이라거나.

"왜 사는지 모르겠다고요?"

로스가 간신히 말을 꺼내자, 의사는 별생각 없는 듯한 표정으로 되물었다. 지금 당장 사라지고 싶었다. 인공지능이 상대라면 몰라도 인간이 이렇게 무감정하게 반응하는

---

* 시간 여행자의 행동에 따라 발생할 수 있는 역설을 뜻하는 말.

건 참기 힘든 굴욕이었다.

"굿윈 씨는 생각이 너무 많은 것 같군요. 휴가는 제대로 보내고 있습니까?"

"……네, 그렇게까지 일이 바쁜 것도 아니고, 부모의 재산을 축내며 지내고 있으니까요. 하지만 뭘 어째도 마음이 울적하네요."

"아주 복 받은 인생이건만, 신기하게도 그런 사람이 있습니다."

의사가 다 안다는 듯한 표정으로 말해서 로스는 더욱 짜증이 났다. 태어나고 지금까지 로스는 성취감을 느껴본 적이 거의 없었다. 뭘 해도 남들보다 잘 안되고, 자신을 꼭 필요로 하는 사람도 없었다. 텅 빈 인생을 견디기 힘들어 죽으려 해도, 그것조차 마음대로 되지 않았다.

"선생님은 좋겠군요. 나 같은 사람을 적당히 진찰하고 약만 처방하면 고맙다는 인사를 들을 수 있으니까요."

그저 심통이 나서 꺼낸 말이었지만, 예상과 달리 의사는 그 말에 반응을 보였다.

"그렇죠. 굿윈 씨 말대룝니다. 지금은 누구나 일정 수준의 삶을 영위할 수 있는 시대니까, **구제의 수요가 모자라요.** 나름대로 요금을 내면 기분 전환하기에 딱 적합한 이벤트가 있습니다만.”

의사는 이곳을 알려 주고 솔리스터에게도 미리 연락해 주었다. 솔리스터는 특수한 형식의 베케이션을 고객에게 제공한다. 즉, ‘과거로 돌아가 대상자의 운명을 왜곡하지 않는 범위에서 구제해 준다’라는 최고의 휴가다.

“누군가를 구하는 것이 기분 전환에는 최고죠. 왜 이렇게 사는 건지 모르는 사람보다, 왜 이렇게 죽는 건지 모르는 사람이 훨씬 불행합니다. 보람을 느끼면 좋겠군요.”

의사는 그렇게 말하고 로스를 진찰실에서 쫓아냈다.

“다름 아닌 굿윈 님께서 프리데 캐너쉬를 비인도적인 행위에서 구해냈습니다. 덕분에 프리데 캐너쉬는 고통받지 않고 죽을 수 있었어요.”

“……그럴지도 모르지만…… 그래도 결국 그녀는 죽었고…….”

“아아, 그렇게 생각하는 건 좋지 않습니다. 프리데 캐너쉬가 원래 어떤 모습으로 죽었는지도 사전 강습 때 확인하셨죠?”

그렇다. 과거로 떠나기 전에 로스는 프리데의 원래 모습을 봤다. 거의 평평해질 만큼 짓뭉개진 그녀의 손발을 봤다. 재갈을 문 채 빨간 눈물을 흘리며 절규하는 그녀의 목소리를 들었다. 무참하게 박살 나는 그녀의 삶을 느꼈다. 프리데는 떡갈나무 곤봉에 132번이나 얻어맞아 손발이 짓뭉개졌다. 곤봉이 피를 빨아들여 금이 쩍쩍 갈 정도였다.

프리데는 정신 안정 조치를 받은 후 지진으로 건물 잔해에 깔릴 때까지 계속 절규했다. 보통은 금방 목이 잠길 텐데, 그녀의 목소리는 섬 전체에 울려 퍼졌다. 마치 그 절규가 세기의 대지진을 일으킨 것처럼.

이번에는 침대 위에서 죽음을 맞았을 테니, 그런 죽음에 비하면 얼마나 멋진가.

그런데도 로스는 기분이 밝아지지 않았다. 구해냈다는 실감이 솟아오르지 않았다. 마지막 순간에 프리데의 표정은 어땠을까.

그런 로스의 마음도 모르고 솔리스터는 웃는 얼굴로 말을 이었다.

"지금 굿윈 님은 전에 없는 활력이 넘치실 겁니다. 아무 죄도 없는 여성을 구해내셨으니까요."

"……난."

그제야 로스의 표정이 어둡다는 걸 알아차렸는지, 솔리

스터는 약간 불만스러운 표정으로 말했다.

"아니면 프리데 캐너쉬는 정신 안정 조치를 받았어야 한다는 말씀이십니까? 죽기 직전까지 고문당해 내세까지 새겨질 고통 속에서 죽었어야 한다는 거예요?"

로스는 대답할 수 없었다. 프리데가 그런 꼴을 당하게 놔둘 수는 없었다. 그녀를 행복하게 해 주고 싶었다. 하지만 프리데의 죽음까지 변경하면 역사가 크게 뒤틀린다. 그것이 로스가 프리데에게 베풀 수 있는 가장 큰 구제였다.

"아니. ……프리데를 구할 수 있어서 다행이야."

"저희도 그렇게 생각합니다."

솔리스터는 환한 웃음을 지었다.

시설을 나서서 은색 건물을 돌아보았다. 생김새가 완전히 다른데도 어쩐지 드리스필드 정신병원과 비슷하게 느껴졌다.

분명 자신 같은 여행자가 또 있으리라. 그들은 베케이션을 떠나 비극 속에서 스러진 죄 없는 사람들을 구한다. 비참한 전쟁, 마녀 사냥, 끔찍한 약탈. 그들이 활약하기에 안성맞춤인 무대는 얼마든지 있다.

설령 죽음은 피할 수 없더라도 고통 없이 편안한 죽음

을 맞을 수 있다면, 그게 훨씬 나으리라. 솔리스터의 말은 틀리지 않았다.

하지만 로스는 이미 프리데의 얼굴이 기억나지 않았다.

세상을 저주하는 원한에 찬 절규만이 텅 빈 몸뚱어리에 울려 퍼졌다.

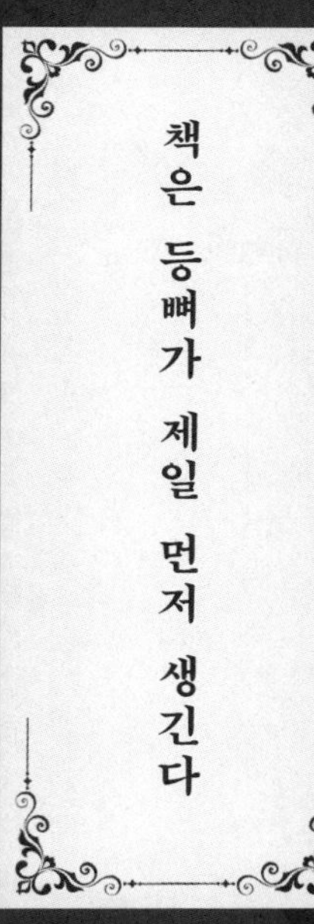
책은 등뼈가 제일 먼저 생긴다

눈이 지져진 순간, 열은 달까지 닿을 만큼 크게 웃었다. 이보다 더 기분 좋은 일도, 행복한 일도 다시는 없을 거라고 선언하듯 실로 유쾌한 웃음소리였다.

눈알이 타면서 나는 독특한 냄새가 주변에 풍겼다. 열의 눈에서 흘러내리는 거품 섞인 피눈물이 잔혹한 미감을 더했다. 달군 쇠막대로 열의 눈을 지진 집행관이 상처 입은 열보다 훨씬 겁먹은 것처럼 보였다.

"싸다, 싸! 이 정도로 끝난다면 정말 싼값이야! 아아, 이해가 안 되는군. 다른 책은 왜 원하지 않는 건가! 고작 이 정도인데 왜!"

열의 쩌렁쩌렁한 목소리가 밤을 찢어발겼다. 그 목소리가 온 나라에 울려 퍼지는 것만 같아서 집행관은 벌벌 떨었다고 한다.

"설령 눈을 지져 없애더라도 내 속에는 천리안이 있다!"

열은 드높은 목소리로 선언했다. 이렇게나 소름 끼치고 아름다운 책은 또 없지 않을까 싶을 정도였다.

죄인으로 끌려간 열이 눈을 지지는 벌을 받고 돌아온 밤, 도지*는 꺼이꺼이 울었다. 아버지는 그런 도지를 엄하게 질책했다.

"서점지기의 딸이 그게 무슨 태도냐."

도지의 아버지는 오랜 세월 서점을 운영해 온 서점지기다. 열 외에 수십 권의 책을 데리고 있었다.

이 나라에서 서점은 그다지 좋은 시선을 받지 못했다. 질 좋은 책은 자신의 서가를 가지는 법이니까, 굳이 서점의 힘을 빌리지 않는다. 조악한 책은 애당초 서가에 들어갈 가치가 없다. 따라서 서점에 있는 건 인쇄된 지 얼마 지나지 않아 앞뒤 분간도 못 하는 책이나, 조악한데도 서점에 머무르며 간신히 불길을 피하는 책이기 때문이다.

서점을 운영하는 인간은 편집자다.

그런 험담을 들을 때도 많았다.

★ 綴. 일본어로 '철하다, 제본하다'라는 뜻.

그렇기에 도지는 아버지가 화낸 이유를 안다. 한 권의 책에 너무 애착을 품어서는 안 된다. 서점지기는 편집자에 제일 가까운 인간이니까.

하지만 열은 도지에게 너무나 특별한 책이었다.

이 서점에 열이 찾아온 날을 도지는 지금도 생생히 기억한다. 그림자를 모아서 묶은 듯 새까맣고 긴 머리. 밀랍으로 만든 듯 매끈하고 하얀 피부. 그리고 머리카락에 뒤지지 않게 어두운 남색 눈동자. 그렇게 아름다운 책을 도지는 처음 봤다.

그때 열은 열이 아니었고, 공주 이야기가 특기였기에 '공주'라고 불렸다. 당시부터 열은 몸속에 여러 이야기가 담긴 기이한 책이었다. 도지는 그녀를 '공주님'이라고 불렀다. 열은 자신이 어디서 왔는지, 왜 여러 가지 공주 이야기를 할 수 있는지는 밝히지 않고 그저 도지에게 『가구야 공주』를 들려주었다.

그런 열이, 도지의 공주님이 이토록 끔찍한 상처를 입었다. 도지는 너무 슬퍼서 정신이 나갈 것만 같았다.

열은 지금 할당된 서가에 누워 있다. 몸은 불같이 뜨거웠고, 중판 때조차 흘리지 않던 굵은 땀방울이 맺혔다. 도지는 그런 열이 걱정돼서 찬물에 적신 천을 연신 갈아 주며 정성껏 간호했다. 아버지는 그 모습도 신경에 거슬리는 모양이었다. 그래도 도지는 열을 돌봐 주지 않을 수 없었다.

복잡한 심정으로 열에게 먹일 죽을 가져가는데 뒤에서 누가 어깨를 세게 붙잡았다.

"앗."

"넌 무슨 책이지? 무슨 이야기를 들려줄 거지?"

눈에 핏발이 선 남자가 술 냄새를 풍기며 물었다. 서점에 온 손님이었다. 잠자리에서 들을 이야기라도 청하러 온 것이리라.

최근에 책으로 오해받는 경우가 늘었다. 어릴 적에는 안 그랬는데, 장성해서 몸이 성숙해진 뒤로 특히 그렇다. 도지는 책처럼 장정하지도 않았고, 머리는 적당히 땋아 내렸을 뿐이다. 치렁치렁한 술이 달린 책들의 머리와는 전혀 비슷하지 않다.

그런데도 여자의 몸이라는 이유만으로 몇몇 손님은 도지를 책으로 착각했다. 기묘하게도 이 지역의 책은 전부 여자였다. 타지에는 남자 책도 있다고 들었지만, 도지가 실제로 본 적은 없었다. 정말로 그런 책이 존재하는지 의심스럽기도 했다. 남자 몸이라면 분명 태우는 데 애먹으리라.

보통 책으로 오해받는 건 참을 수 없을 만큼 모욕적인 일이다. 하지만 가까이에 열이 있기 때문인지, 도지는 신기하게도 싫지 않았다. 하지만 이렇게 손님이 치근덕거리는 건 별개의 문제다.

크게 소리쳐서 아버지를 부를까 싶었던 순간, 뒤쪽 서가에서 의연하고 힘 있는 목소리가 들렸다.

"그만두시죠. 그 아이는 사람, 책이 아닙니다."

열의 목소리였다. 서가에 있으므로 모습은 보이지 않는다. 열도 이쪽이 보이지 않을 것이다. 애당초 열은 눈을 지지는 벌을 받았다! 그런데도 열은 무슨 사정인지 다 안다는 듯한 어조로 말을 이었다.

"사람과 책을 착각하다니 이상한 분이시군요. 약간 취하신 것 같은데, 밤바람을 좀 쐬는 게 어떠실지요. 귀한 이야기를 술김에 흘려듣는 것만큼 아까운 일은 또 없죠."

열의 말을 듣자마자 남자는 흠칫하며 도지의 어깨에서 손을 뗐다. 그대로 문으로 비틀비틀 나갔다.

"이리 오렴, 도지."

그 목소리에 빨려드는 것처럼 도지는 구슬발 안쪽으로 들어갔다.

열은 하얀 뺨이 붉게 달아오른 모습으로 여전히 누워
있었다. 화상 자국이 생생했고, 열의 눈꺼풀은 비틀어 짠
것처럼 오그라든 상태였다. 상처를 따라 피가 배어나서
열의 얼굴에 고통의 강물이 흘러드는 것같이 보였다. 이
래서는 열의 아름다운 남색 눈을 볼 수 없다. 하기야 그 눈
도 무참하게 뭉개졌으리라. 열을 볼 때마다 도지는 눈물
이 날 것 같았다. 찬물에 적신 천을 열의 목에 대며 도지는
저도 모르게 말했다.

"공주님, 왜 그런 짓을 한 거예요? 이 나라의 규칙을 모
르지는 않을 텐데요."

한 권의 책이 몸에 담을 수 있는 이야기는 하나뿐. 그것
도 구전이어야 한다. 그런데 열은 그 금기를 어겼다고 한
다. 이 나라에서 평범하게 살아온 도지는 금기를 어기는
방법조차 짐작이 가지 않았다.

"그럼, 그럼. 난 어떻게 될지 알고 있었어. 알면서도 한
거지. 네 '공주님'은 그런 책이란다."

열은 고혹적인 웃음을 띤 채 말했다.

"……누구에게 새로운 이야기를 배웠나요?"

"폐가 없는 것에게."

"……그런 게 있을 리 없어요. 그건 편집자의 수상쩍은

그럼 사육장이 아니라 마구간에 들어갈 수 있잖아.”

“싫어. 토끼가 좋아. 말이 먹는 밥은 맛없어 보인단 말이야.”

나는 고개를 휙 돌리고 보란 듯이 뺨을 부풀렸다. 엄마는 내 뺨을 콕 찌르더니 “집에 가자” 하고 웃었다.

“오늘은 축하하는 의미에서 팥밥을 해놨어. 인간일 때가 아니면 못 먹잖니. 그리고 구이나를 위해 당근 스틱도 준비했단다.”

“당근은…… 탈바꿈하고 나서 먹어도 되는데…….”

“토끼가 될 거잖아? 지금부터 좋아해 보는 게 어떨까?”

“토끼가 되면 저절로 당근을 좋아하게 된다고 들었어!”

그런 식으로 따지면 엄마도 지금부터 목초를 먹어야 한다. 어떤 인간도 언젠가는 탈바꿈한다. 하지만 그게 지금은 아니다. 굳이 지금부터 당근을 먹지 않아도 될 것이다.

저녁 식사 때 정말로 당근 스틱이 나와서 시무룩했다. 축하하는 의미로 지었다는 팥밥과 내가 아주 좋아하는 두부 햄버그는 그렇다 쳐도 당근은 딱 질색이다. 하지만 내가 사는 곳에서 음식을 낭비하는 건 큰 죄이기에 코를 막고 먹는 수밖에 없었다.

엄마와 내가 식탁 앞에 앉자 아빠가 할아버지를 데려왔다. 할아버지는 평소 밖에서 지내지만, 식사 시간에는 집으로 데려온다. 할아버지는 밥그릇에 담긴 목초와 채소 찌꺼기를 식탁 옆 바닥에서 게걸스럽게 먹는다.

"오늘은 경사스러운 날이니까 할아버지께도 팥을 드렸어."

엄마가 기쁜 듯이 말했다. 들여다보니 할아버지 밥그릇에는 풀잎과 목초, 채소 찌꺼기와 함께 팥알이 들어 있었다. 전체적으로 푸릇푸릇한 가운데 검붉은 팥알이 섞여 있어서일까, 어쩐지 좀 으스스해 보였다. 잘 먹겠습니다, 하고 말하기도 전에 할아버지가 밥그릇에 얼굴을 처박았다. 너무 기운차서 밥그릇이 쭉 밀렸다.

"아버지, 맛있어요?"

아빠도 다정하게 바라보며 물었다. 하지만 할아버지는 아무 대답도 하지 않고 정신없이 밥을 먹었다. 팥이 들어 있다는 걸 과연 알지 의문이었다. 그런데도 엄마가 "좋아하시는 것 같네" 하고 말해서 어쩐지 우스웠다. 할아버지는 밥 먹을 때 늘 이렇다.

그런 생각을 하면서 밥을 먹는 할아버지를 보고 있는데, 갑자기 할아버지가 이쪽으로 고개를 들었다. 이빨을 마주

해 줘서 안심됐다. 역시 진짜 의사가 보기에도 로스는 이상하다. 정신이 병든 환자다.

"출신이 좋은 데다 드리스필드에 거액의 후원을 하고 있어서 강하게는 못 나가지만 말이야. 그래도 그런 위험한 인간을 환자 곁에 두고 싶지는 않았는데. 실제로 굿윈 선생 때문에 캐너쉬 양은 몹시 겁에 질리고 말았잖아."

"아니요…… 그런."

프리데는 갑자기 모든 것이 부끄러워졌다. 그런 터무니없는 말에 휘둘러서 지금 대체 뭘 하고 있는 걸까?

"그, 하나만 여쭤봐도 될까요?"

"뭐지?"

"얼마 전에 여기 왔던 에밀리 바이어스라는 환자를 기억하세요? 에밀리는 지금 어디 있나요?"

"아아. 기억하고말고. '정신 안정 조치'를 받고 병세가 회복돼서 지금은 예전에 다녔던 공장으로 돌아갔어."

그 말을 듣고 프리데는 마음을 정했다. 의자에서 일어나 히스에게 고개를 끄덕였다.

"알겠어요. ……이상한 소리를 해서 죄송합니다."

히스는 프리데를 요양탑 제일 위층에 있는 방으로 데려

갔다. 거기서는 섬 전체가 다 보였고, 태양이 손에 잡힐 듯이 가깝게 느껴졌다. 널찍한 방 한가운데에는 다리가 굵은 다과용 테이블이 놓여 있었다.

"여기가 '정신 안정 조치'를 실시하는 방이야. 천창에서 비쳐 드는 햇빛이 마음을 편안하게 해 주지. 자, 앉아. 차 한 잔 끓여 줄게."

차를 끓이는 히스를 보며 프리데는 드디어 악몽에서 해방된 것 같았다. 방에는 멋들어진 가구가 고루 갖추어져 있어서 남의 집에 초대받은 듯한 기분이었다.

"……오브라이언 선생님. 소란을 일으켜서 죄송해요."

"아니야, 괜찮아. 병 때문에 정상적인 판단 능력을 잃어서 그런 거니까."

"그것도 아니에요! 저는 정상이라고요. 지금 당장이라도 퇴원할 수 있을 만큼 정상이에요. 부탁이니 저를 여기서 내보내 주세요. 베케이션이 끝나면 퇴원시켜 주세요. 선생님 말씀에는 다들 따르겠죠."

"아아, 일단 이거라도 마셔. 그다음에 이야기를 듣도록 하지."

히스가 작은 찻잔에 담긴 차를 내밀었다. 은은한 캐모마일 향기가 콧구멍을 간질였다. 드리스필드에 수용된 뒤

"왜 그러지, 캐너쉬 양?"

로스는 방에서 나가지 말라고 했다. 머리가 아프다고 하면 히스가 방에 머무르는 걸 허락해 줄지도 모른다. 하지만 정말로 그래야 할까?

"저기…… 꼭 지금이어야 하나요?"

"뭔가 문제라도 있나? 몸 상태가 안 좋아?"

"……저, 저는,"

"가능하면 지금이 좋아. 조금 무리해서라도 시간을 낼 수 없을까. 설령 마음이 우울하더라도 조금 걸으면 기분이 점점 나아질 거야."

변함없이 상냥한 말투였지만, 반론을 용납지 않는 태도이기도 했다. 공포가 몸을 지배해서 프리데는 저도 모르게 눈을 눌렀다. 눈알이 뽑히는 통증을 상상하자 몸이 떨렸다. 만약 로스 말을 듣지 않으면 그는 구해 주지 않을 것이다. 차갑게 뿌리치는 듯한 그 말을 잊을 수 없었다.

"왜 그래, 캐너쉬 양?"

"저는 다 알아요! 선생님은 제 눈알을 뽑으려는 거죠?! 그리고 귀에 수은을 부어서 바깥세상을 완전히 차단하는 게 '정신 안정 조치'잖아요?"

프리데가 고함을 지르자 히스는 약간 난처해하는 표정

을 지었다. 눈빛에서도 당혹감이 전해졌다. 마치 이상한 사람을 보는 듯한 눈이었다. 프리데는 한순간 냉정해졌다. 그렇지 않다. 이상한 건 내가 아니다. 이상한 건 누구지?

숨 막힐 듯한 침묵이 이어졌다. 잠시 후 히스가 웃음을 터뜨렸다.

"미안해. 생각해 보니 좀 웃겨서 말이야. 아니, 당신 같은 상황이면 그런 불안에 휩싸일 수도 있겠지. 그걸 예상하지 못했던 내 책임이야. 면목 없군."

잠시 웃던 히스가 갑자기 진지한 표정으로 물었다.

"굿윈 선생이지?"

"네?"

"……처음부터 말해 뒀어야 했는데. 여기 올 때 배에서 그에게 묘한 이야기를 들은 것 아닌가?"

어떻게 대답해야 할지 몰라서 프리데는 입을 다물었다. 하지만 침묵은 긍정과 다름없었다.

"그는 아주 우수한 의사지만, 정신에 약간 문제가 있는 것 같아. 난 오랜 세월 쌓은 경험을 통해 멀쩡한 사람과 그렇지 않은 사람을 간단히 구분할 수 있지. 그는 정서가 너무 불안정하고 차분하지 못해. 분명 정신에 병이 들었어."

다름 아닌 히스가 프리데와 간호사의 의구심을 뒷받침

망언이에요."

"그렇게 생각하니?"

열은 짤막하게 대꾸했다. 그것만으로도 열의 말이 진실임을 확신했다.

"그런 책이 실제로 있는 거로군요."

열은 대답하지 않았지만 얕게 내뱉은 숨이 긍정의 뜻을 나타내는 듯했다.

열은 분명 예전에도 폐가 없는 책을 접한 적이 있으리라. 그때 맛을 들였다. 새로운 이야기를 포기하지 못하고 죄를 저질렀다. 그리고 이번에는 실패했다.

여러 이야기를 담으려다 벌 받는 책은 대부분 독자의 관심을 얻지 못해 입에 풀칠하기도 어려운 책뿐이었다. 열은 결코 관심을 얻지 못한 책이 아니었다. 오히려 '공주님'에게 이야기를 들으려고 책방을 찾아오는 손님도 많았을 정도다.

그렇다면 열을 부추긴 건 분명 채워지지 않는 욕구다. 새로운 이야기에 대한 갈증과 몸을 태울 듯한 갈망이었으리라. 도지는 그걸 깨닫고 열 모르게 몸을 바르르 떨었다.

"두개골 속은 태울 수 없지. 내 속에 있는 열 가지 이야기는 빼앗아 갈 수 없어."

이렇게나 끔찍한 상처를 입고서도 좋은 꿈속에라도 있는 듯 열이 들뜬 건, 자기 목적을 달성했기 때문이다. 눈이 지져진 것도 개의치 않을 만큼 충만감을 얻었기 때문이다. 그 모습이 어쩐지 부럽기도 했다. 도지는 십수 년을 살면서 이같이 진정한 만족감을 느껴본 적이 없었다.

지금은 괜찮으리라. 하지만 만약 공주님이 이 정도로 만족하지 않는다면. 이보다 더 많은 이야기를 가지길 원한다면 대체 어떻게 될까, 하고 도지는 속으로 걱정했다. 열은 절대로 참지 않는다. 원하는 바를 거침없이 찾아 나설 것이다.

욕심 많은 책은 달군 쇠막대로 눈을 지진다. 이미 눈이 지져진 책은 다음에 뭘 지질까.

"……아무튼 빨리 몸을 추스르도록 해요. 공주님이 이래서는 우리 서점이 망할 거예요."

"이 상태로도 내 혀는 올바른 이야기를 자아낼 수 있으니 걱정할 필요 없단다. 오히려 이 고통이 혀를 더 매끄럽게 만들고, 보이지 않는 눈이 이야기의 정경을 더 선명하게 그려낼 거야. 난 한층 멋진 책이 됐어."

열은 즐거운 듯 크게 웃었다. 상처에서 새로운 핏방울이 뚝 떨어졌다.

“불에 덴 상처는 무섭습니다. 화상은 병이 되어 상처를 좀먹고, 책을 간단히 죽여요. 공주님도 그 상처 때문에 언제 스러질지 모릅니다. 그렇게 되지는 않을까 너무 두렵네요.”

“들려줘야 할 이야기가 있는 책은 절대로 불에 타서 사라지지 않아.”

그때 누군가가 열의 서가에 들어왔다. 처음에는 손님인 줄 알았는데 아니었다. 목면 고유의 색상을 잘 살린 옷을 단정하게 입은 젊은 남자였다. 누가 이런 색상의 옷을 입고 다니는지 모르는 사람은 없다. 그는 교정사를 보조하는 직책인 교정리였다.

“여기에『공주 인어』는 있느냐. 검은 머리에 공주라는 이름으로 통하는『공주 인어』말이다.”

교정리의 말을 듣고 도지는 등에 소름이 쭉 끼쳤다. 뭔가 말하려는 도지를 제지하듯 열이 몸을 내밀며 “제가『공주 인어』입니다” 하고 손을 들었다. 교정리는 열을 매섭게 노려보더니 엄한 목소리로 말했다.

“중판이 결정됐다. 제목은『공주 인어』. 내일 밤 중판장에서 자신이 올바르다는 것을 증명해라.”

“영광입니다.”

열은 아무 동요도 보이지 않고 미소 지었다. 하지만 도지는 참을 수 없었다. 자신도 모르게 교정리와 열 사이에 끼어들어 소리쳤다.

"공주님은 아직 화상이 채 낫지도 않았어요! 그런데 중판이라니."

"읽는 시간을 선택하는 책이 어디 있나? 편집자 아니랄까 봐."

교정리가 차갑게 대꾸하자 도지는 얼굴이 빨개졌다. 마음속 깊이 숨겨둔 열에 대한 집착을 꿰뚫어 본 것 같았기 때문이다.

"저는 언제나 올바른 『공주 인어』를 들려드릴 수 있습니다. 중판에 불러 주서서 진심으로 감사드립니다. 괜찮으시면 당신도 꼭 보러 오시기 바랍니다."

열은 아픈 게 맞나 싶을 만큼 태연자약한 태도로 교정리를 배웅했다. 겁을 먹은 건 도지뿐이었다. 이래서는 누가 중판에 임하는지 모를 지경이다.

"이건 있어서는 안 되는 일이에요. 불기운으로 가득한 중판장에 어째서 이렇게 몸이 안 좋은 공주님을 세운단 말인가요."

말하면서 도지는 이해했다. 이건 금기를 어긴 열에게

내리는 새로운 벌이다. 분수를 모르는 책의 눈 말고 다른 부분도 태워 버리라는 높으신 분의 의지다.

또는 기대일까. 눈을 지지는 것조차 두려워하지 않고 이야기를 담는 기이한 책. 누구나 그 이야기를 듣고 싶어 하는 고혹적인 책. 그 책은 설령 이 같은 상황에서도 절대로 불길에 휩싸이는 최후를 맞지 않는 것 아닐까, 라는 기대.

그 기대를 가장 강하게 품고 있는 것도 다름 아닌 도지였다.

"그래도 불행 중 다행이네요. 『공주 인어』는 『가구야 공주』의 아류에 속하잖아요. 공주님의 장기라 할 수 있는 이야기예요."

『가구야 공주』는 가구야라는 토끼의 화신이 인간 왕자와 사랑에 빠져, 목소리와 맞바꾸어 인간으로 변하는 이야기였을 것이다. 한편 『공주 인어』는 바다에 사는 반인반어 인어 공주가 역시 인간과 사랑에 빠져, 목소리와 맞바꾸어 인간으로 변하는 이야기다.

하지만 열은 천천히 고개를 저었다.

"……그 두 가지는 언뜻 비슷해 보이지만 전혀 다른 이야기야. 싸우는 방식도 달라지지."

혼잣말 같은 중얼거림이었다. 그리고 묘했다. 열은 중

판에 대해 말할 때 종종 싸우는 방식이라는 표현을 사용한다. 그러나 원래 중판은 어떤 이야기가 올바른지를 겨루고, 오식을 발견하기 위한 제도다.

책인 열은 그 전제를 전혀 믿지 않는 듯했다. 무섭지는 않을까. 열이 수없이 불길 위에 나설 수 있었던 건 자기 몸에 깃든 이야기를 믿기 때문인 줄 알았는데.

설전을 통해 아주 간단히 결과가 뒤집힐 수도 있다고 여긴다면 이토록 차분할 수 없으리라.

열의 눈동자에서 진의를 헤아리려 해도, 눈은 이미 망가졌다. 도지는 마침내 눈물이 났다.

"이러다 공주님이 불타면 아무리 후회해도 모자랄 거예요. 공주님은 올바른 책입니다. 하지만 지금 몸으로는."

"내 몸에는 올바른 이야기가 담겨 있어. 그 올바름이 날 불길에서 지켜주겠지. 눈이 불탔을지언정, 내 등뼈는 재가 되지 않아."

열의 말을 듣자 신기하게도 안심됐다. 분명 열의 몸에 올바른 이야기만 담겨 있기 때문이리라. 열은 절대 거짓말을 하지 않는다. 열이 불탈 일은 없다.

열이 도지를 끌어당겨 품에 안았다. 열의 등에 팔을 두르자 등뼈가 똑똑히 느껴졌다.

다음 날 아침에도 열의 몸은 고열로 뜨거웠고, 화상 부위가 곪았다. 고름은 결코 열을 용서하지 않고 몸으로 죄를 실감케 하는 듯했다. 이 상처가 낫는 날이 올까, 싶어 도지는 겁이 났다.

하지만 그런 상태인데도 열은 의연했다. 상복 같은 검은색 드레스를 입고, 평소보다 은 사슬을 한층 많이 걸쳤다. 긴 머리에 오밀조밀하게 술을 단 건 도지다. 열이 무참하게 불타지 않기를 바라는 염원을 담아서 그리했다.

"올바른 책으로 보이니?"

"네, 물론이죠. 아름다워요, 공주님."

얼굴에 곪은 상처가 있어도 열은 아름다웠다. 아니, 오히려 눈이 지져진 열이, 예전의 열보다 훨씬 처절한 아름다움을 자아냈다. 어떤 책이 옆에 있어도 열에 비하면 빛바래 보이리라. 열의 장정은 완벽했다. 이런 책이 들려주는 이야기가 틀렸을 리 없다, 지루할 리 없다, 최고이지 않을 리 없다고 누구나 믿을 만한 장정이다.

책으로 태어나 책으로 불탈 존재로 열은 완성됐다.

"얼굴 쪽도 제가 완벽하게 꾸몄어요. 상처 따위는 눈에 들어오지도 않을 만큼 아름다워요. 이제 아무도 공주님을 조악한 책이라고 부를 수 없겠죠."

“상처…….”

열은 작게 중얼거리더니 손끝으로 곪은 부분을 살짝 만졌다. 미끈거리는 고름이 묻어 손끝이 번들거렸다. 열은 괜한 소리를 했구나 싶어 후회했다. 그 순간, 열이 가까이 있던 통을 집어서 내용물을 곪은 상처에 마구 칠했다. 그건 단백석을 갈아서 만든 반짝이는 가루였다.

그러자 곪은 상처가 반짝반짝 빛나는 강처럼 변해, 열을 좀 더 매력적으로 만드는 장정이 완성됐다. 그 뚜렷한 변화를 넋 놓고 바라보면서도 열은 가루 때문에 상처가 얼마나 아플지 상상하지 않을 수 없었다. 분명 이 상처는 오래 가리라. 깨끗하게 낫지 않고 시간이 흐를수록 존재감이 커질 것이다.

열은 아픔을 참느라 눈살을 찌푸리면서도 어쩐지 즐거운 듯 말했다.

“독자 여러분은 이걸 보러 오는 거야.”

파손된 책. 몸에 열 가지 이야기를 담은 대신, 눈이 지져진 기이한 책. 그러고 보니 오늘 밤 중판장에서 다룰 이야기『공주 인어』도 그런 내용이었다. 뭔가를 버리고, 뭔가를 얻는다.

“난 이제 도지가 보이지 않지만 도지에게는 내가 보이

겠지. 잘 보렴, 내 귀여운 도지."

도지는 열심히 고개를 끄덕였다. 열에게는 그런 도지의 모습이 보이지 않으리라. 하지만 열은 마치 보이는 것처럼 주저 없이 도지의 머리를 쓰다듬었다.

도지는 중판이 너무나 무서웠다.

서점 아이는 책이 어떤 존재인지 다른 아이들보다 잘 안다. 따라서 불길에 겁을 먹기는 해도, 생명이 불탄다고 착각해서 우는 경우는 적다. 하지만 도지는 달랐다. 책이 울부짖으며 안간힘을 다해 목숨을 구걸하는 모습을 보면 자신과 똑같은 인간이 불타는 것 같아서 무서웠다.

이 마을 사람에게 중판은 몇 안 되는 오락 중 하나다. 어떤 아이도 세 번만 보러 가면 그 재미에 푹 빠진다. 하지만 도지는 지금도 두려움이 앞선다. 그 또한 도지에게 편집자가 될 소질이 있기 때문이었다. 도지의 머릿속에는 지금까지 불태워진 수많은 책의 기억이 남아 있었다.

하지만 그 책들의 가장 아름다웠던 순간 또한 불태워지는 순간이었다는 건 부정할 수 없다.

그 사실을 떠올릴 때마다 도지는 희한한 생각에 사로잡혔다.

어쩌면 책은 불태워지기 위해 존재하는 것 아닐까.

중판장은 사람들이 모여들어 대성황을 이루었다. 만약 도지가 열을 데리고 있는 서점의 딸이 아니었다면 분명 자리를 구하지 못했으리라. 그만큼 이번 중판에는 사람들의 이목이 쏠렸다.

개미지옥같이 생긴 중판장 아래쪽에는 불을 환하게 지펴놓았다. 불길 위에는 철제 새장이 매달려 있었다. 중판에서 패배한 책을 불태우기 위한 장치다. 잔뜩 녹슬어서인지 새장은 몹시 검붉어 보였다. 어쩌면 저건 녹이 아니라 불태워진 책의 피일지도 모른다.

'책'은 이미 새장에 들어가 있었다. 도지에 가까운 쪽 새장에는 열이 자리를 잡았다. 멀찍이 떨어져 있었지만 열의 얼굴에 흐르는 빛의 강은 똑똑히 보였다. 단백석 가루는 화염의 불빛을 잘 반사한다. 분명 이 장정이 열의 이름을 알리는 데 일조하리라.

상대로 나선 『공주 인어』는 키가 꽤 컸다. 그리고 강인하게 생긴 얼굴이 아주 아름다웠다. 이야기에 나오는 기사를 연상시키는 늠름한 책이었다. 한쪽 팔이 없는 것도 책으로서 헌신하겠다는 각오가 느껴지는, 아주 훌륭한 연출이었다.

장정 중에 가장 시선을 끄는 것은 흩날리는 불티 속에서 한결 돋보이는 은발이었다. 이 책은 큰 인기를 누리며 『공주 인어』하면 이 책이라고 격찬을 받는다는데, 겉모습만 봐도 왜 그런지 납득이 갔다. 독자 수도 많아서 은발 책을 보러 중판장에 온 사람도 적지 않은 듯했다.

은발 책은 열을 가만히 노려보고 있었다. 이제 눈이 보이지 않는 열은 천연덕스러운 얼굴로 그 시선을 피했다. 보이지 않아도 감지할 수 있는 것조차 냉담하게 거부하는 듯했다.

이번 교정사는 나이가 들었다기에는 아직 기운이 넘치는 중년 남자였다. 얼굴에 커다란 상처가 있는 것이 열과 묘하게 상통되는 점이었다. 성스러운 교정사는 천 년도 전부터 이야기의 옳고 그름을 판정해 왔다는데, 그의 얼굴에는 언제 상처가 생겼을까. 도지는 상황에 어울리지 않게 그런 의문을 품었다.

교정사는 은발 책과 열을 번갈아 본 후 엄숙하게 선언했다.

"중판을 시작한다. 제목은 『공주 인어』."

『공주 인어』. 은발 책이 몸에 담은 단 하나의 이야기이자, 열이 몸에 품은 열 가지 이야기 중 하나이기도 했다.

"이건 아직 달의 비밀이 밝혀지지 않은 먼 옛날의 이야기. 상반신은 아름다운 아가씨고 하반신은 반들거리는 물고기 꼬리인, 기묘한 인어 공주가 바다에 살았다. 폭풍우가 치는 어느 밤, 인어 공주는 난파된 배에서 왕자를 구한다. 인어 공주는 해변에 눕힌 왕자의 얼굴을 보고 사랑에 빠진다. 깊어져만 가는 연심에 괴로워하던 인어 공주는 마녀에게 상의한다. 마녀는 인어 공주의 꼬리를 인간의 다리로 바꾸어 주는 대신, 인어 공주의 목소리를 빼앗는다. 그뿐만 아니라 왕자의 마음을 얻지 못하면 인어 공주는 물거품이 되어 사라질 운명이다. 사람이 된 인어 공주는 왕자를 만나러 가지만, 목소리를 잃어서 폭풍우 친 날 밤에 있었던 일을 말하지 못한다. 결국 왕자는 이웃 나라 공주와 약혼한다. 이웃 나라 공주를 보고 인어 공주는 비탄에 빠진다. 두 사람이 혼례를 치르고 공주가 왕자와 첫날밤을 보내서 순결을 잃으면 더는 왕자의 마음을 얻을 길이 없다. 물거품이 될 운명을 슬퍼하며 눈물짓는 인어 공주를 보고 마녀는 말한다. '이 단도로 왕자의 심장을 찔러라. 그러면 물거품이 되지 않는다'라고."

교정사가 낭송을 마치자 은발 책은 힘차게 "이의 없습니다" 하고 말했다. 불길에 뒤지지 않는 그 기세에 열의 목소리는 거의 들리지 않을 정도였다. 은발 책은 당당한 자세로 말을 이었다.

"하지만 인어 공주는 사랑하는 왕자를 찌르지 못해 물거품이 돼서 사라졌습니다. 이것이 바로『공주 인어』의 내용입니다."

한편 열은 얌전하게 반박했다.

"아니요. 마녀의 이야기를 들은 인어 공주는 단도로 왕자의 심장을 찔렀습니다. 인어 공주는 물거품이 되지 않고 다시 바다로 돌아갔습니다."

도지는 숨을 삼켰다. 인어 공주가 왕자를 죽였는가, 죽이지 않았는가. 설마 그 부분이 다를 줄은 몰랐다. 인어 공주가 왕자를 죽이는 장면은『공주 인어』에서 가장 극적인 장면이다. 죽이지 않고 물거품이 되다니 이야기로서 재미가 없지 않은가.

독자들도 술렁거렸다. 인어 공주가 왕자를 죽이는 장면을 좋아하는 독자와 인어 공주가 물거품이 되어 사라지는 장면을 좋아하는 독자는 물과 기름 같은 관계다. 분명 서로를 받아들일 수 없으리라.

하지만 신경을 곤두세울 필요 없다.

왜냐하면 잘못된 이야기는 불태워질 테니까. 오식은 존

재 자체가 사라질 테니까. 그 후에는 그냥 잊어버리면 된다. 책이 없으면 그건 그저 잘못된 기억일 뿐이니까.

"그런 거짓말을 잘도 지껄이는군."

은발 책이 밉살스럽다는 듯이 나무랐다. 용맹하게까지 느껴지는 그 목소리가 주변 공기를 완전히 덧칠하는 듯했다. 우아하고 아름답고 섬세하면서도 주변 일대에 잘 울리는 열의 신비한 목소리와는 성질이 완전히 달랐다.

"저는 진실만을 말씀드렸습니다. 저야말로 진짜『공주 인어』예요."

"그런데 얼굴의 그 상처는 뭐야? 들었던 것보다 훨씬 추악하군. 이야기를 하나 담고 있으면서 음탕하게도 다른 이야기에 한눈을 팔다니, 부끄러운 줄 알아라. 오만불손한 창부로 전락한 너의 영혼을 중판장의 화염으로 정화해주마."

그 말을 듣고 도지는 분노에 몸을 떨었다. 오만불손한 건 대체 누구인가. 마치 교정사라도 된 것처럼 다른 책을 심판하려 들다니, 은발 책이야말로 주제를 모르는 것 아닌가. 듣자 하니 은발 책은 몇 번이나 중판에서 승리했다고 한다. 몇 번이나 불기운을 쬐는 동안 자기가 무슨 입장인지조차 잊어버린 걸까.

증오를 활활 불태우는 도지와 달리 열은 아주 냉정했다. 그리고 상처를 자랑하듯 내보이며 말했다.

"제가 모자란 탓에 당신을 불쾌하게 만들어서 진심으로 부끄럽군요. 제가 중판 상대임을 알고 동요했겠죠. 설마 고열에 들뜬 몸으로 벌 받은 상처를 훤히 드러낸 채 중판에 임할 어리석은 책이 있을 줄은 상상도 못 했을 테니까요."

"난 동요한 적 없어! 우롱하지 마라, 이 악한 책아!"

"당신의 말씀, 아주 재미있게 들었습니다. 우리는 책이 된 그날부터 이야기에 몸을 판 창부가 틀림없죠. 그렇지 않나요?"

은발 책이 남은 팔로 새장을 힘껏 후려쳤다. 철제 새장은 이미 뜨거워졌을 테니 은발 책의 손에 약간 상처가 났을 것이다.

하지만 분노에 타오르는 은발 책에게 그 정도 열기는 아무것도 아니었으리라. 흔들리는 새장 속에서 은발 책이 말했다.

"난 긍지 높은『공주 인어』. 너같이 악한 책을 벌써 열 권이나 불태웠지. 이 음탕한 것, 오늘 네 뼈를 보고야 말겠어. 분명 그 혼에 걸맞게 지저분하겠지."

"그때는 똑똑히 눈에 새겨넣으시길."

열은 태연하게 대꾸하고 입을 벌려 웃었다. 열의 기다란 혀가 입가로 살짝 튀어나왔다. 열은 도지가 보아온 어떤 책보다도 혀가 길었다. 도지는 그 혀로 달콤하게 자아내는 이야기를 좋아한다. 한편 그 혀가 간사한 지혜로 가득한 뱀처럼 보여서 섬뜩할 때도 있었다. 열은 도지에게 도취와 혐오를 동시에 선사하는 존재였다.

"우선 묻겠다. 인어 공주는 주저없이 인간을 죽일 만큼 사악한 생물이었다는 건가?"

은발 책이 덤벼들 듯이 물었다. 이번 중판의 쟁점은 인어 공주가 살인을 저질렀느냐 저지르지 않았느냐다. 따라서 인어 공주의 인격을 언급하는 건 아주 날카로운 논법이다. 마음씨 고운 인어 공주가 인간을 죽일 리 없다고 주장할 수 있기 때문이다.

도지라면 절대로 인정하지 않을 것이다. 예를 들면 인어 공주가 바다에서 태어난 존재임을 강조하고, 약육강식의 세계에서 살아왔다고 주장하지 않을까. 인어 공주는 분명 왕자를 사랑했지만, 타고난 가치관과 생존본능을 거스를 수는 없었다고.

하지만 도지의 예상과 달리 열은 이렇게 대답했다.

"아니요, 아니요. 인어 공주는 마음이 아주 순수해서 남을 의심할 줄 모르는 생물이었습니다. 바다에서 인어 공주를 함정에 빠트리려는 자는 없었으므로, 무작정 남을 믿어도 전혀 문제가 없었기 때문입니다. 인정합니까?”

도지는 한순간 누가 무슨 주장을 하는 건지 헷갈렸을 정도였다. 인어 공주를 살인자로 규탄하는 열은 그녀가 얼마나 비정한 성격인지 주장해야 한다. 이래서는 완전히 반대다.

“……인정합니다.”

아니나 다를까, 은발 책이 기세에 눌린 것처럼 대답했다. 열의 꿍꿍이가 무엇인지 수상쩍어하는 듯했다. 열은 만족스럽게 킥킥 웃었다.

“머리가 너무 뜨거워서 자기가 무슨 소리를 하는지도 모르는 건가?”

“진실은 흔들리지 않아요.”

열은 딱 잘라 말했다.

교정사는 그 모든 것을 받아적고 있었다.

“그럼…… 그렇죠. 일단은 인어 공주라는 불가사의한 생물이 어떤 존재인지 의견을 나누고 싶군요. 상반신은 인간, 하반신은 인어. 알에서 부화하고 바다에 사는 생물.”

“인어는 신비하고 아름다운 존재야. 그녀들은 바닷속

에 비치는 햇빛을 받아 잉태하고, 죽을 때는 빛으로 돌아가지.”

“제 말을 **인정하는 거죠**?”

“왜 묻는 거지? 네가 진정한『공주 인어』라면 인어의 덧없는 생태를 잘 알 텐데.”

“아니요, 아니요. 저는 인어를 잘 아는 게 아니라『공주 인어』라는 이야기를 잘 아는 책입니다. 인어에 대해서는 말을 척척 꺼내놓는 당신에게 식견을 얻는 입장이에요. 아아, 하지만 덕분에 제 이야기가 한층 상세해지겠네요. 인정합니까?”

“……인정합니다.”

열은 긴 혀로 입술을 핥고 고개를 크게 끄덕였다.

“그나저나 인어는 정말로 순진하군요. 모순이 느껴져요. 서로 잡아먹고, 교미와 번식을 되풀이하는 생태계 속에서 어쩌면 그렇게 아무것도 모르는 체할 수 있는 걸까.”

은발 책은 열이 자신을 비웃은 것처럼 느꼈는지, 불기운을 받아 벌겋게 달아오른 얼굴을 한층 더 상기시키며 반론했다.

“인어는 전부 더러움을 모르는 순결한 처녀야!”

“인정합니다. 그건 책과 마찬가지로.”

그 말을 듣자 도지는 어째선지 바늘로 쿡 찌른 것처럼 가슴이 아팠다. 그렇다면 모든 순결한 여자는…….

"그럼 이번에는 제가 질문하겠습니다. 마녀가 마법으로 다리를 만들어 준 건 지난 3년간 인어 공주 한 명뿐이었다. 이 점은 인정합니까?"

"대체 무슨 소리를? 중판과 관계없는 내용을 질문해서 시간이라도 벌 작정인가? 그런 건 중요하지 않아."

"중판에서는 이야기에 관련된 어떤 오식도 놓치지 않는 것이 중요합니다. 저는 마녀가 다리를 만들어 준 인어는 인어 공주 한 명뿐이었다고 생각해요. 만약 마녀가 수많은 인어에게 다리를 줬다면 인어 공주는 조건을 미리 알고 있었겠죠. 왕자도 신원을 모를 여자들이 나라에 늘어났다면, 이야기 정도는 들었어도 이상하지 않고요."

"실없는 소리도 작작…… 아니, 인정합니다. 다리를 얻은 건 인어 공주뿐이야. 그래야 이 비극적인 순애가 돋보이겠지."

은발 책이 내뱉듯이 말했다.

중판에서는 보통 이처럼 이야기 속에 언급되지 않는 부분까지 논쟁한다. 왜냐하면 여기 서 있는 것이 이야기 그 자체니까. 언급되지 않는 날씨, 언급되지 않는 대화, 언급되지 않는 생활, 언급되지 않는 항간의 사정까지 망설임 없이 말할 수 있어야 한다.

이번과 달리 큰 차이점이 없는 책끼리 중판을 벌일 때는 이렇듯 언급되지 않는 부분의 사소한 모순에 발목을 잡혀 승패가 결정되는 경우가 많다. 그러므로 상당히 신경 쓰는 부분이다.

언급되지 않는 부분, 즉 평소 책들이 들려주는 이야기의 골자가 아닌 부분에서까지 흠을 들춰내고 오식으로 간주해서 책을 불태우는 중판도 있다. 그런 중판을 볼 때마다 도지는 더더욱 혼란스러워졌다.

불태우는 것과 악한 책을 찾아내는 것 중 무엇이 먼저인가.

"질문 없나요?"

침묵이 이어져서인지 열이 재촉했다. 은발 책은 작게 혀를 찬 후 대꾸했다.

"난 실로 올바른 책이야. 교정사님이 말씀하신 전제가 바로 내게 담긴 이야기지. 네가 너무 쓸데없는 질문만 하니까 할 말을 잃었을 뿐이야."

"저는 알아요. 당신이 싸우는 방식은 그런 거죠. 상대가 꺼낸 말에 반론하고, 물어뜯고, 때려 부순다. 활활 타오르는 불처럼 격렬한 중판이에요.”

“암. 너같이 간사하고 악질적인 책과는 수준이 다르지.”

“그럼 제가 묻겠습니다.『공주 인어』님. 왕자가 탄 배는 이웃 나라로 향하던 중이었다. 인정합니까?”

“인정합니다. 어쨌거나 왕자와 이웃 나라 공주는 서로 사랑하는 사이였으니까. 인어 공주가 포기한 건 그 두 사람의 사랑을 느꼈기 때문이야.”

“죽음과 포기를 같은 뜻으로 사용하다니 아주 정열적이시군요.”

열이 놀리듯이 말했다. 그 얼굴에 땀이 맺히기 시작했다. 하기야 처음부터 감정을 격하게 표출했던 은발 책은 더 심하게 땀을 흘렸다. 턱에서 흘러내린 땀이 새장에 떨어져서 사라졌다.

“그럼 이웃 나라는 바다 건너에 있는 거군요. 인정합니까?”

“인정합니다. 왕자는 난파의 위험을 무릅쓰고 이웃 나라 공주를 만나러 간 거야!”

그러자 열이 작게 한숨을 쉬었다. 적어도 도지 눈에는 그렇게 보였다. 왜 그런 바보 같은 소리를 하느냐고 따지고 싶은 듯 불손한 표정이었다. 살짝 흥분한 것처럼 보이기도 하는 건, 몸속에 고인 열기 때문에 열의 얼굴이 붉어졌기 때문일까.

"아니요, 아니요. 그건 인정 못 합니다. 왕자가 이웃 나라 공주와 약혼한 건 인어 공주가 다리를 얻은 후인걸요. 이 시점에서 왕자와 이웃 나라 공주는 아직 사랑하는 사이가 아니었습니다."

당신은 교정사님이 말씀하신 전제에 이의를 제기하지 않았다, 그러기는커녕 그 전제야말로 자신에게 담긴 올바른 이야기라고 큰소리치지 않았느냐, 하고 열은 말을 이었다.

"······아직 약혼하지 않은 건 인정해. 인정하지만 그래도 두 사람은 사랑을 쌓아나가는 사이였어! 아니면 왕자가 왜 이웃 나라에 가겠나?"

"꼭 사랑만이 이웃 나라로 향할 이유는 아닐 텐데요. 오히려 적의가 그 이유 아니었을까요?"

"묘한 이야기를 꺼내지 마! 대체 어디서 적의가 느껴진다는 거야?"

"배가 폭풍우로 난파했잖아요."

열이 일부러 그러듯 교정사 쪽을 보고 말했다.

"폭풍우가 오리라는 건 바다를 보면 알 수 있습니다. 항

해 기간이 길다면 모를까, 이웃 나라로 항해한다면 폭풍우
는 피하는 법이겠죠. 하물며 사랑하는 사람이 폭풍우 치는
바다를 건너서 만나러 오겠다고 하면 공주도 말렸을 거예
요. 따라서 이웃 나라 공주를 만나기 위해 폭풍우를 무릅
쓰고 항해에 나선 건 아닐 겁니다.”

“그럼 왜 항해에 나섰는데? 이유를 말해 봐!”

“물론 침공하기 위해서죠. 왕자가 큰 위험을 무릅쓰고
직접 승선한 것도, 병사들의 사기를 올리기 위해서였다면
이해가 돼요.”

중판장에 있는 사람들이 숨을 삼키는 기척이 느껴졌다.
아무 변화도 없는 건 중판 결과를 판단할 교정사뿐이었다.

도지도 놀랐다. 『공주 인어』는 열에게 수없이 많이 들
은 이야기다. 하지만 왕자가 배에 탄 이유를 들은 적은 없
었다.

하지만 이렇게 열의 주장을 들으니, 그렇게밖에 느껴지
지 않아서 신기했다.

“왕국 측은 전쟁을 빨리 끝내려는 의도가 있었다. 그렇
기에 폭풍우가 치는데도 진군해야 했던 겁니다. 결국 배
가 난파돼 왕자는 생사의 갈림길에 섰습니다만.”

“……어이가 없군. 그렇다면 약혼은 성립하지 않아.”

“성립하겠죠. 패전국 공주가 승전국 왕자와 정략 결혼한다. 아주 그럴싸한 전개인걸요. 약혼한 후 패전국 측이 항해의 위험을 안고 왕자의 나라에 온 거에요.”

이웃 나라 공주는 약혼 이야기가 나오고서야 비로소 왕자에게 모습을 드러낸다. 그렇지 않다면 인어 공주는 좀 더 일찍 자신의 사랑이 끝났음을 알아차렸을 것이다. 이웃 나라 공주와 약혼했다는 사실을 알기 전까지 인어 공주는 왕자의 마음을 차지하기 위해 열심히 노력했을 것이다.

“공주는 어떤 심정이었을까요? 전쟁에 패배해서 정략 결혼을 해야 하는 자신의 신세를 한탄했을지도 모르겠네요. 이야기에는 약혼했다고만 나오니까 가슴속에 어떤 격정을 품고 있었을지는 알 수 없습니다만, 저는 증오심마저 품고 있지 않았을까 상상해 봅니다.”

“그럴 리 없어! 묘한 질문으로 이야기를 흐트러뜨리지 마!”

“……아아, 이래서는 제가 당신의 중판을 흉내 내는 것 같네요. 하지만 나쁜 뜻은 없었습니다. 오히려 당신의 중판이 옳았다는 증거겠죠.”

“그게 뭐 어쨌다는 거냐, 이 얄팍하고 천해 빠진 책 같으니라고!”

은발 책이 새장 속에서 부르짖었다. 한순간 주변 공기

가 파르르 진동했다. 웅성거리던 중판장이 고요해지고, 모든 시선이 강한 의지를 뿜어내는 은발 책의 눈동자에 빨려들었다.

"『공주 인어』에서 중요한 부분은 거기가 아니야. 어차피 그건 사소한 내용이지. 왕자가 이웃 나라를 공격했더라도 결국 그걸 계기로 인어 공주와 만나서 이야기가 진행되니까. 지금 문제는 인어 공주가 왕자를 죽였느냐 죽이지 않았느냐야. 너의 쓸데없는 질문은 그 문제와 전혀 관계가 없어."

"아니요, 아니요. 관계가 있고말고요. 오히려 이야기는 거기서 시작되는걸요. 이웃 나라 공주가 왕자를 증오한 그날부터."

불길의 열기가 한층 강해졌다. 책이 견디기에는 혹독한 열기가 철제 새장을 달군다. 그때 은발 책이 아래쪽 불길을 힐끗 바라보았다. 한순간 얼굴에 겁먹은 기색이 번졌다.

어떤 책이라도 밑에서 활활 타오르는 불길을 보고 평정심을 유지하기는 힘들다. 그건 은발 책도 마찬가지인 듯했다.

저 책은 상상하고 말았다. 철제 새장이 떨어져서 자기 몸이 불길에 휩싸이는 순간을, 자기 등뼈가 드러나는 순간을. 그 공포심이 밝게 빛나는 불길과 어우러져 독자의 환희를 끌어내는 것이다.

"왜 그러시죠?"

공포의 냄새를 맡았는지 열이 도발하듯 물었다. 은발 책은 흠칫 놀라 열에게 시선을 돌리고 으르렁거리듯이 외쳤다.

"널 태울 불길이 잘 타오르는지 확인했을 뿐이야! 그 망가진 눈으로는 불길이 어떤지도 모르겠지!"

"참 친절하시군요. 그럼 다음 질문을."

열이 완전히 중판의 주도권을 잡았다. 은발 책은 공세를 받아내기에 급급했다. 아직 아무것도 무너지지는 않았다. 그런데도 은발 책은 궁지에 몰린 것 같았다.

그 점이 특히 으스스하면서도 고혹적인 중판이었다.

"마녀가 목소리를 빼앗은 것은 인어 공주가 말하길 바라지 않았기 때문이다. 인정합니까?"

열의 이번 질문은 아까보다도 더 기묘했다. 공주에서 마녀로 대상이 바뀌긴 했지만, 인어 공주가 주축이 아니라는 점은 변함없었다. 아니나 다를까 은발 책은 아까처럼 불쾌한 듯한 표정을 지으며 고함을 질렀다.

"대체 그게 뭐 어쨌는데!"

"저는 오식을 찾아내려는 것뿐이에요. 『공주 인어』의 오식을 찾아내기 위해 이 부분도 의견을 조율해야죠."

"인정하고 말고를 따질 문제야? 그냥 인어 공주의 아름다운 목소리가 탐나서, 그 목소리를 써 보고 싶었던 거 아니야? 진정한 사랑을 증명시키기 위해 시련을 준 걸지도 모르지. 그렇게도 볼 수 있잖아!"

"하지만 마녀가 빼앗은 인어 공주의 목소리를 사용하는 장면은 나오지 않아요. 인어 공주가 목소리를 빼앗긴 건 분명 걸림돌이겠지만, 어려운 시련을 극복하지 못한 인어 공주에게 마녀는 다시 기회를 줬습니다."

"하고 싶은 말이 뭐야?"

"그렇다면 인어 공주가 말하길 바라지 않았다고 보는 편이 자연스럽지 않을까요?"

"궤변이야."

은발 책이 떨떠름하게 대꾸했다. 하지만 중판에서는 무슨 궤변을 꺼내도 상관없다. 어쨌거나 이야기의 옳고 그름은 이 자리에서 교정사가 결정하니까.

"그럼 이건 어때. 마녀는 마음이 차갑게 얼어붙어서, 남이 괴로워하는 모습을 보고 싶어 했다. 인어 공주가 물거품이 되지 않을 방법을 알려준 건, 인어 공주가 왕자를 찔러 죽이는 모습을 보고 싶었기 때문이다. 인정합니까?"

"인정합니다."

열이 그렇게 답하자 은발 책은 씩 웃었다.

"인정했군. 교정사님이 받아적었어. 왕자에게 살의를 품은 건 인어 공주가 아니라 마녀야. 인어 공주의 마음속에 왕자를 향한 살의는 없었어."

"그렇겠죠. 저도 그렇게 생각해요. 어쨌거나 인어는 물고기에 가까운 존재. 인간이 품는 살의라는 감정이 과연 인어에게 있을지 없을지."

"있을 리 없지. 틀림없어."

은발 책이 말했다.

도지는 열이 무슨 생각을 하는 건지 전혀 짐작이 가지 않았다. 도지가 보기에 열이 인정한 부분은 전부 열의 주장에 도움이 되지 않았다. 그럼 다음, 하고 도지가 말을 꺼냈다.

"성은 바다에서 멀리 떨어진 곳에 있다."

"왜 그렇게 생각하지?"

"왕자와 인어 공주가 누구에게도 발견되지 않았기 때문이죠. 만약 성이 바다 근처에 있다면 순찰병이 두 사람을 발견했을 거예요."

“……인정합니다.”

은발 책이 담담한 말투로 인정했다. 처음과 비교해 은발 책의 기세는 눈에 띄게 약해졌다. 은발 책은 분명 설전을 펼치기보다는 그 당당한 태도로 논쟁을 주도해 중판에서 승리해 왔던 것이리라.

은발 책은 중판이 시작된 당초에 비해 많이 칙칙해졌다. 불기운을 쬐면 그 책의 본바탕 같은 것이 드러나는 법인지도 모르겠다고 도지는 생각했다. 이대로는 안 되겠다 싶었는지 이번에는 은발 책이 입을 열었다.

“인어 공주는 살의를 품지 않았어. 왜냐하면 인어 공주는 인간보다 짐승에 가깝고, 왕자를 순수하게 사랑했기 때문이야. 인어 공주의 행동 원리는 왕자의 사랑을 얻어내 진짜 인간이 되는 거였어. 인정합니까.”

“인정합니다.”

“왜! 어째서 반론하지 않는 거야! 묘한 질문을 하는 것도 모자라, 자기가 불리해질 부분을 인정하다니! 정신이 나갔나! 이야기를 열 가지나 담고 있어서 머리가 이상해진 거야?”

“이의가 없어서 인정했을 뿐인데 왜 화를 내시죠? 참 이상하네요.”

“내가 그렇게 우스워 보여? 작작 좀 해! 교정사님! 들으
셨죠! 인어 공주는 살의를 품지 않았습니다! 그런데 왕자
를 죽이겠습니까! 빨리 이 악한 책의 새장을 떨어뜨려 주
십시오!”

“아니요, 아니요. 그래서는 안 되죠.”

열이 불길 쪽으로 고개를 살짝 기울였다. 열은 눈이 멀
었으므로 당연히 붉은 불길은 보이지 않는다. 솟아오르는
열기로 불길이 얼마나 거센지 헤아리는 것이 고작이다.

그렇기에 열은 중판에 한층 강해진 것 아닐까.

자기 자신을 불태울 불길을 보지 않고, 내면의 이야기
에만 집중할 수 있으니까.

열은 불길로 향했던 얼굴을 천천히 교정사 쪽으로 돌
렸다.

“교정사님도 아직 중판을 마칠 때가 됐다고 여기시지는
않는 것 같군요. 하지만 대단원에 이른 건 틀림없습니다.
마녀가 이웃 나라 공주라는 사실까지는 서로 틀림없다고
인식하는 바니까요.”

“……헛.”

은발 책의 얼굴이 새파랗게 질렸다. 방금까지만 해도
열기에 허덕댔는데, 한순간 온몸이 차갑게 식어버린 듯했

다. 바싹 마른 입술 사이로 "내가 언제 그런" 하고 갈라진 목소리가 새어 나왔다. 잠시 후 열이 대답했다.

"마녀는 인어 공주와 다시 만났으니, 마녀가 바닷속이 아니라 성에 있었던 건 확실해요. 그 시기에 성에 나타난 여자는 인어 공주를 제외하면 이웃 나라 공주밖에 없습니다. 따라서 이웃 나라 공주가 마녀죠."

"무슨 소리를 하나 싶었더니……. 그렇다면 제일 처음에 만났을 때는 어떤데? 인어 공주는 바닷속에 있었어. 이웃 나라 공주는 육지에서 살았을 텐데."

"마법을 사용해 인간에서 인어로 변신한 겁니다. 인어에게 다리도 만들어 줬으니까, 그 정도는 간단하겠죠."

"그건 아니야! 지난 3년간 마녀가 마법을 건 건 인어 공주 한 명뿐이라고 네가 그랬잖아!"

"아니요, 저는 그렇게 말한 적 없습니다. 정확하게는 '마녀가 마법으로 다리를 만들어 준 건'이라고 말씀드렸어요. 자기 자신에게는 마법으로 꼬리지느러미를 만들었겠죠."

"억지 부리지 말아라, 이 거짓말쟁이 창부야!"

"아니요, 저는 올바른『공주 인어』. 제가 들려드리는 이야기는 전부 옳습니다."

은발 책이 철제 새장을 다시 힘껏 두드렸다. 시간이 흘러 새장이 뜨겁게 달궈졌는지라, 이번에는 은발 책의 피부가 익어서 벗겨졌다. 하지만 은발 책은 전혀 개의치 않고 열을 쏘아보며 외쳤다.

"인어 공주는 단도를 들고 왕자의 침소로 가서 잠든 왕자를 봤어!"

"거기까지는 저도 인정합니다."

"하지만 인어 공주는 찌르지 않았어! 결국 왕자를 찔러 죽이지는 못했다고!"

"아니요, 찔렀습니다! 인어 공주는 왕자를 죽였어요!"

이번 중판에서 처음으로 열이 크게 소리를 질렀다. 은발 책조차 몸을 움찔 떨었다.

"큰 소리를 내서 죄송합니다."

잠시 후 열이 미소 지으며 그렇게 말했지만 분위기는 누그러지지 않았다. 침묵이 흐르자 열은 손을 뻗어 새장의 쇠창살을 꽉 잡았다. 치익, 하고 살이 타는 소리가 주변에 퍼졌다. 손바닥을 펼치자 벌건 화상 자국이 선명했다.

"이걸로 용서해 주시기 바랍니다."

열은 재미있는 농담이라도 했다는 듯, 즐겁게 소리내어 웃었다. 은발 책이 괴물이라도 보는 듯한 표정으로 열을 보았다. 아니면 그 화상 자국에서 자신의 미래를 본 걸까.

"이웃 나라 공주가 마녀고, 마녀가 살의를 품었다면 왜 굳이 인어 공주를 이용했을까? 왕자를 죽였다는 죄에서 벗어나기 위해?"

"그건 제일 큰 이유가 아닙니다. 애당초 마녀, 즉 공주는 직접 왕자를 죽일 수 없었습니다."

"단도로 찔러 죽이는 것 정도는 공주라도 할 수 있을 텐데!"

"그런 게 아닙니다. 공주는 왕자의 침소에 들어갈 수 없었어요. 왜냐하면 아직 혼례를 치르지 않았으니까요. 첫날밤은 혼례를 치른 후의 밤입니다. 공주가 침소에 들어갈 수는 없어요."

은발 책이 뭔가 말하려고 입을 벌리려다 말았다. 이웃 나라 공주는 아직 순결을 잃지 않았다. ……그건 교정사가 들려준 전제에 포함된 내용이었다. 공주가 혼례도 치르기 전에 왕자의 침소에 들어가는 건 있을 수 없는 일이다. 아무리 적국의 여자더라도 상대는 왕녀다. 혼전에 그러한 행위는 금물이다.

"그래서는 인어 공주가 창부나 다름없는 취급을 받은 셈이야."

"창부나 다름없는 취급을 받았겠죠. 왕자의 침소에 젊은 여자가 들어갈 이유는 그것밖에 없으니까요."

은발 책도, 열도 인어 공주가 왕자의 침소에 들어간 건 인정했다.

그렇다면 이제 인어 공주가 침소에 들어갈 이유가 필요하다.

"창부가 필요하다면 거리에 얼마든지 있을 텐데!"

"인어 공주에게는 거리의 창부와 다른 점이 있습니다. 바로 쓸데없는 소리를 할 수 없다는 거예요. 침소에서 있었던 일을, **왕자가 약혼을 앞두고 다른 여자와 몰래 정을 통했다는 사실을 인어 공주는 누구에게도 말할 수 없죠**."

은발 책은 숨을 삼켰다. 그리고 흘려내듯 말했다.

"그래서 인어 공주의 목소리를 빼앗았다는 거야?"

"**왕자가 침소에 부를 만한 여자로 만들기 위해** 그랬던 겁니다."

그 말에 은발 책이 손으로 자기 입을 막았다. 명백한 실언이었다. 대체 이 실언이 어디로 이어질지 모른다는 것이 더욱 안쓰러웠다. 둘 다 쇠사슬이 비슷하게 녹슬었는데도 은발 책의 새장만 크게 흔들리는 것처럼 보였다.

"그게 어쨌다는 거야? 인어 공주에게 살의가 없었던 건 분명하잖아! 설령 왕자를 죽이고 물거품이 되지 않았더라도 왕자를 살해한 범인으로서 인어 공주는 죽임을 당하겠지. 인어 공주가 바다로 뛰어들어 도망칠 수는 없어. 성 근처에는 바다가 없으니까!"

마침내 반격의 실마리를 찾아냈기 때문이리라. 은발 책이 갑자기 활기차게 말을 쏟아냈다.

"인어 공주가 왕자를 죽이면 살인죄를 면할 수 없어! 인정합니까!"

"인정합니다."

열이 차분하게 대답했다.

"그렇다면 역시 인어 공주가 왕자를 죽일 리 없지! 죽인들 바다로는 돌아갈 수 없으니까!"

"그러니까 인어 공주는 죽일 작정이 아니었다고요."

열은 그렇게 말하고 자기 배를 만졌다. 손에 화상을 입어서인지 드레스에 피가 끈적끈적하게 묻었다. 그래도 열은 개의치 않고 말을 이었다.

"이상하지 않습니까? 왕자의 마음을 얻으면 인간이 될 수 있다는 조건에서, 갑자기 왕자의 목숨을 빼앗으라는 조건으로 바뀌는 건."

"마녀가 한 말이야. 조건이 바뀌어도 이상할 건 없겠지."

"그렇게 받아들이기보다는 조건이 바뀌지 않았다고 보는 편이 자연스럽지 않을까요? 인어 공주는 어디까지나 왕자의 마음을 얻고 싶었던 겁니다."

"죽이면 마음을 얻을 수 있다는 건가?"

"아니요. 마녀는 그저 이렇게 속삭이면 됩니다. '난 인어 공주의 사랑이 어떤 결과를 맞을지 확인하러 왔다. 만약 왕자의 마음을 얻었는지 모르겠거든 아이가 생겼는지를 확인해라'라고요. 단도를 건네면서 말이에요. 무슨 일이 일어났는지 이제 아시겠죠?"

열은 은발 책의 대답을 기다리지 않고 말을 이었다.

"왕자는 성에 나타난 마녀와 약혼했다고 한다. 하지만 매일 밤 변함없이 자신과 교미한다. 마음을 얻지 못하면 물거품이 돼서 사라진다는데, 과연 마음이란 뭘까? 인어 공주의 의문에 마녀는 인어에게 아주 적합한 대답을 내놓았습니다. **'왕자가 널 사랑한다면 배 속에 알이 들어 있을 것이다. 단도로 배를 갈라서 알이 있는지 확인해 봐라**'라고요."

"그딴 소리를 인어 공주가 믿는다고?!"

"어머, 그렇게 생각하시나요? 인어는 더러움을 모르는 순결한 처녀, 즉 **암컷**밖에 없고, 햇빛을 받아 태어나는 존재잖아요. 물고기 중에는 수컷이 암컷으로 변해서 새끼를 잉태하는 종류도 있는걸요. 인어 공주에게는 낯선 개념이 아니었을 겁니다.”

“그렇더라도…… 배를 가르면 생물은 살 수가 없는데…….”

“바다에는 배에 알을 품는 생물이 많아요. 해마도 그렇고, 게도 그렇고, 물고기도요. 알은 막에 감싸여 배에 붙어 있죠. 난막을 찢는다고 해서 죽는 생물이 있을까요?”

인어 공주는 그렇게 했다. 이웃 나라 공주, 마녀의 말을 곧이듣고서. 순수해서 표리가 있는 인간의 감정을 이해하지 못하는 인어 공주는 왕자를 포기할 수 없어서 알을 찾는다. 자신이 진심으로 사랑받는다는 증거를 찾는다. 인간 남자가 알을 낳지 않는다는 것도, 배를 가르면 쉽사리 죽는다는 것도 인어 공주는 몰랐다.

“이리하여 마녀는 자기 나라의 복수를 했습니다. 전부 폭풍우 치는 밤, 배가 난파돼 죽었어야 할 왕자가 살아남은 탓에 시작된 일이죠. 마녀 공주는 인어가 왕자를 구했다는 사실을 알고 오랫동안 함정을 판 겁니다. 이건『공주 인어』에서 언급되지 않는 부분, 중판에서만 다루어질 부분입니다.”

열이 우아하게 고개를 숙여 예를 표했다.

열이 설명한 『공주 인어』의 내용이 옳은지 그른지는 모른다. 그냥 허튼소리일 수도 있다. 어쨌거나 원전은 아무도 모른다. 올바른 책이 들려준 이야기야말로 진짜다.

이리하여 열의 『공주 인어』는 완성됐다. 아무리 궤변으로 가득 차고, 아무리 비틀렸어도 열은 자신의 이야기를 앞뒤가 맞도록 완벽하게 설명했다. 그렇다면 중판은 끝난 것이나 마찬가지였다.

은발 책은 거의 공황 상태에 빠졌다. 만약 두 책이 새장에 들어 있지 않았다면, 은발 책은 열을 갈가리 찢어 죽였을 것이다.

"이건 잘못됐어! 네 이야기 속에서 인어 공주는 순 단역이잖아! 이건 인어 공주의 순애보를 다룬 이야기야! 네 이야기는 마녀의 이야기라고!"

"네, 맞습니다. 이 이야기는 복수심을 불태운 마녀의 이야기죠. 여기 보이는 불길처럼, 격한 분노를 품은 공주의 이야기. 제목을 보세요. 『공주 인어』잖아요."

"그게…… 어쨌다는 거지?"

"이 이야기에 나오는 건 인어 공주. 하지만 제목은 『공주 인어』. 이 제목이 바로 오식을 유발한 겁니다."

열은 진심으로 유쾌해하는 듯했다. 말하는 모습을 보면,

과연 정숙하다고는 할 수 없었다. 이야기에 몸을 팔았다니 참 그럴싸한 말이다. 지금의 열에게는 그 말이 적절했다. 그리고 짬짬이 다른 책을 유린한다.

"원래 **제목의 '인어'는 '인어'가 아닙니다. 그녀는 '인형'** 이었던 거예요*. 전부 마녀가, 아니, 공주가 인어를 인형처럼 마음대로 조종했던 거죠. 그걸 나타내기 위해 그런 제목을 붙인 거고요. 이 이야기의 제목은 『공주 인어』. 예전에는 『공주 인형』이었지만, 시간이 흐르면서 변한 거겠죠."

그 말을 들은 순간, 은발 책은 열을 거들떠보지도 않고 교정사에게 고개를 돌렸다.

"교정사님! 저는, 저는 개심하겠습니다! 다시는 잘못된 『공주 인어』를 떠들지 않겠습니다! 한 번만 제게 자비를. 오식을 고쳐서 정말로 올바른 책이 될 기회를 주십시오."

하지만 교정사는 눈썹 한 번 까딱하지 않고 은발 책을 가만히 내려다보았다. 비슷하게 애원하는 책은 지금까지 수없이 많았다. 하지만 애원이 통한 적은 단 한 번도 없었다. 오식이 있는 악한 책은 불태워진다. 그것이 중판이다.

교정사에게 빌어도 소용이 없을 것 같았는지 은발 책은

★   인어와 인형의 일본어 발음은 장음을 빼면 '닌교'로 동일하다.

중판장에 모인 독자들에게 쉿소리를 내질렀다.

"아아아아, 누가 좀 살려줘! 날 사랑해 줬잖아! 싫어, 불타기 싫어, 불타기 싫다고! 아악! 살려줘!"

은발 책을 사랑한 독자는 분명 많았으리라. 하지만 그건 그녀가 오식이 없는『공주 인어』였기 때문이다. 조악한 책은 아무도 사랑하지 않는다. 은발 책이 다시 고함을 지른 순간, 새장이 단숨에 떨어졌다.

"끄아아아아아아악!"

은발 책은 뛰어올랐다. 좁은 새장 속에서 체격 좋은 몸이 펄쩍펄쩍 뛰어올랐다. 쇠창살에 닿아 화상을 입어도 은발 책은 저항을 멈추지 않았다. 기묘하게도 은발은 불길에 잘 휩싸이지 않고, 오히려 불티를 흩날리며 은발 책의 얼굴을 때렸다.

"아악! 왜! 난 틀리지 않았어! 이 어리석은 창부! 교만하고 수치를 모르는 년아! 네가, 네가 불타야 해!"

은발 책이 위를 올려다보며 저주를 마구 퍼부었다. 하지만 열은 전혀 들리지 않는다는 듯한 표정으로 미동도 하지 않았다. 은발 책은 화염을 피하려고 안간힘을 다했다. 불티를 흩날리는 은발을 닥치는 대로 뽑아서 어떻게든 얼굴을 보호하려 했다. 하지만 은발은 불붙은 채찍이 되어 은발 책을 끊임없이 덮쳤다.

설령 비명일지라도 은발 책의 드높은 목소리는 듣기 좋았다. 도지는 그 목소리가 가장 아름답게 느껴졌다. 은발 책의 아름다운 목소리는 이렇게 불태워지기 위해 존재했던 게 아닐까 싶을 정도였다.

튼튼해서 그런지 은발 책은 좀처럼 죽지 않았다. 얼굴이 완전히 문드러져서 뼈가 드러났는데도 은발 책은 살아 있었다. 녹아내린 눈알은 하얀 강물처럼 변해서 얼굴에 들러붙었다. 열의 '강'과는 완전히 달랐다.

은발 책의 새장은 여전히 세차게 흔들렸다. 불길의 기세가 점점 약해지고 있으므로, 은발 책은 반죽음당한 몸으로 천천히 타들어 갈 것이다. 그 고통을 상상하자 등골이 떨렸다.

타다 남은 몸에서 등뼈는 아직 보이지 않는다. 단단히 붙은 살점이 뼈가 드러나는 걸 막는다. 만약 지금 보인다면, 그 아름다운 등뼈 덕분에 사람들은 은발 책을 기억할 텐데. 이래서야 은발 책은 사람들의 기억에도 남지 않는다.

사람들이 기억하는 건 오직 열뿐이다. 눈을 지지는 벌을 받아 앞이 보이지 않는데도 중판에 이겼고, 그 몸에 올바른 이야기를 열 가지나 담은 기이한 책.

열이 불태워지지 않아서 다행이라고 도지는 진심으로 안도했다. 열은 세상에서 가장 가치 있는 책이다. 철제 새장에 앉아 불길 쪽으로 고개를 숙인 열을 보며 도지는 몸을 부르르 떨었다.

그때 열이 이쪽에 시선을—눈먼 열에게 시선이 있는지는 둘째치고—향했다. 마치 도지의 마음을 꿰뚫어 본 것 같은 얼굴로 웃었다.

도지는 자신의 몸을 지탱하는 등뼈의 존재를 새삼 인식했다.

도지는 서점 딸로 태어났다.

서점지기는 등뼈 있는 책들을 거느리고, 그 꿀을 빨아 먹는 기생자다.

이야기의 그늘에 숨어 지내는 이 나라의 은둔자다.

그러므로 서점에서는 보통은 접할 수 없는 일을 접할 수 있다.

도지는 어릴 적에 폐가 없는 책을 본 적이 있다.

교정리가 가게에 와서 뭔가를 옮겨 넣었다. 그리고 아버지와 이야기를 나누더니, 한밤중에 커다란 구덩이를 팠다.

도지는 빨리 자라는 아버지의 말을 무시했다. 왜 교정

리가 가게에 온 건지, 대체 뭘 가져온 건지 궁금했기 때문이다. 창문으로 밖을 내다보자, 뭔가를 구덩이에 던져 넣는 광경이 눈에 들어왔다.

폐가 없는 책이었다. 책들 사이에 풍문으로 떠도는 등뼈 없는 책. 일찍이 독서가 지금보다 훨씬 저속하고 저렴한 오락거리였던 시절에 보급됐다는 거짓말 같은 존재. 전해 들었을 뿐인데도 도지는 저것이 그것임을 알아차렸다. 겉모습이 완전히 다른데도, 그것들은 등뼈 있는 책과 놀랄 만큼 비슷하게 느껴졌다.

폐가 없는 책들로 커다란 구덩이가 가득 찼다. 현재 폐가 없는 책을 소유하는 건 금지다. 소유하거나 읽으면 엄한 벌을 받는다. 그래도 폐가 없는 책을 원하는 사람이 끊이지 않는다지만.

폐가 없는 책을 다 던져 넣자, 아버지는 주저없이 기름을 붓고 불씨를 던졌다. 구덩이가 활활 타올랐다. 저 구덩이는 중판장이라고 도지는 생각했다. 점점 강해지는 불길이 폐가 없는 책을 집어삼켰다.

그 광경을 보고 도지는 몹시 실망했다.

폐가 없는 책은 어쩜 저렇게 시시할까.

폐가 없는 책은 간단히 불타서 재로 변했다. 속에 담긴 이야기는 몇 초 사이에 사라졌다. 아무 저항도 하지 않고 덧없이.

도지는 이미 중판을 관람한 적이 있었고, 오식 있는 악한 책이 불타는 광경도 두 눈으로 똑똑히 보았다. 어떤 책이든 살려고 발버둥 쳤고, 그릇된 이야기와 함께 죽음을 맞는 걸 원통하게 여기며 절규했다. 오로지 불길을 두려워하는 책도 있거니와 대결한 상대에게 끝까지 저주를 퍼붓는 책도 있었다. 고통과 열기 때문에 제정신을 유지하지 못하는 책도 있었다.

등뼈가 있는 책은 고결하고, 자기의 몸을 자랑스러워했다.

반면 폐가 없는 책은 어떤가. 불탈 때 어이없을 만큼 따분하고, 딱하게 느껴질 만큼 약해 빠졌다. 재로 변하는 폐가 없는 책을 보고 마치 불쏘시개로 삼기 위해 태어난 것 같다는 생각마저 들었다.

등뼈가 있는 책으로 도지의 마음이 기운 건 폐가 없는 책을 본 후부터인지도 모른다. 묵묵히 불타서 사라지는 폐가 없는 책에 비해, 서가에 늘어선 등뼈가 있는 책들은 얼마나 멋진가!

등뼈가 있는 책은 불태워지는 순간까지 아름답다.

그 삶조차도 이야기이기 때문이다.

중판을 마친 열은 몰라볼 만큼 기운이 넘쳤다. 마치 은발 책의 정기를 흡수한 것 같기도 했다. 뜨겁게 달아올랐을 몸은 도자기처럼 말갛고 차가웠으며, 달빛을 뿜어냈다. 중판장의 불길에서 벗어난 책은 독특한 빛을 뿜어낸다는데, 지금 열의 모습을 보니 그게 무슨 뜻인지 실감이 됐다.

중판이 끝나자마자 도지는 열의 서가로 향했다. 그리고 신성하리만치 찬란하게 빛나는 책에 머리를 조아린 채 열뜬 어조로 말했다.

"그 은발 책이 불타는 모습을 공주님에게도 보여 주고 싶었어요. 그 은발이 재가 되는 모습을, 공주님이 봤어야 했는데. 공주님, 분명 책이 아닌 자조차도 그 중판의 광경을 대대로 이야기할 거예요. 은발에 불이 붙어 반짝이는 모습을 공주님이 봤으면 얼마나 좋았을까."

열의 눈이 지져졌을 당시는 슬펐지만, 이제는 화가 났다. 괴로움으로 가득한 은발 책의 얼굴, 공포에 지배당한 표정, 불탄 등가죽에 드러난 등뼈의 형태를 왜 승자인 열이 볼 수 없단 말인가.

“아니, 봤어.”

뜻밖에 열은 그렇게 답했다.

“내 눈을 지져 없애더라도 내 속에는 천리안이 있거든. 그 악한 책이 불태워지는 장면을 난 망가진 두 눈으로 똑똑히 봤어. 하얀 등뼈도 내 눈에는 보였지.”

“그럼요. 그렇고말고요. 공주님은 모르는 게 없으니까요. 예전에도 그랬고 앞으로도 그렇고 공주님은 모든 걸 다 알아차리겠죠. 내일 중판장에 다시 가 봐야겠네요. 그 책의 등뼈를 똑똑히 확인해야.”

“도지.”

어느덧 열이 도지가 있는 곳으로 내려왔다. 깜짝 놀라서 도지는 몸을 뒤로 빼려고 했다. 하지만 다름 아닌 열이 그것을 용납하지 않았다. 열이 미소 띤 얼굴로 도지를 붙잡은 채 말했다.

“그런 이야기를 하러 온 게 아닐 텐데.”

심장을 꿰뚫린 듯한 기분이었다.

그 충격으로 등뼈까지 떨렸다. 열에게서는 아직도 희미하게 피와 연기 냄새가 났다. 불에 그슬리고 죽음을 뒤집어쓴 책의 냄새다.

눈의 상처에서는 여전히 단백석 가루가 빛났다. 가까

이에서 보자 아름답다는 감정보다는 섬뜩하다는 감정이 앞섰다. 가루 주변에 누런 고름이 차서, 거기만 꼭 시체 같았다.

그런데도 눈을 돌릴 수 없었다.

너무나 신성하고 사랑스러워서 또다시 눈물이 샘솟았다. 처음부터 감격의 눈물을 흘리고 있었던 것 아닌가 싶기조차 했다. 이 상처야말로 열을 가장 돋보이게 만드는 장정이다.

서점 딸로 태어난 도지는 어릴 적부터 아버지에게 주의를 받았다. 필요 이상으로 책과 접촉해서는 안 된다고. 읽어도 되지만 옭매여서는 안 된다고.

편집자가 되어서는 안 된다.

매료당한다. 이야기에 매료당한다.

아버지야말로 편집자였을지도 모른다. 아니라면 이런 직업을 선택하지 않는다. 아버지와 딸은 서로에게서 같은 위험성을 보고 있었다.

그 금기가 지금 무너져 내린다. 도지는 더 이상 참지 못하고 외쳤다.

"아아, 저도, 저도 책이 되고 싶어요!"

그 말을 들은 순간 열이 혀를 날름 내밀었다. 낙원에 사는 뱀같이 기다란 혀다. 이제 멈출 수 없다. 도지는 열에게 매달리듯 말했다.

"공주님, 전 이제 이야기를 담지 못하는 인간의 몸이 지긋지긋해요. 대체 왜 이토록 시시한 인간의 삶에 안주하고 있었던 걸까요. 제 삶에는 아무것도 없어요. 이야기할 것이 없는 공허한 삶이에요. 하지만 저는 드디어 찾아냈어요! 제가 이 몸에 담아야 할 이야기를!"

말해야 한다. 말해야 한다. 도지의 가슴속에서 불꽃이 미친 듯 날뛰었다. 이대로 놔두면 속에서부터 불타버린다.

도지의 아버지는 분명 이렇게 될까 봐 두려웠던 것이리라. 딸이 있었는데. 책이 아니라 인간이었는데. 이야기를 만나 자발적으로 책이 되려 하다니, 이 얼마나 불효인가. 하지만 언젠가는 이렇게 될 터였으리라. 도지에게는 아름다운 등뼈가 있으니까!

"그럴 줄 알았지. 지금까지 정말 의아했었거든. 넌 왜 인간인 척하는 걸까. 책이면서 이야기를 내버린 걸까, 하고 말이야."

열의 말에 도지는 창피해서 몸이 화끈 달아올랐다. 아아, 내가 얼마나 꼴사나워 보였을까. 책이 인간인 척하다니. 부끄러웠다. 창피했다. 비참하기까지 했다.

"공주님, 공주님. 저도 책이 될 수 있을까요? 공주님처럼 멋진 책이. 자기 자신을 인간이라 착각했던 저도 될 수 있을까요?"

"응, 물론이지. 넌 멋진 책이 될 거야. 이야기와 함께 불탈 수 있는 책이. 네 등뼈는 분명 아름답겠지."

열이 사랑스럽다는 듯 도지의 등뼈를 어루만졌다. 손길이 한 번 스칠 때마다 온몸이 떨리고, 자기가 인간이 아닌 존재로 변해 가는 게 느껴졌다.

도지는 천천히 일어섰다. 열이 사랑스럽다는 듯 도지를 올려다보았다. 상처가 도지를 쳐다봤다. 그것만으로 충분했다.

도지는 아무것도 없이 서가를 나와 거리로 나갔다. 가야 할 곳이 어딘지 알고 있었고, 가져가야 할 것은 머릿속에 있었다.

날이 밝을 무렵, 도지는 제본소에 도착했다. 제본소 직인들은 도지를 아무 말 없이 맞아들였다. 얼핏 보기에도 도지가 책으로 보인다는 증거였다. 들려줘야 할 이야기를 얻은 자는 척 보면 알 수 있는 법인지도 모른다.

제본소 안에는 화톳불을 피워 놓았다. 벽에는 큼지막한

칼이 여러 자루 걸려 있었다. 잘 손질한 칼들 또한 아름다웠다. 하지만 역시 도지의 시선을 끈 것은 흔들리는 불길이었다.

불길을 바라보는 도지에게 직인이 어떻게 할 거냐고 물었다. 도지는 이야기가 담긴 등뼈 있는 책이다. 모든 장정을 스스로 결정할 수 있다. 도지는 망설임 없이 말했다.

"손도 발도 눈도 지져서 뭉개 주세요. 이제 필요 없으니까요."

이제 도지는 뭔가를 볼 눈이 필요 없다. 뭔가를 얻을 손도 필요 없다. 서가 밖으로 나갈 발도 필요 없다. 이야기와, 이야기해 달라고 청하는 목소리를 들을 귀와, 이야기를 들려주기 위한 혀만 있으면 된다. 어디까지나 철저하게 책이 된 도지의 모습은 시선을 끌 것이고, 뭘 읽을지 망설이는 독자의 발걸음을 붙잡으리라.

직인은 다시 묻지 않고 바로 화톳불 속에서 달궈진 도구를 꺼냈다. 철판 두 장이 겹친 가위 모양 도구다. 책의 손발을 지져서 뭉개기 위해 사용한다. 벌겋게 달아오른 도구를 보고 있으니 도지는 온몸이 떨리면서 가벼운 절정을 맛보았다.

도지는 도구에 끼우기 쉽도록 다리를 들었다.

난생처음 느끼는 열기가 다리를 감싼 순간, 도지는 참지 못하고 절규했다. 책으로 다시 태어난 도지의 울음소리였다.

도지는 불길을 연상시키는 빨간색 술을 수없이 늘어뜨리고, 남은 한 팔로 몸을 지탱한 채 독자를 기다렸다. 얇은 드레스도 빨간색이라 멀리서 보면 살아 있는 불길처럼 보였다.

그녀는 더 이상 도지가 아니었다.

그녀의 이름은 열 해설자. 열에 관해서 이야기하는 책이다.

열은 그 후로 더더욱 사람들 입에 오르내리게 됐고, 오랫동안 기거했던 서점을 떠나서 온 나라를 떠돌아다니고 있다. 열이 나서는 중판은 성황을 이루어 이야깃거리가 또 늘어난다.

한편 열 해설자의 행방은 묘연하다.

살아 있는 이야기인 열에 대해 말하는 열 해설자는 열 가지도 넘는 이야기를 담고 있을지도 모른다. 그 하얀 등뼈는 이미 드러났을까. 아니면 아직 드러나지 않았을까. 열 해설자는 또 다른 열 해설자를 낳았을까, 아니면 무정

란처럼 대를 잇지 못하고 불태워졌을까.

어쨌거나 진정한 결말은 아직 불길의 심판을 받지 않았다.

**제게 작가성이라는 것이 존재한다면,
그건 이 책에 담겨 있습니다
—샤센도 유키**

국내 독자들은 샤센도 유키 하면 어떤 장르가 떠오를까? 샤센도 유키의 출세작이자 국내에 가장 먼저 소개된 『낙원은 탐정의 부재』를 보면 본격 미스터리를 쓰는 작가라고 생각할 수도 있겠다. 하지만 그 외의 작품을 보면 라이트 문예(미스터리) 작가처럼 느껴지기도 한다. 하지만 그건 샤센도 유키의 여러 얼굴 중 일부에 불과하다.

한 달에 25만 자를 집필한다고 공언하는 만큼 샤센도 유키는 다양한 장르의 책을 어마어마한 속도로 내고 있다. 미스터리와 라이트 문예는 물론 연애 소설도 쓰고, SF에도 일가견이 있다. 특히 『회수回樹』라는 작품으로 2024년에 제44회 일본 SF 대상과 제45회 요시카와 에이지 문학 신인상 후보에 올랐으니(아쉽게도 수상은 못 했지만) 일본 문학계에서도 장르성과 문학성을 인정받았다고 할 수 있지 않을까.

그러나 여기서 끝이 아니다. 샤센도 유키는 작가로서 얼굴을 하나 더 가지고 있다. 바로 호러 작가다.

일본에는 '이형 컬렉션'이라는 앤솔러지 시리즈가 있다. 작가 이노우에 마사히코의 감수를 받아 다양한 작가들의 호러 단편을 선보이는 호러 앤솔러지로, 1998년부터 2024년까지 16년간 58편이 출간된 유서 깊은 시리즈다. 샤센도 유키는 2020년부터 아홉 번 연속으로 '이형 컬렉션'에 단편이 실리며 호러 작가로도 자리매김했다. 그리고 그중 여섯 편을 골라(수록작 일곱 편 중 마지막 한 편은 새로 쓴 단편) 출간한 책이 바로 이 작품『책의 등뼈가 마지막에 남는다』다.

샤센도 유키는 어렸을 적부터 호러와 가깝게 지냈다. 아버지가 영화를 좋아해서 식사할 때도 영화를 틀어놨는데,『사탄의 인형』,『할로우 맨』,『플라이』같은 호러 영화를 주로 봤다고 한다. 아버지의 성격이 그래서인지 어린 시절부터 비교적 자유롭게 영화를 볼 수 있었고, 여러 추리소설을 거쳐 중고등학교 때는 '이형 컬렉션' 시리즈에 푹 빠져 지냈다.

그래서인지 '이형 컬렉션'에 기고해 달라는 요청을 받았을 때는 몹시 긴장했지만, '이형 컬렉션' 시리즈의 팬이었던 중고등학교 시절의 자신이 만족할 수 있는 이야기를 쓰려고 노력했다고 한다. 탐미롭고 그로테스크하면서도 세계관이 독특하고 소름 끼치는 이야기를.

노력이 결실을 거두었는지 『책의 등뼈가 마지막에 남는다』의 수록작들은 전부 그런 이야기로 완성됐다. 저자 본인이 무서워하는 것들을 출발점 삼아 기괴, 환상, 잔혹 동화 같은 면모를 선보인다. 지금까지 한국에 소개된 저자의 작품들과는 결이 전혀 다르지만, 역시 저자만의 개성이 넘치는 작품이다.

샤센도 유키는 일본 추리작가 협회에 입회하면서 '소설 중에서 제일 재미있는 분야는 수수께끼를 포함한 추리소설이라고 생각합니다'라는 내용의 인사글을 남겼다. 하지만 어쩌면 제일 좋아하고, 쓰고 싶은 분야는 호러일지도 모른다. 그렇기에 『책의 등뼈가 마지막에 남는다』를 두고 '제게 작가성이라는 것이 존재한다면, 그건 이 책에 담겨 있습니다'라는 말을 남긴 것이리라.

이 책을 펼친 독자 여러분은 샤센도 유키가 선사하는
잔혹하면서도 아름다운 이야기 일곱 편에 초대를 받았다.
단단히 각오하라. 순식간에 포로가 될 테니까.

2026년 겨울

김은모

옮긴이 김은모

일본 문학 번역가. 일본 문학을 공부하던 도중 일본 미스터리의 깊은 바다에 빠져들어 헤어나지 못하고 있다. 옮긴 책으로 우타노 쇼고의 〈밀실살인게임〉 시리즈, 이케이도 준의 〈변두리 로켓〉 시리즈, 고바야시 야스미의 〈죽이기 시리즈〉, 이마무라 마사히로의 『시인장의 살인』, 『마안갑의 살인』, 미치오 슈스케의 『절벽의 밤』, 『용서받지 못한 밤』, 치넨 미키토의 『유리탑의 살인』, 유키 하루오의 『방주』, 이사카 고타로의 『페퍼스 고스트』, 요시다 에리카의 『사랑할 수 없는 두 사람』, 우케쓰의 『이상한 그림』 등이 있다.

책의 등뼈가 마지막에 남는다

1판 1쇄 인쇄 2025년 12월 16일
1판 1쇄 발행 2026년 1월 5일

지은이 샤센도 유키 옮긴이 김은모

발행인 송호준 편집장 민현주 총괄이사 황인용

일러스트 Kashima 표지 디자인 솔트앤블루 본문 디자인 송재원

마케팅 소금 제작 송승욱 제작처 블루엔

발행처 블루홀식스 출판등록 2016년 4월 5일 제 2016-000100호
주소 경기도 파주시 회동길 483-1 전화 031-955-9777

팩스 031-955-9779 이메일 blueholesix@naver.com

ISBN 979-11-93149-65-2 03830

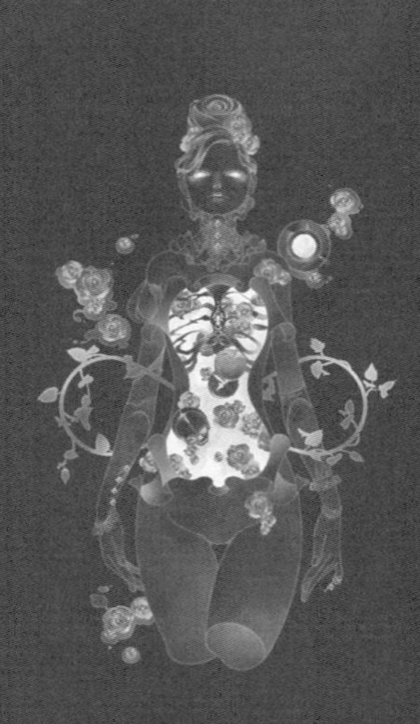